도깨비 사냥

임이정
장편소설

도깨비 사냥

차례

수오가 눈을 떴다. 뾰족한 초승달이 하늘에 걸려 있었다. 이슬에 젖은 잔디가 손끝에 닿았다. 찬 공기가 피부에 엉겨 붙었다. 등줄기에서 솜털이 바짝 일어섰다. 수오는 자신이 어쩌다가 마당까지 나와 있는지 알 수 없었다. 엄마, 아빠, 형……. 목구멍에 진흙을 채워 넣은 것처럼 숨이 턱턱 막혔다. 수오는 하얀 집을 눈앞에 두고도 달려가지 못했다. 다리가 굳어 말을 듣지 않았다. 속이 메스꺼웠다. 열 살의 수오는 그 자리에서 몸을 작게 웅크리는 것 말고는 아무것도 할 수 없었다.

'이건 꿈이야. 꿈.'

수오는 그렇게 결론지었다. 다른 설명은 불가능했다. 그렇다고 나아지는 것은 아니었다. 여전히 다리에 힘이 들어가지 않았다. 꿈에서 깨어날 방법을 알지 못했다. 좌절의 순간 한 줄기 빛처럼 등장한 사람은 형이었다. 숲에서 달려오는 형을 보았을 때 수오는 기뻤다. 이것이 악몽은 아니라는 뜻이었다.

"이제 깼구나?"

형이 수오를 바라보았다. 새빨간 얼굴에 땀이 송골송골 맺혀 있었다. 형은 밤마다 울타리 밖으로 나가고 싶어 했다. 드디어 성공한 모양이었다. 부모님을 따돌렸다고 생각했을 테니 즐거울 만도 하다고 수오는 생각했다.

"이리 와. 같이 숲으로 가자. 도깨비 찾으러."

형이 수오를 일으켜 세웠다. 단지 잠에 취했다고 하기에는 극심한 어지럼증이 동반했다. 형은 집으로 돌아가겠다는 수오에게 고집을 꺾지 않았다. 오늘이 아니면 다시 나올 수 없다고 생각하는 것처럼 끈질기게 수오를 채근했다. 이 늦은 밤에 밖으로 나온 것을 부모님께 들킨다면 앞으로 숲은커녕 마당까지 나오는 것도 금지당할지 몰랐다. 밀고자가 될지 모를 수오를 공범으로 만들려고 자는 틈에 둘러업고 나온 것이 분명했다. 쿡쿡 웃음이 날 것 같았다. 장난이 과해 야단을 맞고야 마는 형다운 짓이었다. 수오는 억울했지만 들뜬 형의 모습을 보니 마음이 누그러졌다.

수오는 형을 따라 잣나무가 빼곡한 나무 사이를 헤치며

걸어갔다. 아무것도 보이지 않았다. 검은 장막 속에서 허우적거리는 것 같았다. 그 뒤에 무엇이 숨어 있을지 알 수 없었다. 무섭다는 말이 혀끝에 대롱대롱 매달려 있었다. 이런 숲은 테라스에서 보이는 풍경으로도 충분했다. 하지만 수오는 그런 생각을 형에게 말하진 않았다. 형은 두 해 먼저 태어났다. 1월생인 수오와는 고작 한 학년 차이였다. 하지만 형은 수오보다 두 뼘이나 키가 컸다. 수오는 형이 자신보다 몇 배나 용감하다고 생각했다. 늠름한 형을 닮고 싶었다. 수오는 애써 허리를 곧게 펴고 형의 뒤를 따랐다.

눈이 어둠에 익숙해지자 이전에는 보이지 않았던 것들이 시선을 사로잡았다. 수오는 처음으로 달빛이 이렇게나 밝을 수 있다는 것을 깨달았다. 잠들어 있는 꽃봉오리, 흐드러진 나뭇잎, 바람 소리로 가득 찬 고요. 전에는 느끼지 못했던 감각들이 수오를 감쌌다. 수오는 형과 함께 숲을 거닐며 숲의 주인이 된 기분을 만끽했다. 내일도, 모레도 형과 함께 밤 산책을 나갈 수 있으면 좋겠다고 수오는 비밀스럽게 소망했다.

"형, 도깨비는 어디 있어?"

"우리 발소리 듣고 도망갔나 봐."

형이 어깨를 으쓱했다.

동이 트려는지 하늘이 밝아지기 시작했다. 수오와 형은 한참을 걷다 집 쪽으로 걸음을 돌렸다.

"우리 혼나면 어떡하지?"

집에 가까워질수록 수오의 심장이 쿵쾅거렸다.

"오늘 재미있었잖아. 그럼 됐어."

형이 수오를 위로하기라도 하듯 환하게 웃어 보였다. 수오는 들키지만 않는다면 더욱 재미있을 거라고 속으로 생각했다.

알 수 없는 소음이 들려왔다. 집에 가까워질수록 더욱 커져갔다. 붉은 경광등 불빛이 사이렌 소리와 함께 하늘 위로 흩어졌다. 수오는 무언가 잘못되었다는 생각이 들었다. 진원지가 다름 아닌 하얀 집 마당이었다. 사라진 형제를 찾기 위해 부모님이 경찰을 부른 것일지도 모른다는 생각이 뇌리를 스쳤다. 수오는 서둘러 마당으로 달려갔다. 그때 누군가 집 안에 들어가려는 수오를 막아 세웠다. 흰옷을 입은 노인이었다. 긴 수염에 쪼글쪼글한 얼굴, 실처럼 가느다란 눈을 한 그를, 수오는 이전에 본 적이 없었다. 수오는 그가 누구인지, 여기서 무엇을 하는 것인지 미처 묻지 못했다. 벌컥 엄마와 아빠가 보고 싶어졌다. 밤에

나갔다고 혼난대도, 회초리로 종아리를 맞는대도 상관없었다. 수오는 눈물을 훔치며 엄마, 아빠를 큰 소리로 외쳤다. 아무런 대답도 돌아오지 않았다. 어떻게 된 영문인지 알 수 없었다. 흰 옷을 입은 노인이 가로막아 선 탓에 수오는 선 자리에서 발만 구를 뿐이었다. 수오가 뒤로 돌아 형을 바라보았다. 형이 아무 일 아니라고 어깨를 으쓱해 보이길 바랐다. 걱정할 것 없다고 엄지를 들어 보여 주길 바랐다. 형은 그저 천천히 수오 쪽으로 걸어왔다. 예상한 일을 겪어 내듯이 침착한 얼굴이었다. 아니, 슬픔에 빠진 얼굴. 어쩌면 의아해하는 얼굴이었는지도 몰랐다. 눈물에 시야가 뭉개져 수오는 자세히 볼 수 없었다.

주황색 옷을 입은 구급대원들이 들것을 들고 현관문을 빠져나오고 있었다. 그것이 무엇인지 수오는 알지 못했다. 퍼뜩 형이 손바닥으로 수오의 머리통을 쥐어 잡았다. 그리고 자신의 어깨에 수오의 얼굴을 파묻었다. 더 이상 아무것도 보이지 않았다. 어둠 속에서 형의 심장 소리가 들려왔다. 불규칙적이고 거셌다. 수오는 숨을 쉬지 못할 것 같았다. 무언가 아주 나쁜 일이 일어났다는 확신이 들었다. 두려워서 발버둥 쳤다. 형이 수오를 더욱 세게 끌어안았다. 수오는 형의 품이 가장 안전한 곳일지 모른다는 생각이 들었다. 수오는 가만히 형의 품에 안겼다. 이 순간 형과 함께여서 다행이라고, 수오는 생각했다.

열두 살인 형이 상주를 맡았다. 수오와 형은 어른들이 시키는 대로 손님이 오면 절을 하고 인사를 했다. 사람들은 상복을 입은 아이들을 보며 눈물을 참지 못했다. 그들은 축축한 손바닥으로 수오의 손과 얼굴을 마구 쓰다듬었다. 수오는 내내 악몽에서 깨어나지 않았다고 생각했다. 자신은 그날 밤 이후로 줄곧 잠에 빠져 있는 거라고, 눈을 뜨면 언제 그랬냐는 듯 아빠가 수오의 엉덩이를 두들기며 깨우고 엄마는 부드러운 빗으로 헝클어진 머리를 정리해 줄 거라 믿었다. 수오는 지독한 악몽을 꾸었다고 투정을 부리며 엄마 품을 파고들 작정이었다. 그 전까지 수오가 할 수 있는 일은 부모님의 영정 사진을 보면서 목이 쉬도록 우는 것뿐이었다. 형은 울지 않았다. 그럴 틈조차 없이 바빠 보였다. 경찰들이 형을 종종 찾아왔다. 그날 무슨 일이 있었는지, 어떻게 된 일인지 집요하게 따져 물었다. 그 와중에도 형은 수오를 살뜰히 챙겨 주었다. 밥시간이 되면 수오를 앉히고 손에 수저를 들려 주었다. 탈수되지 않도록 물을 자주 건네주었고 쪽잠을 자라고 장례식장 구석

작은 공간에 이불을 깔아 주었다. 물론 괜찮아질 거라 말해 주는 것도 잊지 않았다.

수오는 틈이 날 때마다 형의 손을 꼭 잡았다. 그 손을 놓치면 어디론가 떨어져 버리기라도 할 것처럼 세게. 그리고 조문객들을 노려보았다. 그들은 울 줄만 알지 아무것도 몰랐다. 어른들은 고작 열두 살짜리 형이 얼마나 어른스러운지, 얼마나 든든한지에 대해서는 이야기하지 않았다. 대신 사람들은 형을 보고 이렇게 속삭였다.

"저 아이가 제 부모를 죽였다."

제1장

병철

신의 눈은 늘 인간을 향하고 있다.

독실한 기독교인이던 부모는 병철이 어렸을 때부터 그 점을 강조했다. 병철이 반찬 투정을 할 때도, 5분만 더 자고 싶다고 어리광을 부릴 때도 그들은 하느님을 화나게 해선 안 된다고 다그쳤다. 병철은 실수를 저지를까 봐 종종 조급하고 불안했다. 누군가 늘 자신을 지켜보고 있다는 생각에서였다. 병철의 만성 복통은 여기서 연유했다. 잘못된 행동을 할 때마다 장이 요동쳤다. 병철은 과민성 대장증후군이 신이 자신에게 준 벌이라고 생각했다. 그래서 선한 행동을 의식적으로 열심히 골라 했다. 코를 막고 연근조림을 먹는 병철을, 시키지 않았는데도 집 안에 굴러다니는 양말이나 머리끈 같은 것을 주워 제자리에 넣어 두는 병철을, 그의 부모는 대견해했다. 착한 아이. 병철은 그 말을 들을 때마다 부끄러워졌다. 지금까지 저지른 잘못들을 돌이키기 위해서는 몇 번이나 더 선한 행동을 해야 하는지 헤아려 보았다. 어제는 자기 전에 기도를 드리지 않았으니까. 그저께는 숙제 답지를 베꼈으니까……. 병철은 아직 멀었다고 생각했지만 훌륭한 어른으로 성장하면 착한 사람이라는 말을 듣고도 얼굴을 붉히지 않게 되리라 믿었다. 이 말을 들은 호두는 병철에게 멍청이라고 이죽거렸다. 병철도 더 이상 그 말을 믿지 않았다. 병철은 아주 많은 착한 일을 하더라도 되돌릴 수 없는 큰 실수를 저질렀다. 그러니 만회할 횟수를 세는 일은 더 이상 의미가 없었다.

병철은 가죽 구두 안으로 스며드는 3월의 찬기를 견디기 위해 어떤 생각이든 해야 했다. 병철의 업무는 붉은 벽돌로 지어진 다세대 주택 4층 창문을 바라보는 일이었다. 감시한다는 말이 더 옳은 표현일지 몰랐다. 최근 들어 자신의 유년과 부모가 자꾸만 떠오르는 까닭은 이 집이 전에 살던 곳과 닮았기 때문이었다. 병철의 집이 그랬던 것처럼 저곳에서도 잘 마른 빨래의 섬유유연제 냄새가 풍기고 있을까. 식탁에 모여 도란도란 주고받는 말소리가 흘러나오고 있을까. 그럴 것 같지는 않았다.

병철은 다른 채권자들처럼 문을 마구잡이로 두들기거나 욕을 하진 않았다. 병철이 착한 사람이어서가 아니라

재능이 없는 사람이어서 그랬다. 위협이나 협박을 하는 데에도 창의적인 머리가 필요했다. 담보로 적어 놓은 그들의 가족과 친구들의 이름을 지체 없이 꺼낼 수 있어야 했다. 병철은 자주 사람들의 이름을 까먹었고 '다 죽여 버린다'와 같은 진부한 협박은 효과를 발휘하지 못했다. 대신 병철은 채무자의 집 앞을 서성였다. 그들이 느끼는 불안의 물리적 실체를 확인시켜 주는 것이었다. 병철은 기다리는 것만큼은 자신 있었다. 가끔 문을 두드리고, 받지 않을 것을 알면서도 채무자에게 전화를 걸었다. 대부분 고맙게도 병철을 두려워해 주었다. 병철이 그들을 크게 해할 능력이 있다고 믿어 줘서 병철은 용기나 배짱, 강단을 증명해 보일 필요가 없었다. 그것은 다행인 일이었다. 대개 이자 정도는 고분고분 냈다. 월변사채라는 것이 처음에는 이자가 고작해야 값비싼 운동홧값이어서 그들은 크게 부담을 느끼지 않았다. 어렵지 않게 이자를 갚고 나면 원금을 더 빌렸다. 복잡한 절차도, 쪽팔림도 없었다. 그저 몇 가지 서류에 서명만 하면 돈이 입금되었다. 제때 원금까지 청산하고 나가는 사람은 드물었다. 연 900퍼센트가 넘는 복리 이자를 감당할 수 있는 사람이었다면 애초에 사채에 발을 디디지도 않았을 것이다. 뒤늦게 법정 이자율을 운

운하며 구조적 오류를 지적해도 어쩔 수 없었다.

정 한 푼도 없다고 버티는 채무자에게는 호두가 나섰다. 호두는 사람들과 대면하는 데는 재주가 없었지만 전화를 걸거나 문자로 욕지거리를 퍼붓는 데는 대단히도 천부적이었다. 그것은 최소한의 에너지를 쓴다는 점에서 주먹보다 효율적이기도 했다. 호두가 전화를 걸면 그들은 마수에 걸린 것처럼 공포심을 느꼈다. 호두는 그들이 한 잘못된 선택부터 천천히 짚어 주었다. 애초에 돈을 빌리지 말았어야 했다고, 말도 안 되는 조건이라고 나불대지만 이 계약서에 서명하게 해 달라고 빌었던 사람은 당신이라고 상기시켰다. 그런 후 호두는 채무자 주변인들에게 가해질 구체적인 불행을 일정한 어조, 분명한 발음으로 읊어 주었다. 이런 방식마저 통하지 않으면 가차 없이 보복행이었다. 당신의 자식이, 상사가, 아내가 빚을 졌다고 주변인들에게 알렸다. 담보로 받아 놓은 나체 사진을 전송하는 데도 주저하지 않았다. 이렇게까지 해야겠냐고 묻는 이들에게 호두는 이 모든 일의 원흉은 당신이다, 못 박듯 선고했다. 채무자들은 고해성사를 하듯 울부짖으며 장기를 팔아서라도 돈을 갚겠다고 약속했다. 돈을 빌리는 사람은 정해져 있었다. 이미 빚이 있거나 신용이 낮아

제2금융권에서조차 받아 주지 않는 청년, 무직자, 놀음쟁이 혹은 바카라에 빠진 10대들까지. 돈을 빌리는 이유 같은 것은 묻지도 따지지도 말자는 게 병철과 호두의 사업 방식이지만 그들은 기어코 자신의 상황을 이야기했다. 불 꺼진 벽돌집 젊은 가장의 사정은 아기의 병원비였다. 듣고 보면 가슴 아프지 않은 사연이 없지만 병철은 더 이상 그런 데 동요하지 않았다.

병철은 평소보다 이르게 돌아가기로 했다. 낮에 먹은 매운 라면 때문에 계속 속이 쓰렸다. 병철은 신발코를 보고 걷는 습관이 있었다. 주변을 돌아보거나 남들 일에 관심을 갖는 일이 드물었다. 그날따라 고개를 들어 사방을 살핀 이유는 화장실 때문이었다. 성가시게도 병철의 눈에 들어온 것은 깨끗한 공중화장실이 아니라 집단 폭행 현장이었다. 둥글게 모인 한 떼의 사내들이 벽에 기대선 사람에게 무차별적으로 주먹질을 하고 있었다. 병철은 순전한 궁금증에 그쪽을 바라보았다. 그리고 구태여 걸음을 돌리지 않고 걸어갔다.

"뭐야, 저거."

무리 중 한 명이 병철을 보고 소리쳤다. 눈치껏 꺼지라는 뜻이었을 테지만 병철은 아랑곳하지 않았다. 샛노란 머리를 한 녀석 하나가 고개를 들었다. 당장이라도 주먹을 쥐고 달려 나올 듯이 흥분한 채였다. 그때 병철과 그들 사이를 택시 한 대가 천천히 가로질렀다. 전조등에 놀랐는지 녀석이 발작하듯 소리를 내질렀다.

"야, 됐다. 일단 튀어."

녀석의 말이 떨어지자 폭행자들이 일사천리로 흩어졌다. 변성기를 막 지난 목소리라든지 튀는 색깔로 염색한 헤어스타일로 미루어 보아 청소년인 것 같았다. 그들은 어른들만 보면 무서워하는 습성이 있었다. 의도치 않게 병철과 얻어맞은 피해자, 단둘이 골목에 남게 되었다. 물론 병철이 상관할 바는 아니었다. 경찰이나 구급차를 불러 귀찮은 일을 만들고 싶지도 않았다. 그때 돌아가려던 병철의 발걸음을 붙잡은 것은 장을 지지는 복통이었다. 병철의 마음 한구석에서 퇴화했다고 믿었던 부분이 저릿하게 반응했다. 병철은 주머니에 구겨져 있는 영수증 조각 따위를 손가락으로 만지작거리며 남자에게 다가갔다. 처음에 병철은 그가 중늙은이쯤 되었을 거라 생각했다. 가로등 아래서 빛나는 희끗희끗한 새치 때문이었다. 남자가 얼굴을 가리고 있던 양팔을 내려 병철을 바라보았다. 새카만 눈매와 주근깨를 가진 앳된 얼굴이 드러났다. 그는 할 말이 있는 것처럼 입을 뻐끔거렸다. 그 말이 들리지 않아 병철은 하는 수 없이 소년에게 조금 더 가까이 다가갔다.

"감사합니다."

소년이 퉁퉁 부은 입술을 달싹이며 말했다. 병철은 인사를 들을 만한 일을 하지 않았다. 불쑥 빚을 진 기분이 들었다. 병철이 소년에게 손을 내민 것은 그 때문이었다. 소년이 파란 포도알처럼 부은 눈을 끔뻑이며 병철의 손을 맞잡았다.

녀석을 본 호두의 첫마디는 이랬다.

"죽기라도 하면 어떡하냐."

호두는 성가신 것을 데리고 왔다고 툴툴거렸다. 그래도 쓰러져 있는 녀석을 바깥에 함부로 내칠 수는 없었다. 환자여서가 아니라 무거운 포대 자루처럼 커다랗고 남들 눈에 잘 띄는 것이어서 그랬다. 다행히 병원에 데려가지 않았는데도 녀석은 천천히 기력을 찾아 갔다. 소년은 사흘간 내리 잠만 자다 눈을 떴다. 녀석의 이름은 이태오. 스물한 살이었다.

사람을 내쫓는 일은 들이는 일에 비해 몇 배의 수고를

요구했다. 집은 지옥보다 싫다고 말하고, 포악한 폭력배들에게서 막 도망 나왔으며 차가운 건물 화장실에서 쪽잠을 자 본 사람이라면 더더욱 그랬다. 태오는 호두와 병철의 집이 지금껏 살아본 곳 중 그나마 낫다고 생각한 게 분명했다. 녀석은 거실 한쪽에 쌓아 둔 쓰레기와 내용물을 알 수 없는 박스들을 치우고 그 자리에 자신의 이부자리를 반듯하게 개어 두었다가 밤이 되면 조용히 그 안에 들어가 쪽잠을 청했다. 시키지 않았는데도 화장실 바닥에 튄 오줌도 닦고 라면에 파도 썰어 넣을 줄 알았다. 호두를 보고 놀라는 기색도 없었고 심부름도 군소리 없이 했다. 심부름을 군소리 없이 하는 녀석이 또 있을지 몰라도 호두의 얼굴을 보고 숨소리 한번 내지 않을 사람은 드물었다. 병철은 태오가 보통 아이는 아니라고 생각했다.

호두는 말 그대로 호두같이 생겼다. 호두의 안색은 질린 듯 탁하고 노르스름했다. 피부는 껍질이나 가죽이라 불러 마땅할 정도로 두껍고 거칠었으며, 그 위에 종기처럼 돋아난 눈, 코, 입은 어느 하나 대칭을 이루거나 조화로운 것이 없었다. 머리카락은 다 빠져 듬성듬성 두피가 드러났고 그에 반해 몸에는 비정상적으로 털이 많았다. 게다가 수시로 긁어 대는 탓에 머리끝부터 발끝까지 피딱지가 앉지 않은 곳이 없었다. 호두가 얼굴을 가려야만 외출을 할 수 있는 것은 그 때문이었다. 호두는 자신을 본부모의 첫마디가 '우엑'이었다는 농담을 즐겨 했다. 추한 자신의 얼굴을 견디지 못하고 도망가 버렸다고, 자지러지게 웃으며 말했다. 병철은 그 농담을 수십 번 들었다. 병철이 어떤 반응을 하든 결과는 같았다. 호두는 농담을 마치고 주먹을 날렸다. 농담은 폭행의 전조 알람이나 다름없었다. 호두가 이 농담을 했을 때 태오는 "왜 우엑이라고 했는데요?"라고 아연한 얼굴을 하고 물었다.

"이게 눈이 삐었나."

호두도 아연해지긴 마찬가지였다.

수오

    수오는 신호를 기다리는 한 무리 인파에 섞여 반대편 길을 걷고 있는 조아랑을 눈으로 좇았다. 열아홉 살인 조아랑은 학교에 다녔더라면 이제 막 6월 모의고사를 마친 수험생일 것이다. 그녀는 평일 정오 대낮에도 거리낌 없이 거리를 활보하고 있었다. 그러는 게 익숙해 보였다. 조아랑은 급히 걷는 법이 없었다. 어쩌면 Y 자로 걷는 보행 습관 때문에 그렇게 보이는지도 몰랐다. 신발을 끌며 터덜터덜 걷는 조아랑은 종종 발을 헛디뎌 몸이 기울어지기도 했다. 그럴 때마다 다듬어지지 않은 어깨 길이의 새카만 머리카락이 그녀의 얼굴을 감쌌다. 조아랑은 그런 것은 아랑곳하지 않고 다시 몸을 세우고 어디론가 향했다. 다행히도 조아랑을 미행하는 일은 어렵지 않았다. 사람들이 아무리 많아도 조아랑을 찾을 수 있었다. 수오가 유난히 눈썰미가 좋아서는 아니었다. 다른 사람에게도 조아랑은 눈에 띌 터였다. 조아랑은 점퍼, 티셔츠, 바지 그것도 아니면 머리끈이라도 분홍색이어야 했다. 오늘 조아랑은 진한 분홍색 면 가방을 한쪽 어깨에 멘 채였다. 조아랑과 분홍색이 어쩐지 잘 어울리는 조합은 아니라고 생각했지만 그녀의 취향이 수오에게 도움이 되는 것만은 분명했다.

조아랑은 정오가 되면 매일 다른 식당으로 향했다. 한식, 쌀국수, 돈가스, 추어탕이나 피자까지 그녀는 다양한 메뉴를 두루 섭렵하고 있었다. 식당의 위치나 거리는 제각각이었고 같은 곳을 다시 가는 법은 없었다. 오늘 조아랑의 점심은 분식인 모양이었다. 식당 안으로 들어간 조아랑은 얼마 안 있어 양손에 음식을 들고나왔다. 조아랑은 아래로 쳐진 봉지를 들고 노래를 흥얼거리듯 고개를 위아래로 가볍게 까닥이며 왔던 길을 돌아갔다. 맞은편 편의점에서 물 한 통을 산 수오는 조아랑이 골목을 꺾을 때까지 기다렸다 다시 따라 걷기 시작했다. 그녀의 동선을 알고 있으므로 조바심이 들 이유는 없었다.

조아랑을 미행한 지 일주일째였다. 물론 수오의 목적이 처음부터 조아랑이었던 것은 아니었다. 형의 흔적을 따라가다 보니 그 끝에 조아랑이 있었을 뿐이었다.

수오와 형이 삼촌 집에서 쫓겨난 것이 2년 전이었다. 그들은 함께 중단기 청소년 쉼터를 전전하다 운 좋게 경기도의 한 장기 쉼터에 입소하게 되었다. 수오와 형은 각각 고등학교 2학년, 3학년이었다. 고등학교를 졸업하자마자 형은 쉼터를 나가겠다고 했다. 시급이 높고 오랜 시간 일할 수 있는 곳 위주로 직장을 구했다. 충청북도의 한 플라스틱 용기 공장이 형의 첫 일자리였다. 기숙사와 식사가 제공되는 곳이었다. 취직한 지 4개월이 채 안 되어 공장이 자금난으로 허덕였다. 형은 절반의 다른 노동자들과 함께 해고되었다. 이후 근처 태양광 패널 공장에 취직했으나 어쩐 일인지 오래 버티지 못하고 돌연 서울행을 결심했다. 형이 하는 일은 대부분 해장국집처럼 늦은 밤까지 영업하거나 물류회사처럼 종일 몸을 쓰는 일이었다. 남들이 하지 않는 일을 해야 돈을 더 벌 수 있다고 했다. 형은 주로 일터에서 제공되는 방에서 지냈다. 그것이 여의치 않을 때는 알음알음 두세 명씩 월급을 모아 방 한 칸을 빌리기도 했다. 형의 연락이 차츰 줄어든 것은 수오가 수험생이 된 이후였다. 갑작스럽게 형이 휴대전화 번호를 바꾸게 되었다고 말했다. 요금이 미납되어 그렇다고 얼버무렸지만 생각해 보니 일을 하고 있으면서 연체가 되었다는 게 이상한 일이었다. 물론 그때는 그렇게 묻지 못했다. 돈이 없다면서도 형은 종종 용돈을 부쳐 왔다. 연락은 그보다 드물게 왔다. 처음 보는 번호로, 또는 SNS로. 연락하는 간격이 점점 멀어졌다. 무슨 일이냐고 수오가 물을 때마다 공부에나 신경 쓰라고 형은 대꾸했다. 수오는 형을 실망시키고 싶지 않았다. 문제 하나, 하나에 사활이 달린 것처럼 매달렸다. 결과는 성공적이었다. 입시를 마치고 대학교에 입학하고 서울에 자취방을 찾아보는 일련의 일을 처리하는 동안 시간이 빠르게 흘렀다. 봄이 되었다. 마지막으로 보낸 자신의 문자에 형이 세 달간 답장하지 않았다는 사실을 깨달은 것은 그 무렵이었다.

수오는 한때 형과 함께 고깃집에서 일했던 아르바이트생으로부터 헬퍼의 존재를 알게 되었다. 가출 청소년들을 도와주는 사람을 일컫는 말이었다. 홀로 나와 의식주를 해결해야 하는 형에게 저축은 전무했던 모양이었다. 일자리를 잃자마자 월세를 감당하지 못했다. 집을 나와 형이 도움을 청한 곳이 인터넷 가출 커뮤니티였다. 스무 살이어서 청소년 쉼터에서는 후순위가 되었다고, 시급이 센야간 아르바이트를 할 계획이라 낮에 잠만 잘 수 있는 공간이면 충분하다고, 그리고 도와주신다면 이 은혜는 평생잊지 않겠다고 적은 형의 글을 찾을 수 있었다. 거기에 도움을 주겠다고 댓글을 단 사람들에게 수오는 일일이 메시지를 보냈다. 물론 섣불리 가족 관계라고 밝히진 않았다. 그들이 어떤 집단이고 형이 어떤 상황에 있을지 알 수 없었다. 순수한 의지로 헬퍼를 자처한 사람도 있겠지만 대부분의 목적은 착취일 터였다. 아마 헬퍼를 찾는 사람들도 이 사실을 모르지 않았을 것이다. 가장 절실할 때 그래도 자신이 운이 있는 편이라고 믿고 싶은 간절함, 그것이 사람들의 눈을 가렸을 것이다.

수오는 자신을 이태오로부터 받을 돈이 있는 오랜 친구라고 밝혔다. 적당히 우호적이고, 적당히 적대적일 수 있는 관계였다. 대부분의 사람들은 형을 모른다고 답했다. 몇 번의 소득 없는 통화 끝에 한 남자와 연결되었다. 다짜고짜 반말부터 내뱉는 다른 사람들과 달리 그는 줄곧 예의 바른 존댓말로 대꾸했다. 그날 수오는 조아랑의 이름을 처음 들었다.

"이태오 걔는 조아랑과 함께 도망갔습니다."

한숨 소리가 수화기 너머 들려왔다. 남자는 하소연이라도 하듯 말을 이었다.

"솔직히 말이죠. 농락당했다는 생각밖에 들지 않아요. 사람을 도우면 뭐 합니까. 조아랑 걔는 돌아와서 한 달도 안 되어 다시 도망간 겁니다. 골탕이나 먹어 보라는 심보였겠죠. 여기 그 친구 말고도 함께 지내던 녀석이 있는데 그 녀석 지갑도 가져갔습니다. 아무튼 그 애들을 보면 제게도 알려 주시죠. 부탁드립니다."

조아랑의 행방을 찾는 것은 의외로 수월했다. 악명 높은 그녀의 행적 덕이라고 해도 무방했다. 조아랑은 지금까지 여러 청소년 쉼터와 가출팸, 그리고 헬퍼를 거쳐 온 것 같았다. 가출 사이트에 수소문하자 몇몇 사람이 조아랑을 안다고 답했고, 그중 누군가가 조아랑을 한 여자 청소년 쉼터에서 보았다고 말해 주었다. 수오는 그렇게 조아랑을 찾을 수 있었다. 물론 이 사실을 헬퍼에게 이야기할 마음은 없었다. 그가 찾고 있는 사람이 조아랑뿐만이 아니기 때문이었다.

도둑질, 거짓말, 그리고 상습적인 도주. 이 세 단어가 지금까지 조아랑을 만난 사람들이 공통적으로 그녀에 대해 설명하는 말이었다. 형은 그런 조아랑과 왜 엮인 것일까. 연인 사이이기라도 했던 것일까. 형과 여자에 대한 이야기를 나눠 본 적은 없었다. 형이 여자에게 관심이 있을 거라고 생각해 본 적도 없었다. 물론 그냥 친구 사이일 수도 있었다. 조아랑의 제안을 거절할 수 없는 약점을 잡혔을 가능성도 배제할 수 없었다. 무슨 이유에서인지 함께 도주했다던 그들 사이에 현재 교류는 없어 보였다. 지금으로서는 조아랑과 형의 관계를 확신할 수 없었다. 그녀는 수오가 형을 찾는 것을 도와줄까. 형의 행방에 대해 말해 줄 수 있는 사람은 그녀가 유일했다. 수오는 신중해야 했다. 무엇보다 거짓말을 일삼는다는 그녀의 말은 믿을 게 못 된다고 생각했다. 직접 그녀에 대한 정보를 수집할 필요가 있었다. 그것이 수오가 조아랑의 눈앞에 나타나 형이 어디 있냐고 묻고 싶은 욕망을 가까스로 억누르는 이유이기도 했다.

오후 1시. 조아랑과 한 중년 여자가 함께 나왔다. 구름이 잔뜩 낀 흐린 날에도 여자는 선글라스를 끼고 있었다. 조아랑의 손을 꼭 잡거나 지팡이를 짚는 그녀가 맹인일 거라고, 수오는 어렵지 않게 짐작할 수 있었다. 그것도 비교적 최근에 시력을 잃어 누군가의 도움이 필요한 맹인. 그래서 조아랑을 집에 들였을 것이다.

"오늘 세탁소 앞에는 고양이가 두 마리예요. 한 마리는 치즈색이고 다른 한 마리는 삼색이예요. 싸우지 않고 사료를 나눠 먹고 있어요. 오늘 날씨가 흐려서 구름이 많이 꼈어요. 비가 올지도 모르겠는데 일기 예보에서 그런 말은 없었어요. 학교 건물에 '인사를 잘합시다'라고 적혀 있어요. 운동장은 텅 비어 있네요."

조아랑은 분주했다. 여자가 넘어지지 않게 발걸음을 살폈고 마주 오는 사람, 자전거, 자동차와 부딪치지 않게 여자를 보호하는 것도 조아랑의 일이었다. 덕분에 수오는 조아랑에게 조금 더 가까이 다가갔고 대범하게 그들을 앞지르기도 했다.

그들은 한 청소년 쉼터로 향했다. 조아랑이 있다고 제보받았던, 바로 그곳이었다. 수오는 맹인 여자가 쉼터의 자원봉사자이거나 사회복지사일 것이라고 짐작했다. 아마 그런 관계로 쉼터에서 조아랑을 처음 만났을 것이다. 어떤 이유에서인지 여자는 조아랑을 마음에 들어 했고, 조아랑에게 함께 살자고 제안했다는 뜻이었다. 조아랑의 입장에서도 여자의 제안을 거절할 이유가 없었다. 자신을 믿고 의지하는 맹인. 지금까지 조아랑의 이력으로 본다면 가장 쉬운 먹잇감이 아닐 수 없었다. 적당히 신뢰를 쌓기만 한다면 그녀의 모든 것을 자신의 손아귀에 넣을 수 있을 테니까.

세 시간쯤 지나면 그들은 쉼터를 나와 버스에 올라탔다. 수오도 그들이 몸을 실은 버스에 승차했다. 그들의 목적지는 시립 시각장애인 복지관이었다. 조아랑은 여자를 그곳에 데려다주고 걸어서 7분 거리의 공공도서관으로 향했다. 도서관에 도착한 조아랑은 익숙하게 입구를 지나 주저 없이 열람실로 걸어 들어갔다. 창가에서 가장 먼, 빛도 잘 들지 않는 구석이 조아랑의 전용석이었다. 조아랑은 사람들을 등지고 앉아 분홍색 면 가방에서 책을 꺼내 펼쳤다. 구부정하게 고개를 숙이고 조아랑은 무언가를 쓰고 지우고를 반복했다. 평범한, 아니 아주 모범적인 수험생의 모습이었다. 조아랑을 미행해 본 사람이 아니라면 절대 예상하지 못했을 것이다. 수오는 아무 책이나 가림막처럼 책상에 세워 두고 조아랑을 훔쳐보았다. 조아랑은 몇 시간 동안 꼼짝하지 않았다. 가끔 뒤를 돌아보긴 했지만 누군가를 의식한다기보다 벽 위에 걸린 시계를 쳐다보기 위해서였다. 그렇게 7시가 가까워지면 조아랑은 천천히 자리에서 일어나 가방을 정리했다. 다시 불룩해진 면 가방을 어깨에 멘 조아랑이 도서관을 나서기 전에 반드시 하는 일이 있었다. 글자 크기를 최대치로 확대하고 기사를 읽는 노인이나, 플래시 게임에 열중인 어린애들뿐인 컴퓨터 이용실에 들르는 것이다. 긴 시간을 보내는 것은 아니었다. 고작해야 5분 정도. 조아랑은 무언가를 검색하고 유유히 컴퓨터 이용실을 빠져나왔다. 집에 개인 컴퓨터가 있거나 휴대폰이 있는 사람이라면 하지 않을 행동이었다.

수오는 조아랑이 떠난 것을 확인하고 그 자리에 앉아 조아랑이 무엇을 검색했는지 확인했다. 조아랑의 검색 기록은 언제나 똑같았다. h였다. 포털 검색창 아래 흰 이를 드러내고 웃는 까무잡잡한 소년의 얼굴이 보였다. 백색 도복에 검은 띠를 매고 있는 소년은 자랑스럽게 금메달을 들어 보였다. 청소년 국가대표로 발탁되어 세계대회 우승을 차지한 것이 두 해 전이었다. 형제가 전부 태권도를 하는 집안에서 막내 h가 특히 출중한 재능을 발휘하여 가족을 빛냈다는 아버지의 인터뷰가 후속 기사로 보도된 바 있었다. 조아랑은 h에 관한 아주 오래된 기록까지 샅샅이 살펴보았다. 영세한 지역 뉴스까지 찾아보는 수고를 마다하지 않는 조아랑은 그에 대해 새로운 정보가 있는지 알고 싶어 하는 것 같았다. h의 가장 최근 기사는 다소 의외였다. h가 돌연 실종되었다는 것이었다. h 역시 가출 후 조아랑과 만난 것일까. h와 형도 서로 아는 사이일까. 무수한 의문 앞에서 수오는 추측만 할 수 있을 뿐이었다.

해가 지고 밤이 되면 조아랑은 혼자 나와 아파트 단지를 뛰었다. 제법 빠른 속도였다. 30분쯤 돌고 나면 조아랑은 오늘 하루의 선물이라도 되는 듯이 그네를 탔다. 아무도 없는 놀이터에서 날아갈 듯 공중으로 올랐다가 다시 아래로 곤두박질치고, 그리고 다시 하늘 위로 오른 조아랑은 지겨워질 때쯤 가볍게 그네에서 내려 주차장 뒤편으로 걸어갔다. 조아랑은 그림자 아래 숨어 앳된 얼굴을 가리고 담배에 불을 붙였다. 그녀가 하루를 마무리하는 방식이었다. 이따금 쏟아지는 자동차 헤드라이트 불빛에 조아랑의 얼굴이 비쳤다. 음영이 진 조아랑의 얼굴은 열아홉 살이 아니라 쉰아홉 아니, 죽음을 앞둔 노파의 나이쯤 되어 보였다. 세상 모든 것에 흥미를 잃은 눈빛, 누구에게도 말 못 할 비밀을 간직한 표정이었다. 입김 같은 하얀 담배 연기가 조아랑의 머리 위로 흩어졌다.

조아랑이 수오 쪽으로 고개를 돌린 것은 그때였다. 10미터쯤 거리를 두고 있었지만 수오는 분명히 느낄 수 있었다. 조아랑의 시선이 수오를 향하고 있었다. 어둠에 기대 수오가 긴장을 늦춘 탓이었다. 대충 숨어도 보이지 않을 것이라고 자만했었다. 틀렸다. 어둠은 동물을 더욱 예민하게 만든다. 이럴 때일수록 자연스럽게 행동해야 한다고 되뇌며 수오는 우선 검은 모자를 깊이 눌러썼다. 끈질기게 따라붙는 조아랑의 눈길을 피해 휴대폰을 확인하는 척 고개를 숙였다. 2000퍼센트의 이율을 보장한다는 한 투자회사의 광고 문자, 로또 예상 번호가 도착했다는 스팸 문자, 그리고 우 선배의 문자가 와 있었다.

'내일 학교에서 보자. 쓰레기 같은 네 인생에 고마워해야 할 거다.'

수오는 그 문자를 가만히 들여다보았다. 징계위원회가 열리는 날이 벌써 코앞으로 다가왔다는 사실을 깨달았다.

잠시 후 수오가 고개를 들었다. 조아랑은 이미 사라진 뒤였다.

수오가 처음 입학했을 때만 해도 캠퍼스 안은 가지가 앙상하고 마른 나무들뿐이었다. 6월 초여름 교정을 가득 채운 푸른 잎, 색색의 꽃들이 수오는 낯설었다. 삼삼오오 모인 또래 아이들의 단란한 수런거림, 상기된 재잘거림, 툭 터지는 웃음소리도 마찬가지였다. 수오는 자신과는 무관한 풍경을 등진 채 천천히 건물 안으로 들어섰다.

학과장과 우 선배, 그리고 목격자라고 나선 타과 조교가 그 자리에 있었다. 그들은 모두 한쪽에 앉아 수오를 바라보았다. 수오는 당연하다는 듯 그들 맞은편에 앉았다. 가운데 놓인 기다란 책상이 타협할 수 없는 두 세계를 가로지르는 경계처럼 보였다.

"그래, 휴학했다는 소리는 들었다."

학과장이 서류 따위를 살펴보며 말했다.

"우리는 이 사안을 아주 크게 봤다. 사고인지 뭔지 불분명하다고 주장해도 피해자가 분명히 있으니까."

학과장의 말에 기다렸다는 듯 조교가 나섰다.

"제가 봤을 때는 분명 의도적이었습니다."

자정이 지난 늦은 밤, 두꺼운 안경 때문에 눈알이 단춧구멍만 하게 보이는 조교가 대체 무엇을 제대로 볼 수 있었을까. 게다가 그는 신호 맞은편에 있었는데. 수오는 이곳에 있는 누구도 자신의 편이 아니라고 확신했다. 지금껏 신임을 쌓아 온 과 대표가 피해자라고 나선 사건이었다. 수오는 정학이나 제적을 당할 수도 있겠다는 생각이 들었다. 일 처리가 복잡하게도 꼬였다는 뜻이었다.

"그런데 우리 준수 군이 용서를 해 달라고 간청했어."

학과장의 말에 수오가 우 선배의 얼굴을 쳐다보았다. 쓰레기 같은 인생에 감사하라는 뜻이 이것이었을까.

"수오 사는 사정을 모르는 것도 아니고, 우발적이었을 거라고 생각해요. 수오가 반성만 한다면 저는 더 이상 이 일을 문제 삼고 싶지 않습니다."

우 선배가 그렇게 말했다. 처음 보았을 때부터 수오는
우 선배의 입꼬리가 아주 신기하다고 생각했다. 무표정일
때조차 미소 짓고 있는 듯 입꼬리가 올라가 있었다. 그래
서 지금도 수오는 우 선배가 웃고 있는 것 같다는 생각이
들었다. 더 정확히는 비웃고 있는 것 같았다.

"일단 당사자가 용서하겠다고 하니까 우리도 더 이상
들먹이고 싶지 않다."

학과장이 안경을 추켜올렸다. 수오는 우발적인 것이 아
니고 우연적인 것이었다고 항변할 기회를 놓쳐 버렸다.
용서받음으로써 수오는 일부러 우 선배를 계단에서 민 사
람이 되어 있었다.

"그런데 아직까지 사과가 없었어요."

우 선배가 말했다. 수오는 자기도 마찬가지라고 말하지
못했다. 중간고사가 막 끝났을 무렵 우 선배가 수오를 불
러냈다. 학과 행사에 얼굴조차 비치지 않는 수석 입학생
에게 학교생활이 어떤 것인지 알려 주겠다는 취지에서였
다. 상위 1퍼센트가 속한 대학 법학과니 고등학생 때처럼
주먹질로 자신의 규칙들을 주입시키려 하지는 않았다. 대
신 입속에 술을 들이부었다. 수오는 그날 생전 처음 술을
마셨다. 알코올은 수오를 무장 해제시켰다. 수오는 술집

에 있는 아무 사람들에게나 삿대질하며 히죽거렸다. 옆구리와 겨드랑이에 작은 벌레가 기어다니기라도 하는 것처럼 끊임없이 낄낄댔다.

"난 네가 싫어. 네 첫인상하며, 오만방자한 태도도."

우 선배의 말에도 수오는 웃긴 농담을 들은 것처럼 배를 잡고 웃었다. 그런 수오를 흥미롭게 보던 우 선배가 질문 공세를 퍼붓기 시작했다.

"여자랑 자 봤냐? 얼굴은 반반하니까. 너네 집 자가야, 전세야, 월세야. 너는 쥐뿔 뭣도 없는 게 왜 학과 행사에 참여를 안 해. 미친 새끼가."

대부분의 질문에 어떻게 답했는지 수오는 기억나지 않았다. 다만 어느 순간부터 수오는 울고 있었다.

"시발. 쪽팔리게 갑자기 왜 그래."

누군가에게 말할 기회를 기다리기라도 한 것처럼, 수오는 우 선배의 물음에 순진하게도, 거짓 없이 속마음을 털어놓았다. 쪽팔리게 왜 지금 울 수밖에 없는지. 수오는 화를 내다 눈물을 훔치다 결국에는 양손으로 얼굴을 감쌌다.

"내가 들어 본 얘기 중에 제일 한심하다. 그러니까 너네 형이 집에서 키우던 개를 죽인 다음에 널 데리고 나갔다고? 삼촌 엿 먹이려고? 부모님은 어딨고 삼촌이랑 살

아? 아, 부모님이 어렸을 때 돌아가셨다고. 그게 중요한
게 아니지. 그러니까. 정말 너네 형이 개를 막 돌로 찍었
어? 멍멍 하는, 그 귀여운 개를 말이야? 니네 형 또라이
니?"

우 선배가 이죽거렸다.

"아니 그게 아니라……."

수오는 고개를 저었다. 우 선배의 말에서 틀린 것을 바
로잡아 주고 싶었다. 형이 메롱이를 죽여야 했던 이유는
안락사 비용 15만 원이 없어서였다. 삼촌은 자신이 11년
간 키운 개를 내다 버리라고 했다. 벌레가 꼬인 오물을 보
듯 메롱이를 상스러워하고 불쾌해했다. 메롱이의 피부에
서 노란 고름이 나오고 항문에서 붉은 피가 쏟아져 나온
지 보름이 지났다. 메롱이는 미친 듯이 짖다가 으르렁댔
고 발작하다 탈진해 쓰러지기를 반복했다. 숨을 쉬고 있
는 것이 버거워 보였다. 우 선배의 웃음소리가 너무 커서
수오는 그 모든 사정을 설명할 수 없었다.

"근데 지금 그 형은 뭐 하고 살아? 어디서 묻지 마 살
인이라도 나면 너네 형이라고 생각하면 되냐?"

수오는 참을 수 없었다.

"그게 아니라니까요. 우, 우리 형 좋은 사람이에요."

수오는 우 선배에게 그 점은 확실히 말해 두어야 할 것 같았다. 혀가 꼬였지만 수오는 최대한 또박또박 말했다. 비록 죽은 개를 보고 형에게 사이코패스라고, 당장 꺼지지 않으면 신고하겠다고 소리를 지르며 내쫓던 삼촌에게는 모든 걸 설명할 수 없었지만 우 선배에게는 말해야 했다. 형은 아주 좋은 사람이라고. 우 선배가 비죽 한쪽 입꼬리를 올렸다.

　"너는 그런 형도 안 찾고 여기서 나랑 술이나 퍼마시고 말이야. 무슨 일이 있을지 걱정도 안 되냐? 아, 너네 형 말고. 다른 사람들이 걱정 안 되냐고."

　우 선배는 어깨를 들썩이며 소주를 털어 넣었다. 수오의 눈물이 그친 지는 오래였다. 얼굴이 점점 뜨거워졌다.

　"뭐, 학교 입학해서 공부 열심히 하기로 형하고 약속했다고? 웃기지 마. 지금 너 모든 걸 알고도 사태를 내버려두는 거잖아. 그거 단순 방관이 아니라 방조야. 한마디로 처벌 대상."

　우 선배가 주먹으로 테이블을 세 번 두드렸다. 수오는 그때 아무런 대꾸도 하지 못했다. 닥치라고, 모르면 제발 닥치고라도 있어 달라고 소리치지 못했다. 분했다. 그러나 집에 가는 길에 우 선배가 계단 아래로 떨어진 것은 순전히 사고였다. 수오만큼 취한 우 선배가 계단에서 발을 헛디뎌 휘청했고 순간적으로 우 선배를 잡기 위해 손을 뻗으려던 수오의 모습이 CCTV상에서는 밀어 내는 것으로 보였을 뿐이었다.

"제가 정말 큰 실수를 저질렀습니다. 용서해 주셔서 감사합니다. 선배님."

수오는 자리에서 일어나 허리를 90도로 굽혔다. 다시 수능을 치르느니 이편이 여러모로 편했다. 게다가 자존심 때문에 장학금을 포기할 마음도 없었다. 수오의 눈에 우 선배의 깁스한 다리가 보였다.

"우준수 학생. 정말 힘든 결정 했어."

학과장이 우 선배의 어깨를 부드럽게 두드리고는 수오에게는 이제 가 보라고 손짓했다. 수오는 가방을 챙겨 서둘러 교수실을 나왔다. 우 선배의 용서는 과 대표로서 유일한 선택지처럼 보였다. 지지부진하게 진실 공방을 해 봤자 본인에게 득 될 것도 없었다. 관대한 이미지를 교수들에게 각인시켜서 나쁠 것 없다는 판단도 한몫했을 것이다.

"이수오. 잠깐."

우 선배가 목발을 짚으며 걸어와 수오의 어깨에 팔을 둘렀다. 그의 무게가 고스란히 수오의 몸을 짓눌렀다.

"나 졸업하기 전에 학교로 돌아와라. 자퇴 안 한 걸 후회하게 해 줄 테니까."

우 선배는 적의를 숨기는 것조차 아깝다는 얼굴이었다. 그는 재고의 여지 없이 완전하게 믿고 있었다. 수오가 자신을 밀었다고. 사고 이후 다른 사람들도 마찬가지였다. 무슨 일을 저지를지 모를 녀석. 위험한 녀석. 음침하고 제수 없는 녀석. 사람들은 수오를 그렇게 쳐다보았다. 그런 평판이 두려워 휴학을 결심한 것은 아니었다. 수오는 형이 그리웠다. 형이라면 어느 때든 수오 편을 들어 줬을 것이다. 수오가 무슨 행동을 하든 그랬다. 형은 중학생이던 수오가 친구의 게임기를 훔쳤다고 싸움이 붙었을 때도 교실로 내려와 상대 녀석에게 대신 화를 내 주었다. 수오가 한 짓이 뻔한데도 내 동생은 도둑질을 하는 아이가 아니라고 우악스럽게 우겨 댔다. 결국에 형은 친구의 사과까지 받아 내는 데 성공했다.

"무슨 일이 생기면 오늘처럼 형 불러."

형이 수오에게 게임기를 안겨 주며 말했다. 수오는 그날 새벽 몰래 나와 울면서 게임기를 내다 버렸다.

'방관이 아니라 방조야.'

우 선배의 그 말이 수오의 정곡을 찔렀던 것만은 사실

이었다. 수오는 대학 생활을 하며 그간의 노력에 대한 보상을 받고 싶었던 것이 아닌지 자문했다. 자신이 위선자처럼 느껴졌다. 가만히 앉아 형의 연락을 기다리거나 가끔 경찰서에 전화해 형의 실종 사건이 어떻게 진행되고 있는지 묻는 것만으로는 부족했다. 수오는 직접 형을 찾아 나서야 했다.

수오는 우 선배의 얼굴을 가만히 들여다보다 걸음을 재촉했다. 우 선배가 어떻게 믿건 남들이 뭐라 수근대건 그밤, 취한 그를 일부러 계단 아래로 민 것은 결코 아니었다.

"아니라고."

수오는 그렇게 뇌까리며 교정을 빠져나왔다.

조아랑과 눈이 마주친 후 수오는 조심할 필요성을 느꼈다. 미행에는 삼진아웃 제도가 없었다. 첫 번째는 경고, 두 번째는 가차 없이 아웃이었다.

며칠간 수오는 조아랑을 미행하지 않았다. 하루 종일 자취방에서 시간을 보냈다. 달리 갈 곳도, 만날 사람도 없었다. 수오는 책상에 앉아 통장 잔고를 확인했다. 지난주까지 수오는 세 개의 과외를 하고 있었다. 형을 찾는 데 방해가 될 만한 것은 모조리 그만두었다. 중간고사를 앞

두고 이러면 어떡하냐는 학부모의 비난을 들어야 했지만 어쩔 수 없었다. 잔고에서 월세와 공과금을 뺀 나머지 금액을 헤아렸다. 한 달을 겨우 버틸 수 있을 것 같았다. 시간과 돈이 빠듯했다.

수오는 지끈지끈해진 머리를 식힐 겸 휴대폰 화면에 얼굴을 박고 기사나 유머 커뮤니티 따위를 구경했다. 흙수저 구별법, 미국에서 유행하는 튀김 버거, 모두를 놀라게 한 10가지 발견과 같은 기사를 별 의미 없이 클릭했다. 흥미로웠던 것도 아닌데 눈을 뗄 수 없었다. 하나를 읽으면 그다음 기사에 자동으로 손이 갔다. 충남 야산에서 시체 발견이라는 기사 역시 별생각 없이 누른 것에 불과했다. 폴리스 라인을 친 풀숲의 사진이 보였다. 시신은 부패가 상당히 진행되었지만 그리 오래된 것은 아니라고 추정됐다. 뼈와 골격으로 봤을 때 10대에서 20대 사이 남자로 보인다고 적혀 있었다. 경찰은 국과수에 의뢰해 피해자의 신원을 파악할 것이라고 했다. 연평균 47만 건의 강도, 절도, 폭행, 살인이 벌어진다. 통계적으로 따지면 하루 평균 1303건이란 뜻이었다. 어쩌다 발생하는 연예인 열애설보다 뻔하고 흔해 요즘 세상에 살인 사건은 뉴스거리도 되기 힘들었다. 심드렁하게 죽 기사를 읽어 내려가던 수오는 누군가의 댓글에 시선이 머물렀다.

'유해라도 가족의 품으로 어서 빨리 돌아갔으면 좋겠네요.'

그렇다. 야산에 묻혔던 백골도 누군가의 형제이고 자식이었을 것이다.

수오는 다시 조아랑의 집으로 출근 도장을 찍기 시작했다. 대신 조아랑과의 거리를 더 넓히기로 했다. 이미 동선을 알고 있으니 가능한 일이었다. 수오는 조아랑의 집 앞 카페를 본진으로 삼았다. 카페 '커피레터'는 조아랑과 여자가 살고 있는 아파트 맞은편에 위치했다. 전방이 통유리로 되어 있어 단지 유일의 출입구는 물론 조아랑이 사는 203동 현관까지 측면으로나마 들여다볼 수 있었다. 게다가 이 무더운 땡볕에 에어컨을 쐴 수 있다는 장점까지 갖춘 최적의 장소였다.

수오는 커피 한 잔을 주문한 채 창밖을 내다보았다. 점심시간이 다가오는데도 조아랑이 모습을 드러내지 않았다. 평소와 달리 늦잠을 잤거나 집에서 식사하려는 것이리라는 짐작이 무색하게 창밖으로 낯익은 뒷모습이 보였다. 흰 티셔츠에 분홍색 반바지를 입고 헝클어진 머리를 동여 묶은 조아랑이 유유히 집으로 돌아가고 있었다. 조아랑이 집을 나섰다면 수오가 그것을 놓쳤을 리 없었다. 수오의 눈은 줄곧 아파트 입구에 붙박여 있었다. 수오가 오기 전에 이미 조아랑이 밖에 나왔다는 뜻이었다. 대체 어디를? 수오는 조아랑이 천천히 계단을 오르는 모습을 지켜보았다.

오후가 되어 조아랑은 중년의 여자와 함께 나왔다. 수오는 적어도 10미터의 이상의 거리를 유지하며 뒤를 밟았다. 조아랑이 무슨 말을 하는지 들리지 않았다. 쉴 틈 없이 조잘대는 조아랑의 표정은 이전과 다름없이 명랑해 보였다. 여자를 장애인 복지관에 데려다준 조아랑의 행선지는 예상한 대로 도서관이었다. 열람실에서 조아랑은 문제집을 푸는 대신 서가를 서성였다. 처음 있는 일이었다. 조아랑은 잠시 고민하더니 두꺼운 책 한 권을 골라 자리에 앉았다. 천천히 한 장 한 장 페이지를 넘기는 조아랑의 움직임이 크지 않았다. 7시. 늘 그렇듯 조아랑은 같은 시각 자리에서 일어났다. 읽고 있던 책이 재미있었는지 조아랑은 책을 대출했다. 그리고 평소와 다름없이 컴퓨터 이용실로 갔다. 잠시 무언가를 검색하고 조아랑은 유유히 자리를 떴다. 조아랑이 컴퓨터실을 나간 것을 확인하고 수오는 그녀가 앉았던 자리로 향했다. 조아랑의 검색 기록은 없었다. 아무것도 하지 않을 거라면 구태여 왜 이곳에 들어와 앉아 있다 간 것인지 의아해졌다. 일부러 검색 기록을 지웠다는 것이 더 그럴듯한 해명이었다. 뒤에서 '쿵' 소리가 들린 것은 그때였다. 수오가 뒤를 돌아보았다. 누군가 자신을 바라보는 듯한 기분이 스쳤다. 물론 그럴 일은 없었다.

조아랑의 일정에 작은 변화가 생겼다. 그날 밤 조아랑은 달리기를 하지도, 그네를 타지도, 담배 한 대를 입에 물지도 않았다. 이것이 우연한 일상의 변주인지 계산된 변화의 신호인지 수오는 확신이 서지 않았다. 수오는 조아랑에게 형에 대해 물어야 할 날이 머지않았음을 깨달았다. 수오는 아파트 건물을 올려다보았다. 조아랑은 이 순간 편하게 앉아 TV를 보고 있을 수도, 훌라후프를 돌리고 있을 수도 있었다. 빌려 온 책을 뒤적이며 달리기를 나가야 하나 말아야 하나 고민하면서 정작 자신은 오늘 어떤 변화가 있었는지 눈치조차 채지 못했을 수도 있었다. 하지만, 어쩌면 조아랑은 창문에서 한 걸음 떨어져 이쪽을 지켜보고 있을 수도 있었다. 그녀의 뒤를 쫓는 누군가의 존재를 분명하게 의식하면서.

아랑

    아이 아에 사내 랑. 초등학교 한자 수업 이름 뜻풀이 시간, 아랑은 칠판에 그렇게 적었다. 그리고 별 의미 없이, 부모가 설명해 준 대로 발표했다. 저희 부모님은 아들을 낳고 싶어 했어요. 제 이름을 사내아이라고 지으면 아들을 낳는다고, 할머니가 점을 봐 왔다고 했어요. 이 말을 했을 때 당혹스러워하던 담임 선생님의 얼굴을 아랑은 잊을 수 없었다.

    돌팔이 무속인의 점괘와 달리 아랑에게 남동생은 생기지 않았다. 성장하는 내내 아랑의 머릿속을 지배한 질문은 하나였다. 어떻게 하면 사랑받을 수 있을까. 아랑은 전교 등수가 유의미해지기 시작한 이래로 늘 늦은 밤까지 공부했다. 성적은 훌륭했다. 그것으로는 충분하지 않았다. 아랑은 짧고 단정한 머리와 바지만을 고집했다. 가슴이 나오는 게 싫어 결코 살찔 틈을 주지 않았다. 누군가 아랑에게 예쁜 손자네요, 했을 때 보였던 할머니의 자랑스러운 미소는 아랑이 늘 꿈꾸던 것이었다. 그렇다고 아랑이 진짜 손자가 될 수 있는 것은 아니었다. 여자여서 아랑은 이년아, 저년아 하고 불렸다. 계집애가 울면 재수 없다는 소리에 일찍이 눈물을 참는 법을 배웠다. 생리할 때마다 아랑은 아랫도리를 노려보았다. 하지만 그런 고통은 아랑만의 것이 아니기에 참을 수 있었다. 조부모의 경제적 지원을 받던 바이올리니스트 아버지는 방음벽 뒤에 숨어 리듬과 선율에만 골몰했다. 어머니는 무슨 일을 하든 조부모의 타박과 간섭을 피할 수 없었다. 그렇게 점점 야위어 갔다. 조부모는 애초에 어머니가 나쁜 유전자를 타고나 더 이상 임신도 하지 못하고 병치레를 한다고 탓했다. 아랑은 어머니가 아픈 원인이 그들이라고 확신했다.

아랑이 중학교에 입학하던 해 어머니는 췌장암 말기를 선고받았다. 입원실은 적막했다. 어머니의 몸에는 수십 개의 호스가 연결되어 있었다.

"제발 엄마를 지켜 주세요."

아랑의 기도엔 아무런 효험이 없었다. 파란 핏줄이 도드라진 어머니의 손은 앙상하고 차가웠다. 어머니의 눈이 선득하게 빛날 때마다 아랑은 몸을 떨었다. 아랑이 무어라 말해도 어머니는 잘 알아듣지 못했다. 가끔씩은 아랑을 아예 알아보지 못하는 것 같았다. 살아 있는데 죽은 사람 같았다. 두려웠지만 아랑은 끝까지 어머니의 손을 붙들었다. 어머니가 아프기 전에는 한 번도 어머니의 손을 잡고 이야기를 나눠 보지 않았다는 것이, 같은 침대에서 잠들어 본 적이 없었다는 것이 생각났다. 그래서 아랑은 어머니와 함께하는 시간을 어떻게든 붙잡고 싶었다.

이른 새벽녘이었다. 며칠 만에 어머니의 하얗게 마른 입술이 열렸다. 어머니가 옅은 미소를 지어 보였다.

"아랑아, 아랑아."

아주 오랜만에 어머니는 아랑을 알아봤다. 그것이 기뻐 아랑이 크게 미소 지었다. 어머니의 입가가 벌어졌다. 순간 어머니의 눈이 희번덕거리며 빛났다.

"네가 태어나지 않았더라면 좋, 좋았을 텐데."

유감스럽게도 그것이 그녀의 마지막 말이었다.

아랑의 탄생은 실수였다. 그 점을 받아들이니 아랑은 다른 잘못을 저지르는 것이 두렵지 않았다. 예컨대 조부모의 귀금속을 들고 가출한 것. 아버지의 바이올린을 전당포에 헐값으로 팔아넘긴 것, 방심해 그 돈을 모두 도둑맞은 것, 빈손으로 거리를 전전하다 마찬가지로 비슷한 처지의 아이들의 돈을 훔친 것. 헬퍼라는 인간을 믿고 지옥 소굴에 제 발로 기어들어 간 것, 그가 시키는 대로 사람들을 등쳐 푼돈을 벌어 온 것······.

불행히도 아랑은 자신을 해할 목적을 가진 사람을 양쪽 손가락을 다 접을 만큼 나열할 수 있었다.

담배 한 대는 하루의 마침을 자축하는 아랑의 의식이었다. 무사하다는 것. 아랑에게 그것만큼 축하할 일은 없었다. 뿌연 연기가 입에서 흩어지던 그때 아랑이 문득 고개를 든 이유는 어디선가 들려오던 바이올린 선율 때문이었다. 사라사테의 곡 〈치고이너바이젠〉은 이명처럼 종종, 느닷없이 아랑의 귓전을 때리곤 했다. 그러므로 아랑이 검은 모자와 눈이 마주친 것은 순전히 우연이라고 할 수 있었다. 녀석은 나무 기둥 뒤에 서 있었다. 녀석의 위치와 시선의 방향, 몸이 틀어진 각도는 아랑을 관찰하기 위한 그 목적과 의도를 명징하게 드러내고 있었다. 다행히도 주차장 곳곳에 CCTV가 설치되어 있었다. 마침 경비가 커다란 라이트를 비추며 걸어갔다. 아랑은 녀석이 잠시 고개를 숙인 틈을 타 서둘러 걸음을 옮겼다.

그가 누구인지 정확히 알 수는 없었다. 침착해야 한다는 이성의 목소리와 도망가야 한다는 경고의 목소리가 아랑 안에서 치열하게 싸움을 벌였다. 길에서 모르는 이들과 눈이 마주치는 것은 흔한 일이었다. 게다가 앳된 여자가 담배를 피우는 모습에 따가운 눈총을 보내는 사람은 한둘이 아니었다. 그러나 아랑이 h에게 붙잡혔던 것은 순전히 자신의 본능을 간과했기 때문이 아니던가.

검은 모자와 눈이 마주쳤던 밤 이후 아랑은 외출을 삼갔다. 어쩌다 밖에 나갈 때면 경계를 늦추지 않았다. 자주 뒤를 돌아보았고 시선이 맞닿은 사람이라면 누구라도 똑똑히 얼굴을 기억해 두었다. 검은 모자를 쓴 사람들을 길에서 만날 때는 저도 모르게 화들짝 놀랐다. 그때마다 아랑의 심장에 부릉부릉 시동이 걸렸다. 아랑은 정오마다 포장을 빌미로 여러 식당을 오가며 주변 지리를 익혔고 밤마다 달리기를 하면서 거리와 시간을 계산했다. 주차장과 놀이터를 한 바퀴 도는 데는 4분 정도 걸렸다. 이 속도라면 아파트에서 지하철까지는 걸어서 25분, 달려서는 18분 정도 걸릴 것이다. 경찰서까지는 11분, 가장 가까운 약국까지는 4분. 정 급박한 상황에서는 헬퍼에게서 훔친 만능 키로 오토바이를 훔쳐 달아나는 수도 있었다. 이런 것을 알아 두는 일이 아랑을 안심시켰다.

며칠간 검은 모자는 나타나지 않았다. 단지 오해이고 착각이다. 아랑은 그렇게 생각했다.

그날 오후, 놈을 다시 마주치기 전까진.

이모의 점자 수업이 있는 날이었다. 이모를 장애인 복지관에 데려다주고, 아랑은 도서관에 가기 위해 신호 앞에 섰다. 챙이 넓은 모자에 마스크까지 낀 남자가 맞은편 버스 정류장에 앉아 있었다. 노골적이지 않았다. 오히려 아주 자연스러웠다. 아랑과 정면으로 마주치지 않기 위해 녀석은 고개를 돌려 시선을 피했고 버스 시간표를 본다거나 주위를 살피기도 했다. 그런 연기가 그를 더 튀게 만든다는 것을 모르는 눈치였다. 게다가 그 복장. 이르게 온 폭염으로 후덥지근하고 습했다. 연신 부채질을 하고 땀을 닦는 사람들 틈에서 녀석의 차림새는 이미 다른 사람의 이목까지 끌고 있었다.

심연 깊숙이에서 커다란 기포가 올라와 툭 터졌다. 먹잇감이 되느냐, 사냥꾼이 되느냐. 아랑의 촉수가 그 어느 때보다 예민하게 반응하고 있었다.

아랑은 애써 걸음을 빨리하지 않았다. 그를 자극해서 좋을 게 없었다. 대낮이었고 사람이 많았다. 아직은 안전하다고 할 수 있었다. 그가 자신을 쫓아오는 것인지 확실하게 시험해 볼 필요가 있었다. 원래의 일정대로 천천히 도서관을 향해 걸었다. 녀석은 주도면밀하게 거리를 유지하고 있었다. 서두르는 기색이 없는 것을 보니 아랑이 도서관으로 간다는 것도 알고 있는 눈치였다. 아랑은 사람들이 많은 곳에 자리를 잡았다. 수능 공부를 하는 대신 서가로 향했다. 모서리가 가장 두껍고 딱딱한 책을 골랐다. 무기로 쓸 만한 것이 필요했다.

뒤에 녀석이 있다고 생각하자 심장이 세게 쿵쾅거렸다. 아랑은 문을 박차고 나가고 싶은 마음을 초 단위로 억눌렀다. 두렵고 울고 싶기까지 했다. 그렇게 두 시간이 지났다. 이모를 데리러 갈 시간이 가까워졌다. 아랑이 자리에서 일어나 열람실을 빠져나올 때 녀석은 보이지 않았다. 아랑은 마지막 테스트를 하기로 했다. 이때까지도 모든 것이 망상이기를, 마음속으로 기도했다. 아랑은 컴퓨터실로 들어갔다. 평소라면 h에 대해 검색했을 것이다. h가 혹시 뉴스 기사를 장식할까 봐 그랬다. 정확히 말하자면 h가 태오를 죽였을까 봐. 포털 뉴스에 그런 기사는 없었다. 아랑을 잠 못 들게 하는 악몽은 벌어지지 않은 것이다. 대신 야산에서 10대에서 20대로 추정되는 시체 한 구를 발견했다고 했다. 대구에서 나체로 거리를 걷던 남녀 한 쌍이 경찰에 연행되었다. 새벽 아침 경부고속도로에서 삼중 추돌 사고로 일곱 명의 사상자가 발생했다. 세상 어디에서나 어떤 일이 일어난다. 그러고야 만다. 바로 전날만 해도 예상하지 못했던 일들이 하루아침에 일상을 전복시키고 허탈하게 삶을 끝내 버리기도 한다. 억울한 일이지만 공평한 일이기도 했다. 그런 일은 누구에게나 일어날 수 있으니까.

아랑은 5분이 지났다는 것을 확인하고 인터넷 기록을 삭제했다. 곧 실수였다는 것을 깨달았다. 갑자기 인터넷 기록을 지운 것을 보고 아랑이 무언가를 눈치챘음을 녀석이 알아차릴지 몰랐다. 후회하기엔 늦었다. 아랑은 자리에서 일어나 아무 일 없는 척 계단을 내려갔다. 그리고 숨죽여 다시 계단을 올라와 컴퓨터실을 훔쳐보았다. 검은 모자를 쓴 둥그런 뒤통수가 모니터를 가리고 있었다. 아랑이 앉았던 바로 그 자리였다. 예상이 적중해서 아랑은 좌절했다. 녀석의 얼굴을 확인하고 싶다는 욕망이 마음속에 일었다. 대체 넌 누구야. 원하는 게 뭐야. 따져 묻고 싶었다. 아랑은 그러지 못하리란 걸 잘 알고 있었다. 남자의 완력을 이겨 낼 재량이 없었다. 녀석이 언제 자리에서 일어날지 몰랐다. 이제 그만 돌아가야 할 때인데도 아랑의 발끝이 딱딱하게 굳어 움직이지 않았다. 움직여, 이 망할 발가락아……. 차가운 땀이 이마 위에 맺혔다. 아랑은 쥐고 있던 책을 발등 위로 떨어뜨렸다. 쿵, 둔탁한 소리와 함께 발끝부터 찌릿한 통증이 느껴졌다. 발의 감각이 돌아왔다. 아랑은 서둘러 도서관을 빠져나왔다.

"커다란 개가 있어요. 사모예드인가. 그럴 거예요. 흰털이 눈송이처럼 복슬복슬하고 웃는 얼굴을 하고 있네요. 지금 그 개가 막 우리 옆을 지나갔어요. 꼬리를 흔들면서요. 이모. 오늘 지는 해는 빨간 잉크가 튄 것처럼 붉어요. 손가락으로 문지르면 번져 버릴 것 같아요. 회색 벽이랑 건물이랑 콘크리트 바닥까지 물들었어요. 이모 얼굴도요. 아마 제 얼굴도 붉을 거예요."

그런 이야기를 하면 이모는 순한 미소를 띠었다. 아랑이 말하는 대로 눈앞에 그리는 것 같았다. 그래서 아랑은 구태여 진실을 이야기하지 않았다. 이들 앞에 눈송이 같은 털을 가진 개는 없었다. 노상 방뇨를 하는 노인이 벽에 바싹 달라붙어 으르렁거리듯 이쪽을 노려보고 있었고, 낮은 하늘은 금세라도 비를 쏟아 낼 것처럼 우중충했다. 깜빡이는 가로등은 언제든 꺼질 듯이 위태로웠고, 그 아래

선 이모와 아랑의 얼굴은 빛과 그림자로 얼룩졌다. 그리고 녀석은 여전히 이들 뒤를 쫓고 있었다.

아랑이 이모를 만난 것은 세 달 전이었다. 태오와 헬퍼 집을 나와 헤어지고, 아랑은 줄곧 혼자 지냈다. 가출팸에도, 쉼터에도 들어가지 않았다. 밤새 편의점 테이블에 앉아 있거나 불이 켜져 있는 빌딩 계단을 전전했고 그것도 여의찮으면 어떻게든 돈을 구해 피시방으로 기어들어 갔다. 그렇게 정해진 거처 없이 옮겨 다니면 h를 피할 수 있으리라 생각했다. 오산이었다. h는 커뮤니티에 아랑의 얼굴 사진을 뿌리고 아랑이 했던 일, 했을지도 모를 일을 과하게 부풀렸다. 어쩌면 아랑의 목에 현상금을 걸어 놨을지도 몰랐다. 누군가 우연히 아랑을 목격했고, 괘씸한 마음에 혹은 정의로운 마음에 아랑을 신고했을 것이다. 겨자처럼 샛노란 h의 머리는 멀리서도 알아볼 수 있었다. 아랑은 h를 보고도 도망가지 못했다. 몸이 그대로 굳어 버렸다. 한낮이었는데도 길에는 사람이 없었다. h는 아랑의 머리채를 쥐고 죽여 버리겠다고 선언했다. 아랑은 h가 정말 그럴 수 있는 사람이라는 것을 알았다.

h 덕에 떠돌아다니는 것이 위협을 피하는 데 전혀 도

움이 되지 않는다는 것을 깨달았다. 아랑은 청소년 쉼터에 입소했다. 세 번째였다. 맨 처음에는 아버지가 찾아와 아랑을 데려갔다. 두 번째는 쉼터에 있는 아이들의 텃세를 이기지 못해 제 발로 나왔다. 세 번째도 기대 따위 없었다. 그곳은 집이 될 수 없다 생각했다. 오해였다. 고등학교 교사였던 이모는 퇴직 후 쉼터에서 수학을 가르치는 봉사를 하고 있었다. 이모는 지금껏 아랑이 알았던 선생님들과는 달랐다. 넌 남자냐? 여자냐? 묻는다거나 너네 집은 잘산다면서 왜 항상 이런 꼬라지냐고 핀잔을 주지 않았다. 이모는 선생님을 보는 눈빛이 기분 나쁘다고 쏘아붙이다 내키지 않으면 아예 투명인간 취급을 하는 이가 결코 아니었다.

"수학을 잘하는구나. 대단한데. 공부를 그만두기는 너무 아까워. 실력이 제법이야."

아랑이 그 사실을 잊어버리기라도 할까 두려워하는 사람처럼 이모는 끊임없이 아랑이 잘하는 것을 상기시켜 주었다.

"우리 집에서 같이 지내자. 공부하면서. 대신 나도 일상생활을 하는 데 도움 줄 사람이 필요해. 어떻게 생각하니?"

이모가 이런 제안을 했을 때 아랑이 아무 고민도 하지 않은 것은 아니었다. 아랑은 선의를 믿지 않았다. 길에서 지내게 되면서 가장 먼저 배운 것이었다. 하지만 아랑에게 선택지는 없었다. 쉼터도 안전이 보장되지 않았다. 아랑은 언제든 또다시 누군가에게 붙들려 얻어맞을 수 있었다.

이모와 한집에 살면서 아랑은 아직도 자신의 삶에 끌어다 쓸 행운이 남아 있었다는 사실을 깨달았다. 아랑에게는 깨끗한 새 이불이 깔린 방이 생겼다. 아랑만의 책상과 옷장도 준비되어 있었다. 아랑이 편하게 쓸 수 있는 용돈도 얼마간 주어졌다. 대신 아랑은 이모를 도와 장을 보거나 장애인 복지관에 가고, 쉼터에서 수학 강의 보조를 맡았다. 그 외의 시간은 모두 자유였다. 아랑은 주로 수능 공부를 하며 시간을 보냈다. 문제집이 눈에 안 들어오는 날에는 이모의 서재에 꽂혀 있는 현대 대수학과 미적분학 책을 뒤적이며 수학자들에 대해 묻곤 했다. 이모는 탈레스, 피타고라스, 유클리드, 아르키메데스, 그리고 마랭 메르센의 이야기를 들려주었다. 아랑은 이모와 함께하는 시간들을 진심으로 사랑하게 됐다.

"이모, 안녕히 주무세요."

아랑은 이모의 손에 따뜻한 카모마일차를 쥐여 주었다.

"아랑이도."

이모가 침대에 몸을 비스듬히 눕힌 채 미소 지었다. 이모는 중년 가수가 진행하는 심야 라디오 방송을 듣다 잠들곤 했다. 아랑은 이모가 잠들 때까지 그리 긴 시간이 걸리지는 않으리란 것을 잘 알고 있었다. 아랑이 고등학교에 입학하면서부터 처방받아 복용해 온 졸피뎀은 배신하는 법이 없었다. 짧게는 10분, 길게는 30분 안에 약효를 발휘할 것이다. 그 어떤 소리를 들어도 최소 다섯 시간 동안은 이모가 잠에서 깨지 않을 것이라는 뜻이었다.

아랑은 집 안 불을 다 꺼 놓고 창문 아래를 내다보았다. 검은 모자는 어디에도 보이지 않았다, 녀석이 아직 돌아갔을 것 같지는 않았다. 어딘가에 숨어 고개를 높이 쳐들고 아파트 창문을 훑고 있을지 몰랐다. 꼬리가 밟힌 것인지 아닌지 초조하게 저울질해 가면서.

거리 생활을 할 때 유용하게 쓰던 배낭을 버리지 않은 것은 다행이었다. 아랑은 집히는 대로 옷가지를 챙겼다. 속옷과 티셔츠, 계절에 맞지 않지만 점퍼도 구겨 넣었다. 칫솔과 치약, 이어폰, 휴대폰 충전기도 잊지 않았다. 그때 아랑의 뇌리에 이모의 화장대가 스쳤다. 이모는 얼마간의 현금을 늘 화장대 서랍 안에 넣어 두었다. 이모의 반지와 귀걸이가 보석함 안에 얌전히 놓여 있다는 사실도 생각났다. 당장 떠나려면 고작 옷 몇 벌이 아니라 돈이 필요했다. 아무도 아랑을 모르는, 연고가 없는 곳으로 가려면 과연 얼마가 필요할까.

아랑은 문 앞에 서서 눈을 질끈 감았다. 그리고 조심스럽게 이모의 방문을 열었다. 라디오에서 이문세의 노래가 흘러나오고 있었다. 즐겨 듣는 노래인데 이모는 깊은 잠에 빠져 듣지 못할 것이다. 아랑이 라디오를 껐다. 아랑은 잠든 이모의 얼굴에 손을 뻗었다. 이모가 아랑을 볼 때 하는 방식이었다. 부드럽고 완만한 이모의 뺨을 쓰다듬으며 아랑은 이모에게 전부 고백하고 싶은 충동을 느꼈다. 모든 이야기를 들었을 때 이모는 어떤 표정을 지을까. 이모의 머릿속에 아랑은 어떤 모습으로 일그러질까. 아랑은 서둘러 이모의 얼굴에서 손을 뗐다. 주저하지 않고 화장대 서랍을 열어 현금을 주머니 속에 구겨 넣었다. 이모의 보석함이 눈에 띄었다. 아랑은 그 속의 것들을 아무렇게나 가방에 처넣었다. 그리고 급히 방을 나왔다.

이런 또 실수를 하는군.

아랑은 해선 안 될 일을 할 때마다 자조했다. 그런데 지금은 왜 이렇게 눈물이 나는지 알 수 없었다. 안녕 부엌.

안녕 침대. 안녕 저녁. 아침도 안녕. 그리고 이모도 안녕.
집 안의 공기가 무겁도록 고요했다.

수오

수오는 이른 아침 발신자를 알 수 없는 전화에 눈을 떴다.

"그 녀석들 찾았습니까?"

남자는 대뜸 그렇게 물었다. 수오는 남자의 목소리가 곧바로 기억나지 않았다.

"이태오와 조아랑 말입니다."

수오는 그제야 그가 헬퍼임을 깨달았다. 형을 찾지 못한 것은 그쪽도 마찬가지인 모양이었다.

"혹시 뉴스 보셨습니까. 야산에 암매장된 국가대표."

수오는 침대에서 몸을 세워 노트북 화면을 켰다. 며칠 전 뉴스에서 읽었던 충남 야산 암매장 시신의 신원이 밝혀졌다. 사망 추정 시기는 3개월 전. 백골은 한때 태권도 청소년 국가대표로 촉망받던 h였다. 조아랑이 늘 검색하던 이름이기도 했다. 나른하게 남아 있던 잠기운이 순식간에 달아났다.

"저는 누가 h를 죽였는지 알고 있습니다. 이태오와 조아랑입니다."

줄곧 예의 바르고 점잖던 남자의 목소리에서 흥분과 분노가 느껴졌다.

"그 녀석들이 h의 지갑을 훔쳐 달아났거든요. 그래서 h가 녀석들을 쫓았습니다. 그런데 세 달 전부터 h와 연락이 아예 안 되더니 이렇게 죽은 채 발견되었습니다. 경찰에 신고해야 합니다. 그쪽이 도와주시겠습니까?"

남자는 과하게 소리를 높이고 있었다. 수오는 당황했지만 애써 침착함을 유지했다.

"h가 쫓고 있다는 말씀은 없으셨잖아요."

"그야 굳이 필요한 말이라고 생각하지 않았으니까요. 그땐 h와도 연락이 안 돼서 도망이라도 갔나 생각했었습니다."

"그건 그렇고 본인이 신고하지 않는 이유는 뭐죠?"

갑작스러운 수오의 질문에 남자가 말을 얼버무렸다.

"회사도 다니고 바쁜 데다가……."

수오가 남자의 말을 가로막았다.

"그들이 h를 죽였다는 증거가 있습니까? 근거 없이 신고하면 무고죄 또는 공무집행 방해죄가 성립됩니다. 상대가 고소하면 명예훼손죄도 가능하겠죠. 경찰에 신고하기 전 본인이 친권자 동의 없이 미성년자를 보호하고 있었다는 사실을 밝힐 의향이 있습니까. 그 또한 법에 저촉된다는 사실 알고 계십니까."

수화기 너머 정적이 이어졌다. 씩씩대는 숨소리 탓에 남자의 목소리는 웃음을 참고 있는 것처럼 들리기도 했다. 잠시 후 낮은 목소리가 흘러나왔다.

"너 뭐 하는 새끼니?"

수오는 자신의 성급함을 탓했다. 그에게서 조금 더 정보를 얻어 낼 수도 있었을 것이다. 하지만 살인이란 말에 이성이 제대로 작동하지 못했다.

"함부로 입을 나불거리다가 어떻게 되는지 궁금한가 보구나? 너 이……."

수오는 서둘러 전화를 끊었다. 머릿속에 포탄이 떨어진 기분이었다. 지금껏 알아 왔던, 예상했던, 두려워했던 것 이상의 일이 벌어지고 있었다. '죽였다'는 남자의 말이 도장처럼 뇌리에 찍혀 댔다. 죽였다. 죽였다. 죽였다. 머릿속이 복잡해졌다. 그러니까 형은 조아랑과 함께 h의 지갑을 훔쳐 헬퍼의 집에서 나왔다. h는 형과 조아랑을 쫓고 있었다. 조아랑은 분명 h에 관해 무언가를 알고 있었다. 혹은 알고 싶어 했다. 그가 궁금해했던 것이 h가 발견되었는지 여부였던 것일까. 그래서 매일 그의 이름을 검색한 것일지 몰랐다. 그렇다면 조아랑이 혼자 태권도 유단자를 살해해 암매장할 수 있었을까. 그건 불가능에 가까웠다. 조아랑에게는 조력자가 있어야 했다. h가 죽은 것은 3개월 전. 공교롭게도 형과 연락이 끊긴 시점도 3월 그쯤이었다. 이제 가능성은 몇 가지로 좁혀졌다. 첫 번째, 조아랑이 아직 특정 지을 수 없는 조력자와 함께 h를 죽였다. 이 경우 형의 거취는 알 수 없다. 두 번째, 조아랑이 형과 함께 h를 죽였다. 이 경우 형과 조아랑이 더 이상 교류하지 않는 이유도 일정 부분 설명이 된다. 세 번째, 조아랑이 h도 죽이고 형도 죽였다. 그리고 마지막, 이 모든 것은 아무런 연관도 없는 우연이다.

수오는 다시 카페 커피레터에 자리 잡았다. 평소보다 이르게 도착했다. 오전 11시. 아직 조아랑은 모습을 드러내지 않았다. 불안감이 엄습했다. 더 이상 조아랑의 동선을 예측할 수 없었다. 그러나 조아랑은 단순히 식당 밥에 물린 것인지도 몰랐다. 오후가 되면 맹인 여자와 함께 복지관으로 향하니 분명 나타날 것이다. 수오는 애써 마음을 진정시켰다. 도서관에서 조아랑을 마주할 계획이었다.

거기엔 책상과 계단, 사람들을 비롯한 장애물이 많았다. 게다가 조아랑은 혼자다. 쉽게 도망갈 수 없을 것이다. 수오는 형이 어디 있는지 단도직입적으로 묻기로 했다. 조아랑이 협조하지 않는다면 헬퍼에게 조아랑의 위치를 전달하겠다고 할 생각이었다. 그마저도 먹히지 않는다면 죽은 h를 빌미로 경찰을 들먹이는 수도 있었다. 치사한 협박은 수오도 결코 선호하지 않았다. 그러나 조아랑이 숨기고 있는 진실이 무엇이든 형에 관한 것이라면 수오는 알아야만 했다.

수오는 세 잔째 커피를 들이켰다. 오후가 되었지만 조아랑이나 맹인 여자 누구의 모습도 보이지 않았다. 2시가 조금 넘었을 때 아파트 입구에 노란색 승합차 한 대가 멈춰 섰다. 차 옆면에는 '장애인 콜택시'라고 쓰여 있었다. 잠시 후 여자가 혼자 현관 계단을 내려오는 모습이 보였다. 위태롭게 지팡이로 바닥을 한 걸음 한 걸음 짚으면서. 곁에 조아랑은 없었다. 승합차에서 기사가 내려 여자를 부축했다. 곧 여자는 승합차를 타고 어디론가 사라졌다.

뜨거운 뙤약볕이 수오의 얼굴 위로 쏟아졌다. 몇 시간째 유리창에 코를 박고 있는 수오를 카페 점원이 의아한 얼굴로 흘겨보았다. 수오는 조아랑을 놓친 게 아닐까 조급해졌다. 목이 탔다. 목요일. 오늘까지 꼬박 열흘간 쫓아다닌 수고가 물거품이 되는 것이었다. 헬퍼와도 연락이 끊겼으니 어디서부터 다시 형의 흔적을 찾아야 하는지 수오는 아득해졌다.

노란 승합차가 다시 나타난 것은 오후 8시였다. 여자는 차에서 혼자 내렸다. 고작 여섯 개 되는 현관 입구 계단을 오르다 여자가 바닥에 나동그라졌다. 코앞에 있는 지팡이를 찾지 못해 여자의 손이 허공에서 버둥거렸다. 걸어오던 경비가 서둘러 달려가 여자를 일으켜 세워 주었다. 그때 수오는 확신했다. 인정하고 싶지 않지만 어쩔 수 없었다.

조아랑이 사라졌다.

아랑

아랑이 집을 떠난 시각은 전날 자정이었다. 아랑은 24시간 패스트푸드점에서 밤을 새웠다. 아침이 되자마자 아랑은 모닝 세트로 식사를 때우고 근처 대형마트 화장실에서 간단한 세수와 양치를 마쳤다. 아무것도 모르고 집 앞을 서성일 검은 모자를 생각하자 통쾌한 생각마저 들었다. 우선 이모의 물건을 현금화하고 며칠 잠적했다가 숙식이 제공되는 일자리를 찾을 생각이었다. 아랑은 늘 경주에 가 보고 싶었다. 무덤의 도시에 가서 오래된 이름을 땅 아래 묻을 작정이었다. 새로운 이름은 사내아이라는 뜻의 아랑만 아니라면 그 어떤 것이든 상관없었다. 해 보지 못한 헤어스타일에 도전해 볼 마음도 있었다. 머리는 염색이나 파마, 뭐든 좋았다. 검은 모자가 누구든 간에 아랑을 결코 찾을 수 없도록 가능한 한 많은 변화를 줄 계획이었다. 그렇게 살다 보면 언젠가 친구를 사귀고 공부를 하는 평범한 삶을 살게 될 수도 있지 않을까. 아랑은 고개를 저었다. 어쩐지 그럴 것 같진 않았다. 희망이나 기대는 늘 보기 좋게 아랑을 배신해 왔으니까.

우성 전당포는 역 앞 사거리 쌀국숫집 옆에 위치했다. 평소 아랑이 점심 식사를 사러 가면서 알아 둔 정보였다. 간판은 유리창에 붉은 글씨로 대충 써 놓은 것으로 대신했고, 입구는 꽃집을 연상시킬 만큼 잡디힌 식물로 가득했다. 이따금 한 노인이 호스로 식물에 물을 뿌리는 모습을 보긴 했었는데 손님이 들락거리는 모습을 본 적은 없었다. 그래도 영업을 하기는 하는지 더운 날에는 문을 활짝 열어 놓고 있었다. 규모가 큰 전당포는 법적으로 성인인지 까다롭게 물었다. 물건의 출처를 캐묻는다거나 웬만큼 값나가는 물건이 아니면 아예 취급조차 하지 않는 경우가 왕왕 있었다. 그러니 아랑에겐 우성 전당포가 적소였다.

아랑이 전당포 안으로 들어서자 한약을 달이는지 달콤한 냄새가 훅 끼쳤다.

"오늘은 손님이 아주 없을 줄 알았지. 날이 좋아서."

검은 안경테를 낀 노인이 혼잣말인지 아랑에게 하는 말일지 모를 말을 하고는 읽고 있던 신문을 테이블 위에 내려놓았다. 아랑은 가방에 있는 물건을 꺼내 보였다. 이모의 반지와 팔찌, 한쪽짜리 귀걸이, 시계 따위가 우르르 쏟아져 나왔다. 노인이 돋보기를 꺼내 들고 물건을 살폈다.

"올해로 열여덟이구나. 유지은."

노인이 안경을 고쳐 쓰며 아랑을 바라보았다. 노인이 무슨 말을 하는지 아랑은 도통 알 수 없었다.

"내가 어떻게 알았냐고? 옜다. 본인 이름이랑 생년월일이 적힌 팔찌를 팔아? 부모님이 해 주신 걸 텐데. 은은 팔아도 얼마 안 나와."

노인이 은팔찌를 아랑에게 건넸다. 거기 이름과 생년월일이 적혀 있는 줄, 아랑도 몰랐다.

"이거 파는 거 아니에요."

아랑은 서둘러 노인의 손에서 은팔찌를 빼앗아 자기 손에 끼웠다. 노인은 돋보기를 손에 쥐고 아랑이 가져온 다른 물건들을 꼼꼼히 살폈다.

"이거 다 해서 말이야, 만 원 줄게."

노인이 장난스러운 얼굴을 지어 보였다. 그러고는 정말 주머니에서 만 원짜리 지폐를 꺼내 보였다. 아랑은 슬슬 짜증이 나기 시작했다. 속을 뒤집는 냄새가 진동하는 이곳을 벗어나고 싶다는 생각뿐이었다.

"장난해요? 이게 어떻게 만 원이에요. 여기 금도 있잖아요. 제가 봤어요. 이거 24케이라고 쓰여 있는 거."

아랑의 입에서 새된 음성이 튀어나왔다.

"이걸 산다는 게 아니라 안 파는 조건으로 말이야."

노인이 쪼글쪼글 주름진 손으로 만 원을 들이밀었다.

"힘들었어?"

노인이 물었다. 아랑이 알아듣지 못하는 것 같자, 그는 다시 한번 물었다.

"사는 게 힘들었냐구."

누구도 아랑에게 그런 식으로 묻지 않았다. 그래서 아랑은 대답하는 법을 알지 못했다.

"아무리 그래도 부모님 물건을 파는 건 안 되지. 후회할 일 만들지 말어."

그러더니 노인이 자리에서 일어나 쪽방으로 들어갔다. 잠시 후 노인은 종이컵을 손에 쥐고 나타났다.

"달달해. 대추 넣고 흑설탕 한 꼬집, 계피랑 잣 넣고 달달 달인 거거든. 시원하게 먹고 돌아가. 어여."

아랑은 노인의 얼굴을 바라보았다. 악의 없는 얼굴, 조건 없는 호의와 친절. 노인은 지금 아랑이 받을 자격이 없는 것을 권하고 있었다.

"저한테 왜 잘해 주세요?"

아랑의 물음에 노인이 금색 어금니가 보이게 웃었다.

"너는 착한 아이야. 나는 그걸 알거든."

아랑의 얼굴이 뜨거워졌다. 불쑥 화가 치밀었다.

"할아버지. 그렇게 말하면 제가 울면서 돌아갈 거라 생각했어요? 제가 착하다고 어떻게 확신해요? 알지도 못하면서. 저는요, 저를 도와준 사람의 물건을 훔친 거예요. 갈 곳 없는 저를 받아 준 사람 말이에요. 그리고 그거 알아요? 저 막 사람도 패요. 따까리. 뭐 시키면 못한다고 맨날 구박받는 애였는데 우리는 걔를 맨날 때렸어요. 이유는 없어요. 그런데 걔가 아무도 안 보는 틈을 타서 슬리퍼를 짝짝이로 신고 도망갔어요. 그리고 나가자마자 이사 트럭에 치여 죽었어요. 감옥에는 트럭 운전자가 가 있지만요, 걔 우리가 죽인 거예요. 나 그렇게 못돼 처먹은 애예요. 아, 물론 시킨 새끼가 제일 못됐죠. 시켜서 억지로한 거 맞아요. 그렇다고 결과가 달라져요? 자꾸 알지도 못하면서 제 편 들지 말라니까요? 나중에는요. 따까리 그 새끼 뒤지는 거 보고 무서워서 발 뺐다가 잡혀 와서 제가 겁나 처맞았거든요? 근데 누구 하나 도와 달라고 할 사람도 없더라고요. 하도 제가 잘못한 게 많아서. 아, 왜 자꾸 사람을 때리고 그러냐고요? 거긴 공범을 만들어야 하는 곳이거든요. 저처럼 경찰서를 못 가게 하려고요. 그래야 부려 먹기 쉽잖아요. 이제 제가 달리 보이죠? 죽일 년이라고 해 보세요. 너만 없으면 된다. 해 봐요. 너 때문에다 망가져 버렸다고, 그렇게 손가락질해 보시라고요."

아랑은 거친 숨을 몰아쉬며 말을 쏟아 냈다. 그리고 노인이 준 만 원을 소리 나게 책상에 내려놓았다.

"이건, 오늘 애기 아무한테도 안 하는 조건으로 제가 주는 거예요."

노인은 아랑이 한 말을 다 알아들은 것 같지 않았다. 의아한 얼굴로 눈을 깜빡이더니 다시 얼굴이 자글자글해질 때까지 웃어 보였다. 아랑은 더 이상 노인의 얼굴을 마주할 수 없어 도망치듯 전당포를 빠져나왔다. 팔목에 감긴 유지은이라는 이름이 가만히 아랑을 응시하고 있었다.

이모는 유지은에 대해 말해 준 적이 없었다. 그런데도 아랑은 유지은이 누구인지 알 것 같았다. 거실에 걸린 사진을 본 적이 있었다. 백록담을 배경으로, 지금보다 젊은 이모가 한 남자와 중학생쯤 되어 보이는 여자아이와 찍은 것이었다. 이모와 남자를 반씩 닮은 그 여자아이가 바로 유지은이리라. 남편과 딸. 이들은 이모가 눈이 멀던 날, 함께 차에 타고 있었다. 운전자는 이모였다. 피곤한 남편을 대신해 서툰 실력이었지만 자신이 운전을 하겠다고 나섰다고 했다. 전날 내린 폭설에 길이 미끄러웠다. 내리막길에서 차는 도로 경계석을 들이받았고 그 바람에 세 사람이 탄 차량이 전복됐다. 함께 타고 있던 두 사람은 즉사했다. 생존자는 운전을 하고 있던 이모뿐이었다. 그때 시신경만 손상되고 살아남은 것이 불행인지 다행인지 모르겠다고, 쉼터에서 누군가 수군거리는 소리를 아랑은 들은 적이 있었다. 그래서 실수로 그 사진을 떨어뜨렸을 때, 유리 조각이 사진 위에 마구 튀었을 때 아랑은 겁부터 났다. 이모에게 아주 소중한 것을 망쳐 버렸으니까. 말하지만 않는다면 이모는 평생 모를 수도 있는 일이었다. 하지만 아랑은 고민 끝에 사실대로 털어놓았다. 액자를 깨뜨려 버렸다고.

"나는 이제 사진이 필요 없어. 보이지 않잖아."

이모는 부드럽게 웃으면서 손끝으로 사진을 매만졌다. 그리고 마음 졸였을 얼굴이 보이기라도 하듯 아랑의 머리를 쓸어 주었다. 이모는 살면서 얼마나 많은 것들을 쓰다듬었을까. 얼마나 많은 것을 용서하고, 얼마나 많은 것을 묻어 두었을까. 그때 아랑은 상상했다. 모든 것을 고백한 채 온순한 동물처럼 이모의 무릎에 동그랗게 웅크린 자신을. 그 품은 무한히 안전하고도 관대한 세계일 거라 아랑은 확신했다.

구름에 달이 가렸다. 이모가 이미 집에 돌아와 있을 시간이었다. 오늘 아침 이모는 평소와 달리 늦잠을 잔 것에 의아해하며 눈을 떴을 것이다. 아무리 이름을 불러도 대답 없는 아랑이, 처음에는 산책이라도 갔나 싶었겠지만 결국 돌아오지 않을 것임을 직감하는 데는 오래 걸리지 않았을 것 같다. 쉼터에 봉사가 있는 날이라는 것을, 이모가 아직까지 대중교통 타는 것을 어려워한다는 사실을 가장 잘 아는 사람이 아랑이니까. 이모는 장애인 콜택시를 이용해 쉼터에 갔을 것이다. 보조해 줄 아랑이 없으니 공식을 설명하고 채점하고 아이들의 질문에 일일이 대답까지 해 주느라 이모는 쉼터에서 곤혹을 치렀을 게 뻔했다. 이모는 과연 현금과 보석이 사라진 것을 눈치챘을까. 물건의 위치가 조금이라도 틀어지면 이모는 예민하게 알아차렸다. 이모는 그동안 의문스럽게 여겼던 것들, 아랑이 기어코 휴대폰 만들기를 거부한 일이라든가, 매일 정오마다 먼 곳까지 홀로 배회하고 다녔던 이유에 대해서 짐작하며 배신감을 느끼고 있을지 몰랐다. 오늘 이후로 그녀가 대가 없이 누군가를 돕겠다는 숭고한 마음을 잃어버린다고 해도 놀랍지 않았다. 그런 것을 짐작하면서도 아랑은 걸음을 멈추지 않았다. 이모를 두고 도망가고 싶지 않았다. 이모에게 용서를 구할 것이다. 아니, 벌을 받을 것이다. 그러나 그 전에, 할 일이 있었다.

아랑은 달리기를 한 뒤에는 꼭 그네를 탔다. 바람에 땀이 마르는 게 좋았다. 하늘 위로, 다시 땅으로. 아주 멀리까지 단숨에 갈 수 있을 것 같지만 제자리를 맴도는 그네를 타며 아랑은 기쁨과 좌절을 동시에 만끽했다. 아마 녀석 또한 같은 기분일 터였다. 검은 모자는 오늘 이모가 홀로 외출하는 것을 보고 좌절했을 것이다. 그러나 보란 듯이 다시 나타나 그네를 타고 있는 아랑을 보고 지금쯤 남몰래 축가를 웅얼거리고 있을지 몰랐다.

보습학원을 마친 아이들, 늦은 퇴근을 하는 회사원까지 집으로 돌아갔다. 11시가 지나자 순찰 중이라는 팻말을 걸고 경비는 휴게실로 들어갔다. 자동차와 행인들 소음이 잦아들었다. 묻혀 있던 소리가 들려오기 시작했다. 길고양이의 하악질, 소란스러운 밤 벌레 울음, 그리고 타박타박 모래알을 밟고 걸어오는 녀석의 발걸음.

"조아랑."

아랑은 고개를 돌렸다. 검은 모자를 쓴 녀석이 아랑의 등 뒤에 서 있었다.

"하루 종일 안 보여서 사라졌다고 생각했는데, 다시 나타나다니 의외네."

녀석이 가까이 다가왔다. 아랑은 자리에서 일어나 옷 속에 숨기고 있던 깨진 유리병을 꺼내 들었다. 그리고 순식간에 녀석의 명치에 예리한 면을 갖다 댔다.

"너, 나한테 원하는 게 뭐야."

아랑이 녀석의 모자를 낚아채 집어 던졌다. 또렷한 눈매와 오뚝한 콧망울을 가진 얼굴이 드러났다. 생전 처음 보는 얼굴이었다.

"너 대체 누구야?"

"그거 내려놓고 내 말부터 들어 봐."

아랑은 그럴 마음이 없었다. 유리병을 더욱 세게 틀어쥐었다. 조금만 더 힘을 준다면 녀석의 옷을, 피부를 뚫으리라는 직감이 아랑의 손끝에 찌릿하게 전해졌다. 그때야 녀석이 입을 다물었다.

"h야? h가 시킨 짓이야?"

아랑은 떨리는 목소리를 티 내지 않으려고 부러 큰 소리로 말했다. 녀석이 침을 삼키고 조심스럽게 입을 뗐다.

"나는 이태오의 동생이야. 형이 어디 있는지만 알면 돼."

녀석의 목소리가 가늘게 떨렸다. 하지만 눈빛만은 또렷

했다.

"그걸 내가 어떻게 믿지?"

아랑의 말에 녀석이 천천히 주머니에 손을 넣었다. 그리고 휴대폰 속 사진을 보여 주었다. 두 명의 소년이 서로 어깨동무를 한 채 서 있었다. 배경에 있는 아이들 손에 꽃다발이 들려 있는 것으로 보아 졸업식이었던 것 같았다. 앳된 얼굴에 주근깨투성이 얼굴, 게다가 군데군데 머리에 난 흰 머리카락까지. 그 소년은 태오가 분명했다. 아랑은 천천히 유리병을 거뒀다. 하지만 여전히 의문은 남아 있었다.

"날 미행한 이유가 뭐야."

"난 널 믿지 않거든."

녀석이 낮은 목소리로 말했다. 아랑은 당혹스러웠다. 녀석이 품어 온 적의가 꽤나 오래된 것 같았다.

"나도 태오랑 연락 안 된 지 오래야."

이 말은 거짓말이 아니었는데도 아랑의 입이 말랐다. 언제부터 태오와 연락이 안 됐는지, 그것이 h와 어떤 연관이 있는지 아랑은 설명할 자신이 없었다.

"그렇게 나올 줄 알았어. 난 너에 대해 아주 많은 것을 알아. 조아랑."

녀석이 단숨에 아랑을 제압했다. 유리병을 빼앗은 녀석은 있는 힘껏 내던졌다. 바닥에 떨어져 유리병이 산산조각 나는 소리가 들렸다. 아랑의 심장이 부릉부릉 시동을 걸고 있었다. 아파트에서 지하철까지 달려서는 18분, 경찰서까지는 11분, 가장 가까운 약국까지는 4분, 오토바이까지는…….

"너는 형과 함께 헬퍼의 집에서 세 달 전 도망 나왔어. 이후로는 형의 행적도, 형을 봤다는 사람도 전혀 없어. 형의 마지막 목격자가 바로 너라는 말이야."

"난 정말 아는 게 없어. 경찰에 신고하는 게 빠를 거야. 당장 경찰서에 신고해."

"물론 신고는 했지. 하지만 경찰이 성인 가출자의 행방에 얼마나 적극적일까? 정답은 전혀. 조금도 관심이 없어. 한 해 6만 명이 사라지고 천 명이 죽어도 말이야."

녀석이 아랑의 심중을 읽기라도 한듯 아랑의 팔목을 틀어쥐었다.

"허튼수작을 부리면 너를 경찰에 신고할 수도 있어. 형을 찾는 일과는 달리 너를 처벌하는 데는 무척이나 적극적일걸?"

녀석은 냉정하고 차분했다. 아랑은 녀석의 팔을 세게

뿌리쳤다.

"그러든가. 너는 내가 왜 여기 다시 돌아왔을 거라고 생각해? 멍청해서? 천만에. 나는 죗값을 받을 거거든. 그러니까 신고하겠다는 협박은 안 통해. 네가 태오가 어디 있는지 알려 달라면 알려 줄 수는 있어. 그런데 부탁할 때는 공손해야지."

아랑이 고개를 빳빳이 쳐들었다.

"어디 있는지 말해 주는 걸로는 부족해. 함께 가 줘야겠어. 네가 다시 도망갈지 어떻게 알아. 지금으로선 네가 형을 찾을 유일한 단서야."

녀석의 말에 아랑의 얼굴이 홧홧해졌다.

"내가 왜 거짓말을 하겠어."

녀석이 입술을 비틀었다.

"바로 오늘 아침 뉴스에 나왔어. h의 사망 추정 시기는 세 달 전. 공교롭게도 h가 너와 형을 찾아 나선 시점이지. 그 이후 h는 실종됐고, 사망했어. 너는 이 사실을 진작부터 알기라도 했던 것처럼 지속적으로 h에 대해 검색했지. 그리고 결국 도주를 감행했어. 시신이 발견되어서일 거야. 뻔하고 전형적인 용의자의 행동이야. 그런데 아직 사람들이 모르는 게 있어. 사라진 사람이 h뿐만이 아니라는 거야. 우리 형도 사라졌지. 네 주변의 두 사람이 사라졌어. 너한테는 거짓말을 할 이유가 충분해. 벌을 받겠다니 지금 원한다면 경찰서에 신고해 주지. 그 맹인도 너의 실체를 알 권리가 있으니까."

아랑은 순간 잘못 들었다고 생각했다. h의 죽음. h가 죽었다. h가 세상에 존재하지 않는다는 뜻이었다. 목을 옭아매던 긴장이 단숨에 풀렸다. 아랑은 그네에 주저앉았다. 이상한 기분이었다. 누군가 죽었는데 슬픔이나 두려움 따위는 들지 않았다. 단지 조금 허탈했다. 녀석은 아랑의 반응이 자신이 옳았음을 증명하고 있다고 생각하는 눈치였다. 팔짱을 낀 채 아랑을 내려다보고 있었다. 아랑은 헛웃음이 나왔다. 녀석은 단단히 잘못 알고 있었다. 그런데도 자신이 진실을 꿰뚫고 있다고 믿고 있었다. 아랑은 h를 죽이고 싶었다. 하지만 그럴 힘도 용기도 없었다. 아랑은 구태여 녀석에게 그런 것을 시인할 마음은 없었다. 그러다 머릿속에 작고 뾰족한 갈고리 모양의 물음표 하나가 떠올랐다.

'그런데 h는 누가 죽인 거지?'

아랑은 순간 호흡이 가빠져 숨을 쉴 수 없었다.

태오.

제2장

병철

태오에게 일을 해 보라고 제안한 사람은 병철이었다.
편의점, 피시방, 카페, 어디든 상관없었다. 어서 빨리 돈
을 벌어 나가 살고 싶지 않으냐고, 새 휴대폰도 사고 새
옷도 사 입으면 좋을 거라고 병철은 부드럽게 권했다. 태
오는 설핏 눈을 깔았다.

"제가 안 해 봤게요? 저 열아홉 살 때부터 안 해 본 거
없어요. 홍대 고깃집에서 3개월 알바한 것만 받았어도 제
가 헬퍼한테까지 갈 일은 없었을걸요. 거기 일 그만둘 때
들고나온 게 이거잖아요."

태오가 주머니에서 붉은 포켓 나이프를 꺼냈다. 견고하
게 만들어진 스위스제 칼이었다.

"거기 사장이 딸이 선물로 준 거라고 되게 아꼈거든요.
화장실 열쇠를 훔칠까 이걸 훔칠까 하다가 이걸 훔쳤어
요. 다시 밖에서 지내려면 칼 하나는 있어야겠다 싶었거
든요."

태오가 날카로운 칼날을 꺼내 거침없이 손가락으로 훑었다. 손끝에 붉은 핏방울이 맺혔다. 태오는 아무렇지 않게 손가락을 입에 넣고 빨았다.

"저도 형들 하는 일 같이 하면 안 돼요? 집안일도 할게요. 저는 다른 건 필요 없어요. 잘 데만 있으면 돼요."

입술에 묻은 핏자국을 소매로 훔치며 태오가 말했다.

병철이 태오를 데리고 추심을 다니기 시작한 것은 3월부터였다. 태오는 사채업자가 한다는 일이 가로등 아래 가만히 서 있는 일이라는 사실에 안도한 것 같았다. 영화처럼 망치를 들고 다니며 집을 부술까 봐 지레 겁먹었다고 태오는 멋쩍게 머리를 긁적이며 말했다.

"너는 앞으로 뭐 하고 싶어? 평생 이거 할 건 아니잖아."

병철의 질문에 태오가 한 손으로 가로등 빛을 가린 채 고개를 들었다.

"실은 별생각 없어요. 그런데 동생이 한 살 어려요. 저랑 다르게 공부를 되게 잘해요. 걔가 어렸을 때부터 자기는 판사가 될 거라고 했어요. 정의로운 사람, 오해하지 않는 사람, 또 뭐더라 아무튼 그런 판사가 될 거라고 했는데, 그럼 로스쿨인가 어딜 가야 한다면서요? 등록금이 어마어마하다고 들었어요. 우선 그걸 낼 만큼 돈을 벌어야죠. 대학교 졸업할 때까지니까 한 4년, 아니 군대도 가야 하니까 길면 6년 정도 남았어요. 그때까지 같이 살 집 하나 마련하면 좋고요. 걔가 잘된다고 뭘 바라는 건 아니에요. 그냥 좋아요. 동생이 좋아하는 걸 보면."

병철은 그때 태오가 웃는 모습을 처음 보았다.

긴 시간 기다리는 것은 지치는 일이었다. 병철은 가끔 자신의 몸에서 참을 수 없이 역한 냄새가 나는 것은 아닌가 하고 의심했다. 그 냄새를 맡고 채무자들이 서둘러 몸을 숨기는 것은 아닌가 하고.

동네 한 바퀴 돌고 오겠다며 자리에서 일어났던 태오는 천억 마리 유산균이 살아 있다고 광고한 요거트와 작은 플라스틱 스푼을 들고 나타났다.

"형 맨날 배 아프다고 했죠? 병 걸려서 그런 게 아니라 장이 꼬여서 그럴 때가 있거든요. 이게 효과가 진짜 좋아요. 저기 편의점에서 아무거나 사면 화장실 키도 줘요."

태오와 병철은 함께 보도 턱에 걸터앉았다. 병철이 희고 뭉글거리는 요거트를 입에 넣고 우물거리는 동안 태오는 긴 소시지를 앞니로 똑똑 끊어 씹어 먹었다. 고작 소시지 하나에 태오의 얼굴 위로 만족스러운 표정이 번졌다.

아무리 애늙은이 같은 표정을 하고 있어도 애는 애였다.

수금 내역을 확인하고 채무자들에게 일일이 연락하는 일이 남아 있었다. 지금껏 그들에게 전화를 걸고 욕을 나불거리는 데 병철은 아무런 거리낌이 없었다. 수년간 해 오던 일이었다. 하지만 태오 앞에서는 아니었다. 병철에게 뭐든 물어보려고 하고 배우려고 하는 태오의 시선이 환한 빛처럼 느껴졌다. 그런 눈동자를 마주할 때면 병철의 얼굴이 화끈거렸다. 몰래 하던 나쁜 짓을 들킨 기분이었다. 병철은 그런 얘기를 하는 대신 '실전'이라는 좋은 핑곗거리를 대고 휴대폰을 태오에게 넘겼다.

"오늘은 네가 해 봐."

태오가 겁먹은 얼굴로 수첩에 적힌 채무자에게 전화를 걸기 시작했다. 물론 한 번에 전화를 받는 사람은 없었다. 태오는 끈질기게 통화 버튼을 눌렀다. 태오의 얼굴은 점점 오기와 짜증으로 점철되었다. 마침내 전화를 받은 한 채무자에게 태오는 누군지 얼마를 빌렸는지 따지지도 않고 욕을 하기 시작했다. 원래 욕에는 논리가 없다지만 태오의 욕은 지나가던 행인의 뒤통수를 무차별적으로 가격하는 것만큼이나 갑작스러웠다. 호두의 화법에 익숙해져서 웬만하면 불쾌감을 느끼지 않는 병철조차 미간을 좁힐 정도였다. 그것이 반들반들하게 침이 묻은 태오의 연분홍빛 입술 사이에서 튀어나올 때 병철은 매스꺼운 이질감마저 느꼈다.

몇 분간 쉼 없이 욕을 쏟아붓고 태오는 전화를 끊었다. 칭찬이라도 받고 싶은 얼굴로 태오가 병철을 바라보았다. 병철이 가볍게 태오의 어깨를 두드렸다.

"잘하네. 그렇게 하면 돼."

병철과 달리 태오는 추심에 재능이 있었다. 욕도 잘했고, 협박도 잘했다. 담보로 받아 놓은 채무자들과 그 지인의 일터와 집도 부지런히 찾아다녔다. 자신의 일에 별다른 의미를 부여하지 않는다는 것도 이 직종 종사자들이 가져야 할 바른 자세 중 하나였다. 태오는 점점 대범해졌다. 걱정이나 고민에 할애하는 시간은 줄였고 대신 실제로 채무자들을 상대하는 시간을 늘렸다. 태오의 성실함과 회수되는 돈의 액수는 비례했다. 먹고 죽으려고 해도 없다더니 채무자들은 심해지는 독촉에 어떻게든 돈을 마련해 꾸역꾸역 이자를 납부했다.

"쪼아 대는 것도 죽고 싶기 딱 직전까지만 해라. 괜히 경찰 꼬이고 일 복잡해진다."

호두는 어느 날 퇴근한 태오를 앉혀 놓고 말했다.

"그런데 그보다 더 조심할 게 뭐냐. 네가 죽는 거다. 너 돈 받으려고 쫓아다니다가 칼에 찔렸다는 말 들어 봤냐? 아무도 관심을 안 가져 줘서 그렇지 되게 많다. 이게 비공식 통계 타살률 1위 직종이거든. 잘 알아 둬라."

호두가 태오의 배에 주먹을 내리꽂았다. 태오는 욱 소리를 내며 배를 감쌌다. 호두가 낄낄거리며 그 모습을 보았다. 태오는 아프다거나 하지 말아 달란 말을 하는 법이 없었다. 태오는 그런 것을 부탁해 본 적이 없었을지도 몰랐다. 애초에 그런 것을 기대해 본 적이 없거나.

태오는 의견을 내비치거나 마음을 표현하는 경우가 드물었다. 내내 무뚝뚝한 얼굴을 하고 있었는데 그래도 간식거리를 사다 주거나 칭찬을 해 줄 땐 어스름한 미소를 지어 보였다. 녀석의 기분이나 상태는 알 수 없었지만 반대로 녀석이 병철의 의중을 꿰뚫고 있다는 생각은 종종 들었다. 태오는 병철이 좋아할 거라고 생각되는 것들을 자주 화제 삼아 이야기했다. 자동차 종류나 야구에 대해 물으며 병철에게 배울 점이 있는 사람이라는 기분을 느끼게 했다. 병철이 좋아하는 반찬을 기억했고 병철의 오

래된 칫솔이나 슬리퍼를 새것으로 바꾸어 놓았다. 태오
가 병철의 취미와 기호를 파악하는 동안 병철은 태오에
대해 아무것도 알아내지 못했다. 기껏 알게 된 것이 매우
아끼는 동생이 있다는 것, 삼촌 집에서 줄곧 자랐다는 것
정도였다. 부모에 대해 언급한 적은 지금까지 딱 한 번뿐
이었다.

"형. 이 꽃 이름이 뭐예요?"

태오와 함께 길을 걸을 때였다. 태오는 대로변 꽃집 앞
에 멈춰서 병철을 돌아보았다. 병철이 칼라꽃이라고 일러
주자 태오는 작게 고개를 주억거렸다.

"별장에 이 꽃이 되게 많았거든요. 엄마가 좋아해서."

병철은 별장에 대해 더 묻고 싶었지만 태오는 더 이상
말을 하고 싶지 않은지 입을 꾹 다문 채 앞서 걸어갔다.
병철은 생각했다. 태오는 칼라꽃이 핀 별장을 가졌던 아
이였다. 그는 지금 왜 이곳에 와 있는가. 하긴 과거는 중
요하지 않았다. 병철 또한 한때는 누군가의 아주 착한 아
이였으니까.

*

　병철은 컴퓨터 학원을 하는 아버지와 보험 영업을 하는 어머니 아래 평범한 유년을 보냈다. 국어를 좋아했고 주말이면 동네 친구들과 어울려 씽씽이를 타고 놀이터를 배회하는 것이 낙이었다. 그런 병철이 가장 싫어하는 시간은 방과 후 피아노 학원에 가는 시간이었다. 맞벌이인 병철의 부모는 아이가 적적하게 혼자 시간을 보낼까 걱정했을 테지만 병철은 피아노 학원에 가느니 혼자 벽을 보고 서 있는 게 낫겠다고 생각했다. 피아노 학원은 집에서 15분 거리에 있었는데 그곳에 가기 위해서는 육교를 건너야 했고, 학원이 있는 건물에는 엘리베이터가 없어 3층까지 또 걸어 올라가야 했다. 학원에 남자는 병철뿐이었다. 병철은 분홍색으로 꾸며진 여자애들만 가득한 피아노 학원에 들어가면 목욕탕을 잘못 찾아 들어온 것처럼 볼이 뜨거워지고 몸이 비비 꼬였다. 물론 피아노에 재미를 붙일 기회도 없었다. 가까스로 마음을 진정하고 피아노 앞에 앉으면 알쏭달쏭 물음표 같은 음계 앞에서 또다시 기가 죽었다. 선생님은 왜 가르쳐 준 것을 모르냐고 모나미 볼펜으로 병철의 손등을 탁탁 소리 나게 때렸다. 병철은 그녀도 그런 식으로 맞아 봤는지 궁금했다. 뼈마디가 아파서 어쩔 땐 울고 싶을 지경이었다. 병철은 부모에게 학원을 그만두고 싶다고 말하려 했지만 끝내 그러지 못했다. 부정적인 의사 표현은 나쁜 행동이라고 여겨서였다.

어느 날 병철은 학원에 가는 대신 육교를 건너지 않고 대로를 쭉 따라 걸었다. 별 이유 없이 지독히도 학원에 가기 싫은 날이었다. 두 시간을 어디서 때워야 할지 물색하다 해가 뜨거워 들어간 곳이 약국이 있는 작은 상가 건물이었다. 병철은 그곳에서도 그가 만회할 잘못을 헤아려 보았다. 어제는 이를 안 닦고 잤는데 오늘은 학원까지 빠지다니. 내일은 착한 일을 두 번 더 해야겠다. 병철은 작은 손가락을 꼬물거리며 숫자를 셌다. 배가 고팠다. 너무 먼 길을 온 것만 같은 두려움이 엄습했다. 혼자 이렇게 멀리 나온 적은 처음이었다. 두리번거리는 병철에게 말을 걸어온 사람은 흰 머리를 하나로 쪽 찐 다정한 얼굴의 노파였다.

"애기야. 길을 잃었니?"

병철은 모르는 사람의 말에는 대답하지 않는 거라고 배웠지만 노파는 누군가를 해치기에는 너무 약해 보였다. 병철은 배가 고프다고 말했다. 노파는 집이 어디냐고 물었지만 병철은 고개를 내저었다. 집에 연락이 가면 피아노 학원에 빠진 것을 부모님이 알게 될까 두려웠다. 노파는 한 손에는 약봉지를 들고, 다른 한 손으로는 병철의 손을 잡았다. 노파는 가끔 멈춰서 숨을 고르고 마른기침을 하면서 천천히 걸음을 옮겼다. 10분 정도 걸었을 때 병철과 노파는 작은 반지하 방에 도착했다. 거실에 작은 방이 딸린 집이었다. 눅눅한 냄새가 나고 빛이 들지 않아 어두웠다. 하지만 노파가 해 준 김치전은 맛있었다. 병철은 거기서 식혜도 먹고, 간장에 무친 묵도 먹었다. 배가 부르자 졸음이 몰려왔다. 선풍기 바람에 병철의 머리카락이 가벼이 흩날렸다. 병철은 코미디 프로그램 재방송을 시청하며 천천히 단잠에 빠졌다.

병철이 눈을 떴을 때는 이미 늦은 밤이었다. 병철은 부모에게 데리러 와 달라고 전화를 걸었다. 피아노 학원을 마치고 친구네 집에 놀러 왔다고 할 작정이었다. 전에도 친구네서 늦게까지 놀다 저녁까지 얻어먹은 적이 있었다. 전화를 받은 병철의 엄마는 흐느끼고 있었다. 병철은 무언가 대단히 잘못되었다고 직감했다. 학원 빠진 걸 알아버린 것일까. 습관처럼 단전에서부터 날카로운 복통이 일기 시작했다. 노파의 집 앞 골목으로 찾아온 사람은 병철의 부모뿐만이 아니었다. 경찰관 서넛이 함께였다. 병철의 부모는 병철을 와락 껴안으며 어떻게 된 일이냐고 다그쳤다. 피아노 학원에서 병철의 결석 소식을 알렸고, 곧바로 병철의 부모는 병철의 친구들에게 전화를 돌렸다고 했다. 아무도 병철의 소식을 모른다고 답하자 병철의 부모는 유난히 귀엽고 순한 그들의 외동아들이 납치당했다고 확신했다. 병철은 그 자리에서 오줌을 눴다. 진실을 말할 순 없었다. 병철은 해선 안 될 짓을 하고 말았다. 실타래가 말려 들어가 있던 것처럼 입안에서 거짓말이 술술 흘러나왔다. 학원에 가는 길에 이 할머니가 나를 무작정 집으로 끌고 왔어요. 배가 고파요. 오늘 피아노 학원에 가지 못했어요. 병철이 알기로 부모는 노인들에게는 늘 깍듯했으므로 노파에게 화를 낼 거라고는 생각하지 못했다. 그것은 병철의 오산이었다. 부모는 노파에게 거세게 항의했다. 노파는 무언가 제대로 설명도 하기 전에 경찰차에 실려 갔다. 병철은 어머니가 자신에게 화가 나지 않은 것 같아 다행이라고 생각하면서도 노파가 걱정스러웠다.

며칠간 병철은 학교도 가지 않고 학원도 가지 않았다. 병철의 부모는 직장도 나가지 않고 병철이 원하는 만큼 간식과 선물을 쥐여 주었다. 흐지부지되는 수사와 합의를 종용하는 경찰을 비난할 때마다 부모의 얼굴에 근심이 비쳤지만 병철은 분명 행복한 시간을 보내고 있었다.

어느 날 전화를 받은 병철의 아버지가 아주 오랜만에 밝은 얼굴로 병철을 돌아보았다.

"노파가 죽었다는구나. 심장마비. 신의 심판을 받은 거지. 이제 아무도 널 해치지 못할 거야."

병철은 입을 틀어막았다. 어머니는 우는 병철의 등을 부드럽게 쓸어 주었다. 이상하게도 그 손길이 불타는 인장처럼 아주 고통스럽게 느껴졌다. 그날 자신과 노파만 있었던 게 아니었다는 사실이 병철의 뇌리에 스친 것은 그때였다. 집 안에는 병철보다 두 살 많은 소년이 있었다. 병철은 그의 얼굴을 보자마자 인상을 찡그렸다. 아마 병철이 생전 처음 추함을 느낀 순간이었을 것이다. 어린애답지 않게 슬픈 얼굴을 하고 있던 아이. 찡그린 것인지 웃는 것인지 모를 입매와 두려움과 호기심을 동시에 품은 눈동자. 노파는 자상한 목소리로 그를 호두야, 라고 불렀다. 호두는 부끄러운지 방 밖으로 나오지도 못하고 열린 문틈으로 병철을 바라보았다. 병철은 그 눈이 두렵지 않았다. 단지 조금 불쾌했을 뿐이었다.

얼마 지나지 않아 병철은 기억을 더듬어 노파의 집으로

찾아갔다. 반지하 방의 문은 굳게 닫혀 있었다.

"날 찾으러 왔냐?"

누군가 병철에게 말을 걸었다. 주변을 돌아보아도 아무도 보이지 않았다.

"날 찾으러 왔냐고."

병철은 여전히 외딴길 위에 혼자 서 있었다. 사방에서 흐릿한 웃음소리가 들려왔다. 병철은 이를 악물고 냅다 도망쳤다.

병철은 철창에 갇히는 꿈을 자주 꿨지만 그런 일은 벌어지지 않았다. 병철은 호두가 그날 일을 경찰에게 말하지 않은 이유가 가끔 궁금했다. 병철이 불쌍해서 그런 것은 아니었을 것이다. 아무도 호두의 말을 들어 주지 않았거나, 지독히도 사람들 앞에 나서는 게 부끄러워 자발적으로 숨기로 작정했는지도 몰랐다.

병철은 말이 없는 청소년이 되었고, 병철의 부모는 그 원인이 과거 납치 사건에 있다고 여겼다. 그래서 병철이 원하는 것은 뭐든 들어주려고 했고 그럴수록 병철은 미칠 지경이 되었다. 밤마다 잠을 설쳤다. 친구는 없었고, 학업은 관심 밖이었다. 어떻게 해도 상쇄되지 못할 잘못을 저질렀다는 것. 그리고 거기에 목격자가 있다는 사실이 늘 병철의 마음속에 남아 있었다.

병철 앞에 호두가 나타난 것은 그로부터 몇 년이 지난 어느 날이었다. 커다란 모자에 마스크까지 쓰고 있었지만 병철은 자신의 집 앞에 버티고 선 호두를 단번에 알아보았다. 그 괴이한 눈빛을 잊을 수 없었다. 보호자가 없던 호두는 시설로 옮겨졌다가 결국 그곳을 나오게 되었다고 했다. 호두의 목적은 돈이었다. 병철은 집에 있는 귀금속을 모두 털어 호두에게 주었다.

"이 나쁜 새끼야."

병철은 그 말을 들었을 때 복통이 사라지는 것을 느꼈다. 병철은 부모에게 도둑이 들었다고 말했지만 경찰도, 부모도 믿지 않았다. 다행히 병철의 부모는 더 이상 따지지 않았다. 병철은 주기적으로 호두를 만났다. 호두는 병철의 죄책감과 부채감을 잘 알고 있었다. 병철은 호두가 시키는 일은 뭐든 했다. 최신형 MP3 플레이어를 훔쳐다 주고, 이유 없이 자동차 타이어에 구멍을 내고, 길고양이 사료 그릇에 쥐약을 풀어 넣었다. 병철은 매번 괴로웠지만 그래서 기분이 나아지는 것을 느꼈다. 호두에게서 벗어나고 싶다는 마음조차 갖지 않았다. 그저 자기가 받아야 하는 벌을 받는다고 생각했다. 벌을 받으면 받을수록 용서받을 수 없는 존재가 된다는 것. 병철은 그 자학적 아이러니에서 벗어날 수 없었다.

*

태오가 바빠질수록 상대적으로 병철의 일은 줄었다. 시간적 여유가 생기자 안 보이던 것들이 눈에 들어왔다. 벽 모서리에 자라나고 있는 새카만 곰팡이나 구멍이 커다랗게 뚫려 있는 태오의 속옷 같은 것들이었다. 병철은 어렸을 때 어머니의 어깨너머로 바느질을 배웠다. 고쳐 입고 싶을 만큼 아끼는 옷이 없어 써먹지 못했다. 남사스럽게 태오에게 속옷을 선물해 주는 것도 웃길 것 같았다. 병철은 편의점에서 반짇고리를 하나 샀다.

병철이 집에 돌아왔을 때 태오는 거실에 쪼그려 앉아 수첩을 가만히 들여다보고 있었다. 채무자들의 이름과 연락처, 잘 욺, 툭하면 신고함, 딸과 단둘이 삶 따위의 특징이 적혀 있는 수첩이었다.

"내가 네 엄마는 아니잖아."

병철이 편의점 봉지를 툭 태오에게 던졌다. 그 안에서

반짇고리를 꺼내 든 태오가 의아한 얼굴로 병철을 쳐다보았다.

"구멍 난 팬티가 요즘 네 또래 유행이냐."

농담으로 한 말이었는데 태오가 잘못이라도 한 사람처럼 고개를 숙여 병철은 머쓱해졌다.

"바느질은 할 줄 알고?"

태오가 고개를 저었다. 병철이 방에 들어가 태오의 사각팬티를 하나 들고나왔다. 병철이 태오를 옆에 앉혀 두고 흰색 배경에 파란 줄무늬가 있는 팬티를 펼쳐 보였다.

"배워 두면 좋잖아."

병철이 바늘에 실을 꿰고 바느질을 시작했다. 바늘의 움직임에 따라 삐뚤빼뚤한 실선이 팬티 위에 수놓아졌다. 태오는 어이없기도 하고 부끄럽기도 한 듯 쿡쿡 웃었다.

"네가 한번 해 볼래?"

병철이 바늘과 팬티를 태오에게 건넸다. 태오는 팬티를 받아 들고 병철이 한 대로 실을 꿴 바늘을 위아래로 움직였다. 서툴렀지만 분명 구멍 난 부분이 메워지고 있었다. 병철은 기뻤다. 더 위협적으로 구는 법, 더 악랄하게 사람을 괴롭히는 법 따위가 아니라 마침내 태오에게 삶에 유용한, 도움이 되는 것을 가르쳐 준 것 같아서였다.

태오

어디쯤일까. 도로는 텅 비어 있었다. 헤드라이트에 비친 나무들이 을씨년스럽게 머리를 흔들었다. 절과 휴게소, 인근 폭포 따위의 위치를 알려 주는 표지판들이 곳곳에 나타났다 사라지기를 반복했다. 가사를 알 수 없는 팝송이 라디오를 타고 흘러나왔다. 누구도 음악에 귀를 기울이고 있지 않았다. 졸음이 오는지 병철은 수시로 자신의 뺨을 세게 때렸다. 조수석에 앉은 호두는 창가 쪽으로 머리를 기울인 채 미동조차 없었다. 태오는 자꾸만 뒷유리를 돌아보았다. 무언가 그들을 쫓는 느낌이 들었다. 물론 거기에는 아무도 없었다. 태오는 아까부터 울고 싶은 마음이 들었다. 아니, 토하고 싶은 마음, 아니, 도망치고 싶은 마음. 불쾌함과 당혹감이 태오의 마음속에 교차했다. 불쑥 병철이 뒤를 돌아보더니 태오의 얼굴을 살폈다.

"이런 일은 생각보다 흔하다."

그 말을 할 때 병철의 목소리가 떨렸다. 태오는 병철이

대체 몇 번이나 사람을 죽이고, 시체를 묻었는지 궁금해
졌다가 이내 고개를 저었다. 그런 것은 알고 싶지 않았다.

국도를 타고 가다 비포장도로에 진입해 한참을 달렸다.
거대한 산림 공원인가 싶은 풀숲을 지나 차 한 대만 겨우
통과할 수 있는 좁은 길에 들어섰다. 산으로 진입하는 트
럭이나 중장비들을 위해 간이로 만들어 놓은 길인 듯했
다. 오르막길을 오르다 병철이 중턱에 차를 멈춰 세웠다.
차에서 내린 병철은 입에 담배를 문 채 깎여 나간 흙벽
에 몸을 바싹 붙였다. 오줌 줄기가 미처 녹지 않은 눈 위
로 흘러내렸다. 태오도 차에서 내렸다. 축축한 새벽 찬기
가 얼굴에 닿았다. 나무 꼭대기에 걸려 있는 달이 깨질 듯
이 빛났다. 너무도 적요해서 이명만이 사이렌처럼 귓바퀴
에 맴돌았다. 지퍼를 내리고 벽 앞에 섰는데도 오줌이 나
오지 않았다. 태오는 바지를 추켜올리고 의미 없이 허리
를 양옆으로 돌렸다. 차 라이트에 비친 둥글고 흰 것이 눈
에 띈 것은 그때였다. 태오는 천천히 그쪽으로 다가갔다.
처음에는 누군가의 스카프이거나 인형 따위라고 생각했
다. 그런 것이 어째서 이런 곳에 떨어져 있는 것인지 궁금
했다. 아니었다. 가까이 가 보니 그것은 피떡이 되어 죽어
있는 흰 개였다. 참혹했다. 차바퀴에 깔렸는지 목이 꺾여

있고 연분홍색 내장이 아무렇게나 튀어나와 있었다. 유기되어 죽기 전까지는 꽤나 앙증맞고 귀여운 강아지였을 것이다. 몰티즈나 시츄 정도의 소형견으로 보였다. 태오도 그런 개를 알고 있었다. 삼촌이 키우던 개였다. 정확히는 숙모가. 두 사람이 이혼하면서 개는 삼촌에게 버려졌다. 수오와 태오는 삼촌과 함께 살면서 유일하게 추억이라 할 만한 것들을 그 개와 쌓았다. 삼촌은 녀석이 제 이름도 모르는 멍청이라고 투덜거렸다. 아무리 졸리라고 불러도 쳐다보지 않는다는 이유에서였다. 수오와 태오는 그 개를 메롱이라고 불렀다. 작고 붉은 혀가 입술 사이로 삐쭉 나와 있었으니까. 메롱아, 메롱아 부르면 메롱이는 꼬리를 흔들었다. 녀석의 길고 풍성한 꼬리는 프로펠러처럼 힘차게 자신의 이름에 반응했다. 형제는 저녁마다 삼촌을 피해 밖으로 나가 메롱이와 산책했다. 짧은 다리로 열심히 쫓아오는 메롱이를 보며 그들은 간간이 웃음을 터트렸다. 수오와 태오는 메롱이에게 '앉아'와 '엎드려'를 가르쳤다. 훈련시키지 않았는데도 '기다려'를 알아들을 만큼 녀석은 영특했다. 녀석은 태오의 기분을 어떻게 알았는지 울적한 날에는 가만히 옆을 지켜 주었다. 기분이 좋을 때면 태오는 메롱이의 볼에 얼굴을 비볐다. 축축한 촉감과 고소한 냄새. 그 감각들을 떠올릴 때면 태오는 행복했던 기분을 다시 느낄 수 있었다.

"야. 이태오. 안 오고 뭐 해."

호두가 소리쳤다.

"네. 형."

태오는 발이 쉽게 떨어지지 않았다. 죽은 개가 아무래도 메롱이를 닮았다고 생각해서였다. 털 색깔이나 생김새를 말하는 게 아니었다. 눈. 깜짝 놀랐다는 듯이 부릅뜬 두 눈. 아무것도 보지 못하면서 집요하게 빛나고 있는 그 눈이 닮아 있었다. 태오는 궁금했다.

죽은 개들은 왜 눈을 감지 않는지.

어떤 꿈은 꿈인 줄 알고 꾼다. 그래서 깨어나기를 선택할 수도 있다. 또 어떤 꿈은 꿈인 줄 모르고, 꿀 때마다 같은 생각을 하고 같은 의문을 갖기도 한다. 이 꿈은 후자다. 태오는 꿈을 꿀 때마다 같은 음악을 들었고, 같은 풍경을 보았다. 죽은 개를 보고 메롱이를 떠올렸고 삼촌을 떠올렸다. 마치 그 순간에 갇힌 것처럼 같은 장면이 무한히 반복되고 있었다. 태오는 잠에서 깨어날 때마다 그 생생함에 몸서리쳤다. 그 밤의 온도와 습도가 피부를 파고

들었고 구역질이 목 끝까지 차올랐다.

　태오는 한동안 아무런 꿈을 꾸지 않았다. 베개에 머리를 대면 잡아먹히듯이 잠 속으로 빠져들 만큼 바쁜 날들이 이어졌다. 태오는 그것이 좋았다. 그래서 더욱 열심히 사람들을 찾아다니고, 돈을 받아 내고, 욕을 해 댔는지도 몰랐다. 돈을 받으려면 개, 돼지라고 소리쳐야 했다. 어떤 방식으로 해를 가할지 구체적으로 예시를 들어 줘야 그들은 말을 알아들었다. 상스럽게 바닥에 침을 뱉거나 남의 집 대문 앞에 대자로 뻗어 누워야 하는 일도 비일비재했다. 쉬운 일은 아니었다. 육체적으로도 정신적으로도 피로한 일이었다. 무엇보다 하고 싶은 일이 아니었다. 밤잠을 참으며 고기를 구워 주는 일은 할 만했다. 허리를 펴지 못해도 택배 상하차를 하는 것도 참을 만한 일이었다. 하지만 받아야 할 돈을 떼이는 일, 부상당했다고 해고되는 일은 그러고 싶어서 당한 일이 아니었다. 원하는 일을 한다고 원하는 결과가 보장되는 것은 아니라는 뜻이었다. 그러므로 태오는 그저 주어진 일을, 노동을 성실히 해내기로 했다. 그렇게 결심하자, 지금껏 태오가 살면서 배운 작은 교훈이 뜻밖에 빛을 발했다. 강한 사람이 아니라면 지독한 사람이라도 되어야 한다. 삼촌에게 조기 교육을 받은 덕이 컸다. 이유 없이 손찌검이 날아와도 수오는 그 저 참았다. 대꾸하지 않았고 무시하는 법을 택했다. 포기 하고 받아들였다. 수오는 그것이 일을 빨리 끝내는 법이 라고 생각한 모양이었다. 태오는 달랐다. 이기지 못하더 라도 소리부터 내질렀다. 더 아프게 맞더라도 고개를 빳 빳하게 세웠다. '독한 새끼'. 그것은 태오가 싸워서 얻은 이름이었다.

　노동에 할애한 시간과 업무 능력은 정비례했다. 태오는 생전 처음 본 사람에게 칼로 눈알을 도려내 버리겠다거나 내일 아침 신장 없는 시체가 한강에서 발견되면 네 아내 인 줄 알라는 말을 웃으면서 할 수 있게 되었다. 네 자식 에게 애비 없는 새끼라는 말을 선물로 주고 싶은 거냐는 질문도 던질 수 있을 만큼 여유가 생겼다. 그런 것에 죄책 감이 들 겨를은 없었다. 그것은 어느 순간 태오에게 너무 사소한 일이 되어 버렸다.

　다시 꿈을 꾸기 시작한 것은 지난주부터였다. 정확히 말하면 그 뉴스를 전해 들은 후부터.

　충남의 한 야산에서 어제 오전 6시, 장뇌삼을 캐던 심마니에 의해 시신 한 구가 발견되었습니다. 부패가 상당히 진행되었지만 뼈와 골격으로 보아 10대에서 20대 사이 남성으로 보인다고 경찰이 밝혔습니다. 경찰은 지문과 뼈 감식을 통해 빠른 시일 내 신원을 파악할 예정이라고 전했습니다.

TV 화면 속 경찰들이 분주하게 야산을 걸어 다녔다. 그 가운데 새빨갛게 익은 붉은 열매가 태오의 시선을 사로잡았다. 작은 열매가 다발처럼 옹기종기 모여 꼭 꽃처럼 보였다. 저런 풀이 있었구나. 태오도 모르던 일이었다. 늦겨울 그 땅은 황량했고 부서진 낙엽과 마른 나무뿌리 말고는 아무것도 없었다. 시간은 그렇게 무심히도 제 할 일을 하고 있었다. 태오는 잠시 멍해져 있었다. 그래서 그곳이 바로 자신이 병철과 호두와 함께 늦은 밤 차를 타고 달려간 곳이라는 것을, 경찰이 발견한 것이 다름 아닌 그들이 죽여 버린 h라는 것을 잊고 말았다.

"좆 됐네."

호두가 그렇게 말하기 전까진.

시체를 감식하기까지 오랜 시간이 걸리지 않았다. 곧 뉴스는 비극적으로 생을 마감한 청소년 국가대표에 대한 기사로 넘쳐 났다.

태오는 h를 짧게 알았다. 따지자면 한 달도 안 되는 시
간이었다. 그동안 태오는 h 옆에서 쪽잠을 잤다. 녀석은
얼굴에 여드름 자국이 많았다. 샛노랗게 염색한 머리는
뜯겨 나온 솜뭉치처럼 늘 푸석푸석했다. 녀석은 소매가
긴 티셔츠를 입어야 하는 날씨에도 늘 땀을 흘렸고 잠잘
때면 코골이가 심했다. 말끝에 시발이란 단어를 습관처
럼 붙였고 조금만 수가 틀리면 냅다 뺨부터 갈겼다. 자기
딴에는 재미난 장난이라도 되는 듯 영문 없이 소리를 지
르거나 다짜고짜 멱살을 잡다가 히죽 웃으며 넘기는 일도
비일비재했다. 물론 녀석이 아무에게나 그렇게 구는 것은
아니었다. h는 헬퍼를 자신의 주인쯤으로 생각하는 것 같
았다. 헬퍼가 말하지 않아도 h는 그가 뭘 원하는지 알고
있었다. 누가 도망가지 않나 주의 깊게 살폈고 새로운 일
거리를 찾아왔다. 충성의 대가로 헬퍼가 베푸는 몇 가지
혜택들을, 예컨대 혼자 외출을 허락한다거나 대포폰을 개
통시켜 준다거나 다른 녀석들에게 뭘 해도 간섭하지 않
는다거나 하는 것들을 아주 크고 대단한 아량이라고 믿고
있었다. 녀석이 아침 7시면 저절로 눈을 뜨고 아침과 저
녁마다 샤워하는 습관이 있다는 것은 의외였다. 옷은 각

맞춰 개어 놓아야 직성이 풀렸고, 소녀처럼 소중한 것들을 모아 두는 습관이 있다는 것도 같은 방에서 지내지 않았더라면 쉽게 상상하기 힘들었을 것이다. 원칙적으로 숙소 내 모든 돈은 헬퍼의 소유였으나 h는 자신이 판단하기에 괜찮다고 생각하는 정도는 주머니에 챙겨 온 모양이었다. h의 지갑 안에는 꼬깃한 콘돔 하나와 지폐 몇 장, 동전, 그리고 각기 다른 주민등록번호가 적힌 주민등록증 두 장이 들어 있었다. 매트리스 아래 숨겨 둔 녀석의 보물들이었다.

'촉망받던 대한민국 태권도 미래'라니. 그 사실을 알았더라면 결과가 달라졌을까. 그럼 h가 다짜고짜 현관문을 열고 들어와 태오에게 녹슨 수도 파이프를 휘둘러 댔을 때도, 호두의 면상에 주먹질을 하고 병철의 명치를 발로 차 넘어뜨렸을 때에도 이성적인 생각을 할 수 있었을까. 그를 앉히고 차분하게 대화로 갈등을 풀 수 있었을까. 고작 6만 원 들어 있는 지갑을 훔쳤다고 파이프를 휘두르는 녀석에게 그런 방법들이 해결책이 될 수 있었을까. 모든 질문의 답은 같았다. 아니. 녀석은 이 집에 들어선 순간부터 목적을 달성하기 위해서는 뭐든 다 했을 것이다. 그날 밤 골목에 나타난 병철 때문에 멈춰 버린 폭행을 끝내야 했다. 태오가 무릎을 꿇어도, 빌어도, 대화를 해 보려고 해도 소용없었을 것이다. 호두가 방에서 네일건을 들고 오지 않았더라면, 그것을 녀석의 뒤통수에 갈기지 않았더라면 태오는 녀석의 주먹에 맞아 숨이 멎었을 것이 분명했다. 그다음엔 아랑이 죽었을 수도 있었다.

'결국 일어날 일이 일어났다.'

태오는 그렇게 결론지었다.

태오는 TV에서 h의 부모가 오열하는 장면을 보았다. h가 쌥쌔라고 부르던 아버지가 흰 도복을 입고 웃고 있는 녀석의 영정 사진을 들고 있었다. 두 형이 나란히 침통한 표정으로 그 뒤를 따랐다. 태오는 자신이 느끼는 감정이 무엇인지 잘 알 수 없었다. 슬프지 않았다. 죄책감도 없었다. 후회는 약간 들었다. 일이 복잡하게 꼬여 버렸기 때문이었다.

경찰은 h의 마지막 행적을 쫓고 있었다. 꽤 오래전부터 철저히 신분을 감추고 살았던 h의 흔적을 찾는 것은 시작부터 난관인 것 같았다. h는 어디서도 본명을 쓰지 않았고 남의 신상 정보를 도용했다. 가출 이후 전입신고는커

녕 병원 기록조차 없었다. 그를 알고 있다는 사람도 좀처럼 나타나지 않았다. 조건 만남을 사칭하고, 온라인에 허위 매물을 팔고, 퍽치기나 일삼았으니 당연한 일이었다. 녀석이 그런 인생을 살아왔다는 것이 여러모로 태오를 안심시켰다.

사람을 죽인 후에도, 묻은 후에도, 그 시신이 발견된 후에도, 게다가 신원까지 밝혀진 후에도 태오는 배가 고프고 잠이 오고 화장실에 가서 대변을 누고 소변을 갈겼다. 허기짐과 욕구는 어느 때든 찾아왔다. 그러니 일도 그만둘 수 없었다.

태오는 하루에 한두 차례 대출 상담을 다녔다. 전에는 병철의 꽁무니를 따라다녔지만 더 이상 그럴 필요가 없었다. 상담자가 돈을 얼마나 잘 갚을 수 있을지, 어떤 방식으로 돈을 빌려주어야 최대한 이윤을 남길 수 있을지 판단하는 일이 익숙해졌다. 30만 원을 빌려주고 50만 원을 받는 것은 학생이나 놀음쟁이들에게, 선이자 40퍼센트를 뗀 백 단위 대출은 적어도 직업이 있거나 담보가 있는 사람에게 권하는 방식이었다. 직장도, 담보도 없는 데다 어리바리해 보이기까지 하는 사람에게는 대포폰을 개통하게 하고 돈을 주는 일명 내구제방식을 제안하기도 했다. 물론 대포폰을 누구한테 파느냐에 따라 채무자가 당할 수 있는 피해가 무한대라는 것은 상담 시 설명하지 않았다. 태오가 이날 만난 사람은 마른 체구에 머리를 아무렇게나 틀어 묶은 서른두 살 여자였다. 목이 쉰 것인지 잠긴 것인지 소리를 내는 것부터 힘들게 느껴졌다. 여자는 몇 번이나 큼큼 목을 가다듬었다.

"15만 원만 빌릴 순 없을까요."

여자는 곧 월급을 받는데 급하게 돌려막기를 해야 해서 돈이 필요하다고 했다. 월급을 받는다는 말은 거짓말이 분명했다. 통장 내역을 보면 적어도 몇 개월간 입금 기록이 없었다. 게다가 돌려막기라면 이미 갈 데까지 간 거나 다름없었다. 신용이 낮아 휴대폰도 개통되지 않을 것 같았다. 담보라 할 만한 것도 있을 리 없었다. 사기, 사채, 사치. 그리고 그 밖의 안타까운 사연들. 실수를 했을 수도, 불행한 운명을 타고났을 수도 있었다. 태오는 여자가 구구절절 한을 풀어놓을까 봐 서둘러 서류 가방을 닫았다. 사람들의 오해와 달리 사채업자들도 아무에게나 돈을 빌려주진 않았다. 곧 죽어도 이상할 것이 없는 사람은 피하는 게 상책이었다.

"깡패 짓이나 인신매매를 하면서 계약하는 사람이면 몇 푼 빌려줄 수도 있겠는데요. 우린 그렇게까지는 안 해요."

여자는 자신이 바닥까지 왔다고 생각했겠지만 세상에는 더 아래 바닥이 있었다. 그녀는 그곳으로 갈 것이 분명했다. 여자는 애초에 기대도 하지 않았다는 듯이 입을 꾹 다물었다. 고개를 끄덕이고 있는 것인지, 고개를 버틸 힘이 없는 것인지 여자의 얼굴이 까딱까딱 흔들렸다. 서둘러 자리에서 일어서려는 태오를 여자가 붙잡았다. 축축한 여자의 살이 닿자 태오의 피부에 소름이 돋았다. 여자가 무어라 작은 목소리로 말했다. 잘 들리지 않았다. 태오가 짜증스럽게 여자를 뿌리쳤다. 힘없이 툭 여자의 손이 떨어져 나갔다. 흘러내린 머리카락이 여자의 얼굴에 달라붙었다.

"원래 이런 사람은 아니에요."

여자의 목소리가 곧 바람에 묻혀 버렸다.

경찰은 h의 행적을 쫓는 일을 포기한다. 누구도 h에 대해 이야기하지 않는다. 그렇게 태오는 일상으로 돌아간다.

태오는 잠시 그런 기대를 품었었다. 그것이 얼마나 순진한 생각이었는지 깨닫기까지는 오래 걸리지 않았다. h에 대한 수사가 예상보다 빠르게 진행됐다. 범죄 가능성이 제기되었다. 추측성 기사가 쏟아졌고 진위가 확인되지 않는 목격담이 속출했다. 그중에 태오의 시선을 끈 기사가 있었다. 몇 해 전 한 소년이 이삿짐 트럭에 치여 죽은 사건을 재조명한 것이었다. 태오도 아랑에게 들은 적 있는 사건이었다. 헬퍼에게 붙잡혀 있다 탈출한 소년이 빌라 앞에서 변을 당했다고 했다. 소년의 사망과 관련해 h가 경찰과 대면한 적이 있었다는 것은 처음 안 사실이었다. 경찰과의 조사에서 h는 자신이 소년의 룸메이트라고 밝혔다. 장난을 치다 녀석이 뛰어갔고 이사 트럭에 치였다고 h는 증언했다. 운전기사의 전방 주시 태만이 직접적인 사고 원인이었으므로 운전기사를 구속하면서 일단락된 사건이었다. 하지만 그때 참고 자료로 쓰였던 CCTV 영상에 이상한 점이 있었다. 소년이 신발을 짝짝이로 신고 있었다는 점, 차에 치인 후 h는 소년에게 달려간 것이 아니라 다짜고짜 집으로 달려 들어갔다는 점이었다. 경찰은 이제 소년의 죽음과 h의 죽음에 연결점이 있다고 생각하는 눈치였다. 경찰의 다음 타깃은 헬퍼의 지옥 소굴이 될 터였다. 거기에서 이곳까지 수사망이 좁혀지는 데 얼마의 시간이 필요할까. 태오의 심장이 째깍째깍 울려 댔다.

사방에서 보이지 않는 가시가 자라나는 것 같았다. 피할 곳이 점점 줄어들어 갔다. 태오는 종종 명치가 답답해져 숨을 몰아쉬어야 했다. 박동이 너무 거세 심장을 토해내고 싶었다. 예민해진 것은 태오뿐만이 아니었다. 좀처럼 목소리를 높이는 법이 없는 병철은 길에서 고작 어깨가 스친 것 가지고 행인의 멱살을 쥐어 잡았다. 호두는 더욱 맹렬하고 거칠게 채무자들을 닦달했다.

병철이 늦는 날이면, 그래서 호두와 집에 단둘이 남는 날이면, 태오는 더욱 행동과 소리에 주의했다. 평소라면 어디라도 나가서 시간을 보냈겠지만 수사 때문에 괜히 돌아다녀 좋을 것이 없다고 판단했다. 태오는 웬만하면 방 밖으로 나오지 않았다. 주로 휴대폰을 하며 시간을 보냈다. 얕은 잠을 자다 깨면 금방 밤이 되어 있었고 끼니때가 되어서야 겨우 거실을 내다보곤 했다. 호두의 기분에 따라 집 안의 분위기와 태오의 신변이 좌지우지됐다. 태오는 자주 이유를 모른 채 얻어맞았다. 운이 좋아 그럭저럭 넘어가는 날도 더러 있었다. 그런 것은 태오가 선택할 수 있는 것이 결코 아니었다.

태오는 꽤나 많은 사람들과 한 지붕 아래 살아 봤다. 부모, 삼촌, 동료, 쉼터의 아이들, h와 다른 녀석들, 그리고 병철과 호두. 태오는 그곳이 어디든 떠나는 것이 최선이라고 생각될 때까지 악착같이 버텼다. 대단한 공간을 바란 것은 아니었다. 태오는 춥고 졸리고 배고프고 덥고 화장실에 가고 싶을 때 욕구를 해결해 줄 곳이 필요했다. 여러 집을 전전하면서 태오에게는 적응 비법이 생겼다. 함께 사는 사람들의 모양에 자신을 맞추는 것이다. 각각의 지붕 아래는 각각의 세계였다. 로마에 가면 로마법을 따르듯 그 집에 가면 그들처럼 생각하고 그들처럼 행동해야 했다. 그래서 삼촌과 살 때 태오는 개같이 굴었다. 동료들과 지낼 때 태오는 깨끗하고 예의 바르게 행동했다. 쉼터에서 태오는 얌전하고 성실하게 생활했고, 헬퍼와 함께 지낼 때 태오는 그들이 시키는 것은 뭐든 했다. 그러나 이곳에서는 지금까지 쌓아 온 노하우가 무색해졌다. 태오는 호두나 병철이 무슨 생각을 하는지, 무슨 마음을 가지고 이런 짓을 하는지 도무지 알 수 없었다. 호두와 단둘이 이야기해 본 적이 드물기도 했지만 이해되지 않는 행동투성이였다. 지독하게 돈을 받아 내고 집요하게 채무자를 찾아다녀 돈을 벌지만 호두와 병철은 돈을 쓰지 않았다. 외제차나 좋은 집을 욕심내지도 않았다. 맛있는 음식이나 여자에도 관심이 없었다. 그렇다고 미래에 투자를 하고 있는 것 같지도 않았다. 태오가 보기에 호두는 순전히 이 일을 사랑했다. 고작 30만 원이 없고 그걸 빌릴 지인조차 없는 사람이 얼마나 절실한지, 어디까지 비굴해질 수 있는지 태오는 두 눈으로 목격했다. 지긋지긋하고 끔찍했다. 호두에게는 아니었다. 호두는 겁에 질린 사람들의 목소리를 듣는 것을 좋아했고 사람들이 구걸하고 비는 꼴을 보면서 기쁨을 느꼈다. 이자로 돌아오는 돈은 호두에겐 부차적인 수익일 뿐이었다. 병철은 좀 달랐다. 호두와 마찬가지로 돈으로 얻을 수 있는 것들에는 아무 관심이 없었다. 더불어 이 일 자체에도 아무런 흥미나 열정이 없었다. 늘 고민이 많은 얼굴에 입맛이 없다며 소주로 식사를 대신하는 그의 행동을 보면 알 수 있었다. 채무자에게도 그는 잘 나서지 않았다. 전화를 걸어야 할 때는 우선 조곤조곤 설득하는 쪽을 택했다.

"이 선에서 마무리 짓는 게 좋을 겁니다."

이 말은 결코 협박이 아니었다. 호두까지 일에 관여하게 만들지 말라는 부탁이었다. 병철이 마음을 먹는다면 호두를 떠나는 일은 어렵지 않았을 것이다. 애초에 호두는 혼자서는 바깥에 잘 나오지도 못하니까. 그런데 돈에도 일에도 관심이 없는 병철은 왜 군이 호두가 시키는 일을 하는 것일까. 애정, 의리, 두려움. 그 어떤 것도 아닌 것 같았다. 태오에게는 아무리 생각해 봐도 풀리지 않는 미스터리였다. 물음표만 가득 남았다. 그들처럼 생각하고 행동하라는 태오의 비법이 통할 리 없었다. 그럴 땐 잠자코 닥치고 있는 게 답이었다.

최선을 다해 닥치고 있어도 한집에 있으면 의도치 않게 호두의 심기를 거스를 때가 있었다. 일을 보고 화장실을 나오던 태오는 문 앞에 버티고 선 호두와 눈이 마주쳤다. 호두가 성큼성큼 태오 앞으로 걸어왔다.

"방금 누군가 우리 우편함을 뒤졌다."

호두가 작은 목소리로 말했다. 태오는 아무 소리도 듣지 못했다. 어쩌면 호두가 h 일로 너무 예민해진 탓에 헛소리를 들은 것일 수도 있었다. 물론 이런 것을 솔직히 말할 수는 없었다.

"제가 나가서 보고 올까요?"

태오는 신발을 꿰어 신고 현관문을 열어젖혔다. 문 앞에는 아무도 없었다. 우편함은 늘 그렇듯 아무렇게나 편지들이 꽂혀 있었다. 다만 문 앞에 붙어 있어야 할 광고 전단지가 뜯겨 바닥에 구겨져 있었다. 광고지를 붙이러

온 사람의 짓일 수도 있고 심심한 행인의 소행일 수도 있었다.

"저는 잘 모르겠어요, 형."

태오가 고개를 돌리자마자 호두가 다짜고짜 손바닥을 날렸다.

"이 시발아. 경찰이기라도 하면 어떡하려고 문을 여냐. 멍청한 새끼가. 이게 지금 다 너 때문이잖아. 개새끼야. 어? 너는 지금 이게 재밌나 보구나? 장난 같나 보구나?"

호두가 태오의 어깨를 세게 붙잡았다. 그대로 끌고 들어간 곳은 호두의 방이었다. 호두는 장롱을 열어 각목 하나를 쥐어 들었다. 태오는 대체 뭘 잘못했는지 묻는 것이 무의미하다는 것을 알았다. 답은 단순했다. 때리는 사람이 그러고자 했으니 맞는 것이다.

"정신 안 차려? 너는 지금 아주 남 일 같지? 실감이 안 나지? 믿는 구석이라도 있는 거야? 혹시라도 말이야. 이 개새끼야. 일을 이따위로 만들어 놓고 혼자 도망갈 생각 하지 마. 알아들어? 혼자 발 뺄 기대조차 말라고. 우린 한 배에 탔다. 그걸 명심해. 배신한다는 허튼 꿈은 접어라. 널 죽일 수 있는 방법이 수십, 수백 개는 된다."

호두는 태오를 꿰뚫어 본다는 듯 말했다. 남아 있는 것이 좋을지, 도망가는 것이 좋을지, 물론 태오도 저울질했었다. 실질적으로 h를 네일건으로 죽인 사람은 호두였다. 차를 운전해 주도적으로 시체를 유기한 사람은 병철이었다. 태오는 직접적으로 이 죽음에 관여하지 않았다고 주장할 수도 있었다. 하지만 경찰이 헬퍼를 찾아갔다면 가장 먼저 꼬리 잡힐 사람은 태오였다. 혼자 도망가는 섯은 결코 득이 되지 않았다.

"수작 부리지 못하게 사지를 미리 절단내 줄게."

각목이 태오 옆구리로 날아왔다. 허벅지와 무릎에도 내리꽂혔다. 삼촌에게 하던 개 버릇이 튀어나와선 안 됐다. 적어도 이 집에서는 버텨야 할 이유가 있었다. 한 대씩 맞을 때마다 입에서 침이 튀어나왔다. 태오는 잠자코 맞았다. 월세로 지불하는 값이라고 생각하면 마음이 편했다. 선택권이 있다면 태오는 언제라도 50만 원을 내느니 50대를 맞는 쪽을 택했을 것이다. 게다가 나름의 즐길 거리도 있었다. 호두가 각목을 휘두를 때 태오의 시선은 열린 장롱으로 향했다. 하키 스틱, 사냥용 공기총, 도끼, 골프채가 걸려 있는, 옷장이라기보다 무기고에 가까운 장롱이었다. 태오는 그런 것이 별로 두렵지 않았다. 쌓여 있는 돈다발을 보면 죽음을 목전에 둔 서늘함이 사라졌다. 장롱 안쪽에는 굳게 닫힌 금고와 잘 마른 나뭇잎처럼 빳빳한 황금색 현금이 쌓여 있었다. 무거운 잠금쇠가 풀리고 장롱이 열릴 때만, 그러니까 태오가 맞을 때만 볼 수 있는 황홀경이었다. 쌓아 놓은 저 돈은 대체 얼마나 될까. 한 다발에 5만 원 지폐가 100장씩만 있어도 500만 원이었다. 그런 것이 적어도 스무 개가 쌓여 있었다. 게다가 금고 안에는 뭐가 있을지 알 수 없었다. 더 많은 돈일 수도, 금덩이일 수도 있었다. 서울에 작은 빌라 전세는 3억 정도 할 것이다. 보증금을 넣고 월세로 산다면 그보다 적은 돈이 들 것이다. 지방의 아파트는 1억이면 된다는 소리도 어디선가 들어 본 적 있었다. 아주 시골에 주택을 사들이는 것도 그쯤이면 충분할 것이다. 수오와 단둘이 살 수 있는 집. 아무도 그들을 때리지 않고 위협하지 않고, 쫓아오지 않는 곳에서 사는 상상. 이곳에서 몇 년만 일을 하면 그렇게 될 수 있을 것 같았다. 물론 당장 많은 돈을 쥐는 것은 아니었다. 병철은 기껏해야 간식값 정도만 챙겨 주니까. 하지만 그들이 돈을 버는 방식은 쉬웠다. 조금만 무뎌지면 누구든 할 수 있는 일이었다. 미안한 마음, 양심의 가책 같은 무의미하고 쓸데없는 감정만 버린다면 가진 것 없고 배운 것 없는 태오도 금방 저런 현금 다발을 쌓아 놓고 살 수 있을 것만 같았다. 이렇게 적은 사람들을 대상으로 하는 일인데도 저 정도의 돈을 벌 수 있다는 건 규모를 키우면 몇 배의 돈을 더 벌 수 있다는 뜻이었다. 이번 일만 잘 지나가면 된다. 태오는 몽롱해지는 정신을 붙잡았다. 시선은 돈다발에 고정된 채였다.

누군가 우편함을 뒤졌다고 주장한 그날 이후 호두는 실시간으로 h 사건 기사를 업데이트했다. 기사 내용에 따라 호두의 기분은 안 좋음, 나쁨을 거쳐 최악으로 치달았다. 호두는 늦은 밤까지 잠들지 못하고 새벽에도 몇 번씩 자리에서 일어났다. 집 안을 서성이다가 난데없이 비명을 내질렀고 손가락 두께만큼 열어 놓은 창문 틈으로 행인들을 쏘아보았다. 호두는 현관문 앞에 길다란 작살과 망치를 세워 두었다.

의식해서인지 몰랐다. 원래 그랬던 것이 불쑥 낯설게 느껴지는 것일 수도 있었다. 태오 역시 외출하고 돌아올 때마다 집 주변 사물의 위치가 조금씩 달라진 것 같다는 생각이 들기 시작했다. 태오는 바깥 창틀의 먼지가 지워져 있는 것을 발견했다. 빌라 1층이라지만 이런 일은 단

한 번도 없었다. 네 개의 손가락 자국이 희미하게 보였다. 마치 누군가 창문 안을 들여다본 것 같았다. 누군가 주변을 맴돌고 있다. 의심이 아니라 확신이 되어 갔다. h 사건을 추적하는 경찰일 수도 있고, 원한을 가진 채무자라고 해도 놀랍지 않았다.

태오가 눈을 뜬 것은 모두가 잠들어 있는 늦은 새벽이었다. 검은 시트지를 붙여 놓은 창문 틈으로 한 줄기 가로등 빛이 새어 들어왔다. 그것이 태오를 깨운 것은 아니었다. 집 밖에서 작은 짐승이 달려가는 소리가 들렸다. 무언가 고양이나 쥐를 놀라게 했다는 뜻이었다. 태오는 이불을 반쯤 내리고 귀를 기울였다. 부스럭거리는 소리가 창문 앞에서 들려왔다. 작은 목소리로 누군가 속삭이고 있었다. 한 명이 아니라는 뜻이었다. 아무 움직임이 없는 것을 보아 아직 호두나 병철은 인기척을 느끼지 못한 모양이었다. 태오가 이부자리에서 천천히 빠져나와 몸을 숙인 채 문 쪽으로 기어갔다. 문제는 입구에 설치된 센서등이었다. 태오가 현관 앞에 서자 반짝하며 등이 켜졌다. 재빠르게 뛰어가는 발소리가 들려왔다. 태오가 서둘러 신발을 꿰어 신고 문밖으로 달려 나갔다.

이미 녀석들을 놓친 후였다. 냅다 도망가는 것을 보면 경찰은 아닌 것 같았다. 애초에 공격이 목표인 사람도 아니었다. 장난 짓을 하는 꼬맹이라면 큰 교훈을 주겠다고 태오는 생각했다. 곧 태오의 눈에 늘어진 두 개의 그림자가 보였다. 태오는 그림자를 향해 달려갔다. 신발 뒤축에 쓸려 발꿈치가 아렸다. 그래도 태오는 있는 힘을 다해 뛰었다. 실체를 알아야 했다. 그리고 당당하게 호두와 병철 앞에 녀석을 내보이고 싶었다.

녀석들은 빌라 골목을 지나 호수 공원 쪽으로 향하고 있었다. 태오는 점점 녀석들과 거리를 좁혀 가고 있었다. 태오가 아주 빨라서는 아니었다. 어느 순간 태오는 녀석들이 속도를 줄여 가고 있다는 것을 알아차렸다. 잡히기를 바라는 사람 같았다. 한 녀석이 제자리에 멈춰 섰다. 불쑥 태오는 아무런 공격책도 방어 수단도 없다는 사실이 떠올랐다. 그러나 멈추기엔 늦었다. 어떻게든 맞서는 수밖에 없었다. 잠시 후 다른 한 녀석도 멈췄다. 마치 태오를 기다리는 것처럼 가로등을 등지고 두 사람이 나란히 섰다. 태오는 거리를 조금 두고 섰다. 그들 사이는 고작해야 20미터 정도 벌어져 있었다. 뚜벅뚜벅 녀석들이 태오 쪽으로 걸어왔다. 뒤로 돌아가야 하나. 태오는 잠시 흔들렸다. 그러나 집에서 너무 멀리 왔다. 죽기 아니면 살기다. 그게 누가 됐든.

"어이."

익숙한 목소리였다. 한 녀석이 손을 번쩍 들어 올렸다.

"잘 지냈냐?"

순간 태오는 눈을 의심했다. 아랑이었다. 아랑이 대체 이 시간에 왜 이런 곳에……? 어리둥절한 태오 앞에 낯익은 실루엣이 나타났다. 태오는 흰 얼굴을 한 소년을 한눈에 알아볼 수 있었다.

"형."

아니야. 지금은 때가 아니야. 아니란 말이야. 태오는 자신의 얼굴을 한 손으로 가렸다. 부어 있는 눈과 터진 입술을 수오에게 들키고 싶지 않았다. 지금이 낮이 아니고 어두운 밤이라는 사실이 그나마 다행이라고 생각했다. 수오가 다가와 쓰러지듯 태오의 어깨에 얼굴을 묻었다. 면티가 축축하게 젖었다. 뜨거운 입김이 목뒤에 닿았다. 형. 수오는 차분하게 할 말을 고르고 있었다. 할 말이, 묻지 못한 말이 목 끝까지 차올라 한마디도 뗄 수 없는 것처럼 보였다. 그럴 만도 했다. 3개월 넘게 태오는 연락을 두절했으니까. 태오가 수오를 끌어안았다. 아무것도 묻지 않앴으면 했다.

"형 지금 여기서 뭐 하는 거야."

수오가 입을 열었다. 긴 눈썹이 축 처져 있었다.

"일하고 있었지."

"형 우리 돌아가자."

"지금은 안 돼."

태오는 수오의 손을 떼어 내고 고개를 저었다.

"형. 이 얼굴……."

수오가 태오의 볼을 만졌다. 멍든 곳이 아려 왔다.

"지금까지 다 너희 짓이었던 거야? 집 앞을 서성거리고 주변을 어슬렁거린 것 모두?"

태오의 말에 아랑이 손가락으로 O 사인을 그려 보였다. 태오는 헛웃음이 날 것 같았다. 태오와 병철 그리고 호두를 초비상으로 몰고 간 것이 고작해야 아랑과 수오였다니. 다행히 경찰이 이쪽까지 찾아오지는 못했다는 뜻이기도 했다. 안심이 되었다. 그러나 이 사실을 호두와 병철에게 말할 수는 없었다.

"빨리 돌아가. 여기 오래 있으면 위험해. 그리고 제발 다신 찾아오지 마."

태오는 수오와 아랑에게 단단히 일러 두어야 했다. 수

오는 세게 붙잡은 손을 놓지 않았다. 알아들을 만한 해명을 듣기 전까지는 결코 물러서지 않겠다는 의지가 느껴졌다. 안타깝게도 태오는 수오에게 해 줄 수 있는 말이 아무것도 없었다. 아무 말도 해선 안 됐다.

"태오, h에 대해 들었어? 죽었대. 그러니까 더 이상 숨어 있을 필요 없어."

아랑이 옆으로 와 말했다. 태오도 모를 리 없었다.

"그런 건 관심 없어. 아무튼 여기 있으면 안 돼. 부탁이야. 여기 오지 마."

시간이 지체되면 병철이나 호두가 나타날지 모를 일이었다. 그들의 눈에 띄어서 좋은 일이 생길 리 만무했다.

"어서 가."

태오가 수오의 등을 가볍게 떠밀었다.

"야! 이태오. 지금 널 찾겠다고 와 준 사람한테 자꾸 가래? 같이 사는 아저씨들 때문이야? 그 사람들이 협박이라도 하니? 눈탱이에 입술은 다 터져서 네 꼴은 또 왜 그 모양이고."

아랑이 따지듯 소리쳤다.

"말 좀 해 봐. 이태오. 어서."

아랑이 태오의 소매를 잡아당겼다. 수오가 태오의 얼굴

을 가만히 응시했다. 순간 태오의 뺨이 홧홧해졌다. 태오는 자존심이 상했다. 쪽팔렸다.

"사고를 당했어. 얼마 전에. 모르면서 떠들지 말고 어서 돌아가. 그리고 다시 오면 너희 둘 다 어떻게 해 버릴지도 몰라. 그 사람들이 아니라 바로 내가 말이야. 알아들어? 나는 지금 생활이 좋아. 그러니까 귀찮게 하지 말고 너희도 너희 삶을 살아. 때가 되면 찾아갈 테니까."

태오가 수오의 어깨를 세게 붙잡았다.

"대답해. 알아듣냐고."

수오가 입을 꾹 다물었다. 침묵은 수오의 거절 의사 표현이었다. 잠적한 사람을 찾아 여기까지 왔을 땐 수오도 나름의 결심이 있었을 것이다. 태오의 손에 더욱 힘이 들어갔다. 수오의 대답을 반드시 들어야 했다.

"형. 아프잖아."

수오가 몸을 비틀었다.

"알아들었다고 알고 돌아갈게."

태오가 마지막으로 당부하듯 말했다. 뒤를 돌아 걸어가는 걸음이 무거웠다. 수오가 달려와 태오를 붙잡았다. 쉽게 놔 줄 기세가 아니었다.

"형 나한테는 다 말해도 돼. 무슨 일이야."

태오가 몸통을 돌려 수오의 뺨을 향해 주먹을 날렸다. 그 바람에 수오가 바닥에 나동그라졌다. 수오의 코에서 새빨간 피가 주르륵 흘러내렸다. 태오가 수오의 얼굴을 쥐어 잡았다.

"난 할 말 다 했어."

아랑이 태오에게 무어라 소리쳤다. 태오는 뒤를 돌아보지 않고 빠르게 걸었다. 수오의 뺨을 내리친 주먹이 불타듯이 뜨거웠다. 태오는 울고 싶었다. 대신 바닥을 향해 세게 침을 갈겨 뱉었다.

"누구냐?"

집에 들어가자 잘 벼린 칼을 들고 버티고 선 호두와 맞닥뜨렸다. 태오는 수오의 피가 묻어 있는 손을 등 뒤에 감춘 채 고개를 저었다.

아랑

풀벌레 소리가 호수 공원의 적막을 메우고 있었다. 한때 이곳은 농업용수를 저장하던 곳이었다. 주변이 주택가로 변화하면서 공원으로 조성된 것은 최근 일이었다. 호수를 중심으로 시민들이 자전거를 타거나 산책할 수 있는 데크길이 빙 둘러 있었다. 공중화장실과 교육장이 있는 생태학습장은 공원 입구에 위치했는데 벽면은 박제된 곤충들과 아이들의 그림으로 빼곡했다. 아랑은 이곳이 인공 서식지 비바리움 같다는 생각을 자주 했다. 평화로운 일상을 모아 재현해 놓은 것처럼 느껴져서였다. 대낮에는 운동하는 사람이 제법 많았고, 노란 원복을 입은 아이들이 삼삼오오 모여 돗자리에 앉아 그림을 그렸다. 오후에는 학교 수업을 마친 아이들이 소리 내 웃고, 늦저녁에는 헤어지기 아쉬운 연인들이 마지막 시간을 보냈다. 거기 아랑이 끼어들 틈은 없었다.

아랑에게 이곳을 알려 준 사람은 태오였다. 태오는 아

랑을 만날 때마다 손에 무언가를 들고 왔다. 먹다 남은 치킨을 포장해 온다거나 빵집에서 빵을 한 봉지 사다 주기도 했다. 가끔은 만 원, 2만 원씩 아랑의 손에 쥐어 주기도 했다.

"신세는 꼭 갚는다, 나."

아랑은 태오의 호의를 거절하지 않았다.

태오와 아랑은 오리들이 떼 지어 헤엄치는 호수를 보며 나란히 앉았다. 태오는 아랑이 자신의 동생을 닮았다거나, 요즘 노래보단 90년대 노래가 더 좋다는 이야기를 했다. 아랑은 겨울은 지겹다고, 따뜻한 동남아 해변에 가서 낮잠을 자고 싶다는 얘기를 했다. 평범한 대화였다. 즐겁고 실없는 이야기들. 그때 태오도 구체적으로 뭘 하는지 말해 주지 않았고 아랑도 묻지 않았다. 아랑은 말하지 않는 것을 물었다가 태오가 자신을 멀리할까 봐 겁이 났다. 물론 괜한 이야기를 들어 걱정을 늘리고 싶은 마음도 없었다.

태오와 연락이 끊긴 것은 공교롭게도 h가 아랑을 찾아온 직후였다. 태오의 휴대폰 번호가 결번이라는 안내음이 전해졌다. 아랑은 밤새 공원에서 태오를 기다렸다. 수십 명의 사람들이 공원을 오가는 것을 보았다. 추웠고 배가 고팠다. 그래도 아랑은 공원 입구 벤치에 앉아 태오를 찾아 눈을 끔뻑였다. 할 수 있는 것은 그것뿐이었다. 아랑은 태오를 만나 경고해 주고 싶었다. h가 우리를 찾고 있다고. 결과적으로 아랑은 그 말을 전해 주지 못했다.

  생태학습장 비상계단 문은 닫혀 있지 않았다. 초록빛 탈출구 표지등이 밤새 아랑과 수오의 얼굴을 비췄다. 계단참은 한여름인데도 냉기가 그득했다. 이곳에서 아랑과 수오는 꼬박 나흘을 보냈다. 지하에서부터 올라오는 곰팡내 때문에 자주 속이 울렁거렸다. 사람들의 눈을 피해 공중화장실에서 세수를 하고 급하게 몸을 닦아야 했다. 잠은 거의 자지 못했다. 그렇게 태오를 찾아냈다.
  "공원에서 만나자고 하면 형은 보통 몇 분 있다 나왔지? 그때 형의 차림새는 어땠어?"
  수오는 휴대폰 화면에 지도를 띄워 놓고 물었다. 아랑은 수오의 질문을 듣고 곰곰이 기억을 더듬었다. 태오는 보통 5분 이내로 나타났다. 슬리퍼 차림으로 이제 막 머리를 감고 나온 것처럼 머리카락이 축축하게 젖어 있던 적도 있었다.
  "형이 사는 곳에 대해 언급한 적이 있어?"

생각해 보니 이런 일이 있었다. 한번은 태오가 앞집 개가 시끄러워 참을 수가 없다고 말했다. 밤이고 낮이고 그 골목에 사람이 나타나면 죽일 듯 짖어 대 자다 깨기도 한다고 했다.

"진돗개 정도 될 줄 알았는데 신발만 한 치와와더라."

태오가 말했었다. 창가에 서 보초처럼 눈을 부라리고 있으면 마취총이라도 쏘고 싶다며 장난스럽게 웃기도 했었다. 아랑의 말을 듣고 수오가 휴대폰 지도 화면을 확대했다.

"여기서부터 여기가 호수 공원에서 10분 거리야. 형이 나타난 시간이나 차림새로 보면 그리 멀지 않은 곳에 사는 게 분명해. 그리고 개에 대해 설명한 걸 보면 형이 살고 있는 곳은 빌라일 확률이 높아. 이웃집과 자기 집 사이를 '골목'이라고 표현했으니까. 이 근방은 전부 빌라들이야. 그게 문제지. 형이 어디 사는지가 아니라 그 개가 어디 있는지 찾는 게 좋겠어. 우선, 개가 눈을 부라리는 것까지 볼 정도면 지상에서 그리 멀지 않은 곳이겠지. 1층이나 2층, 최대 3층까지를 의미할 거야. 개의 종까지 보일 정도면 창이 클 거야. 현대식 빌라가 아니라 예전에 지어진 빨간 벽돌 주택 알지? 그거일 거란 생각이 들어. 어디까지나 추측일 뿐이지만 말이야."

일리 있는 말이었다. 어째서 진작 이렇게 생각하지 못했는지 의문이 들 정도로 명쾌한 추리였다.

아랑과 수오는 추려진 범위 내 빌라를 샅샅이 뒤지고 다녔다. 밖에서도 들릴 정도로 짓는, 보초처럼 선 치와와는 찾을 수 없었다. 그사이 개가 죽었거나, 그 가족이 이사 갔을 수도 있었다. 한겨울에도 창문을 열어 놓는 집이었으니 한여름에도 창문을 열어 놓을 것이란 추측에도 비약이 있었다. 몸에 열이 아주 많은 사람이라면 에어컨을 틀고 창문을 닫는 편을 선택할 테니까. 작은 개를 안고 가는 중년 사내를 발견한 것은 순전히 우연이었다. 그가 붉은 벽돌 빌라 2층에 살고 있다는 것을 알았을 때 아랑과 수오는 처음으로 마주 보고 웃었다. 그들은 거기서 무작정 태오를 기다렸다. 3일째 되던 날 그들은 태오를 발견했다. 태오는 어울리지 않는 정장 차림이었다. 멀리서 보아도 나이에 맞지 않는 새치 머리가 눈에 띄었다. 아니, 새치라고도 할 수 없었다. 태오의 머리는 반백발에 가까웠다. 아랑은 그 모습에 마음이 시렸다. 당장이라도 태오의 이름을 불러 세우고 싶었다. 하지만 그럴 수 없었다. 태오는 혼자가 아니었다. 마르고 추레해 보이는 사내와 함께였다. 태오는 그를 형이라고 불렀다. 섣불리 아는 체하지 않는 게 좋겠다는 생각이 들었다. 태오가 항상 공원에서만 보자고 한 이유가 있었을 것이다. 일단 태오가 혼자일 때까지 기다려 보기로 했다. 그들이 빌라에 들어가고 1층 창문 불이 켜진 것을 확인했다. 그들이 거기 살고 있다고 짐작할 수 있었다.

다음 날도 아랑과 수오는 그 집을 찾았다. 대낮이었지만 인기척은 없었다. 아무도 없는 것 같았다. 그들은 대범하게 집 앞까지 다가갔다. 건물 외벽에는 CCTV 작동 중이라는 스티커가 여러 장 붙어 있었다. 설치된 CCTV는 딱 봐도 조악한 모조품이었다. 창문에는 쇠창살이 감옥처럼 굳게 버티고 서 있었고 유리에 검은 시트지를 붙여 놓아 실내가 전혀 보이지 않았다. 이런 과잉보호는 괜한 궁금증을 사기 마련이겠지만 1층이라는 이유로 의심을 피할 수 있었을 것이다. 1층에 산다면 누구든 보안에 투자하고 조심하기 마련이니까. 현관문에 덕지덕지 붙어 있는 광고지를 보던 아랑은 우편함으로 고개를 돌렸다. 우편함에는 이 집에 누가 사는지 알 수 없을 만큼 다양한 수신자의 이름이 적혀 있었다. 이름이 족히 열 개는 넘었고 성도 제각각이었다. 이들 모두가 한집에 산다는 것은 말이 되지 않았다. 여러 개인정보를 도용한 모양이었다. 절대 합법적인 일을 하는 건 아닌 것 같았다.

아랑과 수오는 일단 태오가 혼자 있는 시간을 노리기로 했다. 불법적인 일에 가담하고 있다는 것을 알았으니 우선 태오를 설득해야 했다. 만나기만 한다면 태오를 다시 데리고 올 수 있을 거라, 그들은 생각했다. 그래서 그 밤 아랑과 수오는 태오가 그들을 쫓아 달려오는 것을 보고 기뻤다. 집에서 최대한 먼 곳으로 유인할 생각이었다. 그대로 태오와 함께 돌아가면 모든 게 해결될 것이라 예상했다.

순진한 오산이었다.

비상계단 천장이 누수인 모양이었다. 똑똑 떨어지는 물방울이 바닥에 작은 웅덩이를 만들었다. 물방울 부서지는 소리를 들을 때마다 아랑은 화들짝 놀라 몸을 떨었다. 벽에 상체를 기대앉은 수오는 미동도 없었다. 그러나 아랑은 수오 역시 밤새 잠들지 못했으리라 확신했다. 형에게 얻어맞아 코피까지 흘린 충격이 가시지 않은 모양이었다. 수오는 여러 번 깊은 한숨을 내쉬었다. 곧 해가 뜰 시간이었다. 아랑은 몸을 일으켜 계단을 걸어 내려왔다. 비상문

을 열고 밖으로 나가자 새벽의 푸른빛이 쏟아졌다. 푸드
득 날갯짓하며 새들이 구름을 가로질렀다. 윤슬이 내려앉
은 호수에 눈이 부셨다. 아랑이 손차양을 만들어 하늘을
올려다보았다. '유지은'이라는 이름이 각인된 팔찌가 차
갑게 얼굴에 닿았다.

"뭐 해 여기서?"

어느새 수오가 아랑 옆에 와 있었다. 아랑은 천천히 수
오를 돌아보았다.

"혹시 말이야. 이모는 답장 왔어?"

그동안 미뤄 왔던 질문이었다. 아랑은 팔찌를 가만히
들여다보았다. 아랑이 수오와 함께 태오를 찾으러 가기로
결심한 그날, 팔찌를 제외한 다른 물건들은 전부 이모의
아파트 경비실에 맡겼다. 용기가 없어 끝내 이모에게 직
접 찾아가진 못했다.

"죄송하다고 말 좀 해 주세요. 죄송하다고요."

경비는 피로한 얼굴로 고개를 끄덕일 뿐이었다. 가능하
다면 아랑의 표정을, 마음을, 진심을 모두 전해 주었다면
좋을 텐데 그럴 가능성은 아주 희박해 보였다. 수오의 휴
대폰으로 이모에게 음성 메시지를 남긴 것도 그날이었다.

"실수를 저질렀어요. 마지막이에요. 죄송해요. 용서를

구하고 싶어요. 벌을 받을게요. 변명하지는 않겠습니다.
보고 싶어요."

토막토막 끊긴 문장들이었다. 더 할 말이 있었지만 목
울대가 턱턱 막혔다. 이모에게 우는 목소리를 들려주고
싶진 않았다.

"답장은 없었어."

"그래. 그럴 줄 알았어."

아랑이 부러 담담하게 어깨를 으쓱했다.

평일 이른 시간부터 부지런히 아침 운동을 하는 사람들
로 공원은 북적였다. 아랑과 수오는 호숫가 벤치에 앉아
아침을 먹었다. 편의점에서 파는 빵과 1＋1 행사를 하는
딸기 맛 음료가 식사의 전부였다. 5일간 그들은 매끼를
그렇게 때웠다. 아랑에게는 고작해야 만 원 정도가, 수오
에게는 7만 원 정도가 남아 있었다. 이 돈으로 얼마나 더
버틸 수 있을지 알 수 없었다. 수오는 식사하는 내내 어
제 얻어맞은 코를 손가락으로 가볍게 문지를 뿐 말이 없
었다. 너는 왜 맨날 분홍색을 걸치냐고 묻거나, 대체 마
지막으로 머리를 다듬은 게 언제냐고 추궁하지도 않았다.
아랑이 가장 좋아하는 색이 분홍색이라고 답했을 때 수오
는 심드렁하게 잘 어울리진 않는다고 말했다. 예전에 알

던 사람들이 알아보지 못하게 머리를 기른다고 말했을 때
는 짧은 머리가 더 낫다고 대꾸한 게 전부였다. 너는 나이
도 나보다 어린 게 왜 형하고 친구를 먹었으며 다짜고짜
반말이냐고 수오가 목소리를 높였을 때 아랑은 참다못해
닥치라고 소리치고 말았다. 함께 있으면서 나눈 대화다운
대화는 그것이 전부였다. 아랑과 수오는 여전히 서로를
믿지 못했다. 아랑은 느낄 수 있었다. 수오는 아랑이 언제
든 떠날 수 있을 거라 생각했고, 아랑이 하는 말에 거짓이
섞여 있진 않은지 매 순간 예민하게 검열했다. 아랑도 마
찬가지였다. 수오가 억하심정을 갖고 언제든 자신을 경찰
에 넘길 수 있다고 생각했다. 수오의 미행을 완전히 용서
한 것도 아니었다. 그런데도 어쩐지 어젯밤 태오를 만난
이후부터 풀이 죽어 있는 수오를 보자 아랑은 마음이 쓰
였다. 아마도 태오와 닮은 눈빛 때문이었을 것이다.

"아직도 코 아프냐?"

아랑이 물었다. 수오는 손가락으로 코를 훑더니 고개를
저었다.

"야. 넌 이제 어떻게 할 거야?"

아랑의 물음에 수오가 눈을 끔뻑이며 대꾸했다.

"이제 어떻게 할 거라니? 당연히 형을 설득해야지. 그

리고 같이 돌아가야지."

수오에게 답은 정해져 있었다. 태오를 두고 돌아간다는
것은 선택지에조차 없는 문항이었다.

"내가 생각하기에 태오는 갈 마음이 없어."

아랑은 수오가 자신의 말을 듣지 못한 것 같자, 다시 힘
을 주어 말했다. 태오는 가지 않을 거라고. 수오는 먼 곳
을 보더니 빵만 우물우물 씹어 댔다. 더 이상 대화하고 싶
지 않다는 의지를 온몸으로 표현하고 있었다.

"태오가 그렇게밖에 할 수 없었던 무슨 이유가 있었
겠지."

아랑의 말에 수오가 고개를 주억거렸다. 적어도 그 점은
동의했다. 무슨 이유가 있을 것이다. 그게 무엇인지는 알
수 없었다. 태오는 본인의 의지로 그곳에 속해 있었다. 그
러기 위해서 자신의 동생을 있는 힘껏 바닥에 내쳤다. 수
오는 그 이유를 알고 싶은 모양이었다. 아랑은 아니었다.
아랑이 태오를 만났을 때 확인하고 싶었던 것은 단 한 가
지였다. 정말 h를 죽인 것이 태오인지. 아랑은 h가 죽었다
고 했을 때 태오의 반응이 궁금했다. 태오의 첫마디는 이
랬다. '그런 건 관심 없어.' TV에서 내내 h에 대해 떠들어
대니 그 사실을 몰랐을 리 없었다. 관심이 없다는 것이 관

련이 없다는 뜻이기를 아랑은 바랄 뿐이었다. 태오가 무슨 일을 저질렀든 그것이 h를 죽인 것만 아니면 됐다. 그 외엔 냉정히 말하자면 아랑이 상관할 바가 아니었다. 도둑질을 하든 다른 헬퍼를 만나 개고생을 하든. 아랑은 극심한 피로를 느꼈다. 대체 왜 이 지경까지 왔는지 머리가 어지러웠다. 태오와 함께 아무 일 없이 돌아간다. 끝. 해피 엔딩을 기대할 때마다 아랑은 익숙한 좌절을 느꼈다. 그래, 그건 동화에나 있는 일이었다.

"태오를 찾게 도와줬으니까 나는 이제 빼 줘."

아랑이 말했다. 수오가 한쪽 입꼬리를 올리며 웃어 보였다.

"빼 달라고? 갈 데는 있고?"

아랑의 얼굴이 달아올랐다. 녀석의 비릿한 웃음, 무시하는 태도, 감시자 같은 눈빛. 아랑은 이골이 났다.

"무슨 뜻이야."

"너가 도둑질해서 나온 그 집에 돌아갈 생각이라는 거야?"

"이수오. 내 앞에서 잘난 체할 생각 하지 마. 도찐개찐. 그게 너랑 나야. 그러니까 여기서 썩기 직전인 이딴 빵, 원 플러스 원으로 나눠 먹고 있는 거고."

아랑이 자리에서 일어나 수오를 내려다보았다.

"마음대로 해. 어차피 필요 없어. 혼자 어떻게든 해 볼 거니까."

흔들리던 수오의 눈빛이 다시 평정을 찾고 차갑게 식었다.

"그런데 그거 알아? 우리가 주변에 얼쩡거리면 그게 태오한테 더 골칫거리가 될 수도 있다는 거? 꺼져 달라고 하면 꺼져 주는 게 좋을 수도 있다는 뜻이야."

"형한테 무슨 일이 벌어질 줄 알고?"

"바보니? 지금쯤 되면 이렇게 물어야지. 네 형이 무슨 짓을 저지른 줄 알고?"

"그게 무슨 뜻이야?"

"네 형이 지옥 소굴에서 무슨 일까지 했는지 모르지. 막말로 네 형이 h를 죽였다면, 그렇다면 우리가 여기 있는 게 도움이나 되겠어?"

수오의 얼굴이 붉어졌다.

"조아랑. 너는 형이 h를 죽였다고 생각해?"

아랑은 서둘러 입을 다물었다. 자신의 입에서 그 말이 튀어나왔다는 것을 믿을 수 없었다.

"어떻게 h가 형을 찾아갔겠어. 나조차도 찾기 힘들었

는데. 너 은근슬쩍 빠져나갈 생각 하지 마. 내가 생각하는 가장 유력한 용의자는 여전히 너야."

수오가 지금 기댈 수 있는 유일한 희망이 'h가 태오를 찾아가지 않았더라면'일 것이다. 그게 아니라면 '내 옆에 있는 여자애가 살인자일 것이다'이거나. 그럼 h의 죽음과 태오 사이에는 아무런 연결 고리가 없는 셈이었다. 그것은 아랑이 바라는 바이기도 했다.

"태오가 뭘 했는지 중요하지 않아. 원하지 않는다는 게 중요하지. 너도 뭐가 형을 위하는 건지 생각해 봐."

"형 위하는 체하지 마. 귀찮고 지겨운 거겠지."

"내가 아니었으면 넌 여기까지 오지도 못했잖아. 안 그래? 순전히 내 덕에 너는 형 얼굴이라도 다시 볼 수 있었던 거야. 알기나 해? 넌 나한테 고마워해야 한다고."

"주제 파악을 해. 조아랑. 너는 협박이 두려워서 따라온 거야."

"아니, 태오가 내 친구여서 도와줬던 거야."

"친구? 너는 지금까지 형이 어디 있는지 알고 있었으면서 찾지 않았어. 네가 먼저 찾았더라면, 처음부터 형이 뭘 하는지 물었더라면 형은 이 지경이 되지 않았을 수도 있어. 알아?"

수오가 꾹 참고 있었던 말이었을 거라고, 아랑은 생각했다. 왜 내 탓을 하느냐고 아랑은 따져 묻지 않았다. 최선을 다했었다고 호소하지도 않았다. 아랑은 그저 수오를 뒤로하고 데크를 걸어갔다. 삐걱삐걱 나무 바닥이 위태롭게 흔들렸다.

태오는 수오에 대해 종종 이야기했다. 동생이 머리가 좋고 자신과 다르게 어디서든 눈에 띄는 외모를 가졌다고. 아랑은 흔히들 하는 과장이라고만 생각했다. 다만 그렇게 말할 때의 태오의 모습만은 분명하게 기억하고 있었다. 형이 아니라 부모가 지을 법한 얼굴, 자신이 빚어 놓은 것에 대한 큰 기쁨과 만족감으로 충만한 표정이었다. 아랑은 이름만 들어 본 수오에게 알 수 없는 질투심까지 느꼈다. 그래서 어느 날 태오가 아랑에게 네가 내 동생을 닮았다고 했을 때, 아랑은 기뻤다. 분명 좋은 의미였을 테니까. 하지만 아랑은 이제 그 말에 의구심이 들었다. 동생을 닮았다는 뜻이, 그러니까 이수오, 저 새끼를 닮았다는 뜻이 혹시 사람 기분을 잡치게 하는 재능을 가졌다는 뜻일까. 지랄맞다는 뜻일까. 그도 아니면 정강이를 걷어차 버리고 싶을 만큼 얄밉다는 뜻일까. 아랑은 비상계단으로 돌아가 가방을 챙기며 생각했다. 배낭에는 칫솔과 후드

점퍼, 물 한 병이 고작이었다. 수오와 인사 따위 나눌 마음은 없었다. 공원을 빠져나오면서 아랑은 수오의 뒤통수를 노려보았다. 그는 모른다. 아랑이 밤새 이 공원에서 태오를 기다리던 순간의 마음을.

아랑도 고민을 해 보지 않은 것은 아니었다. 이모가 다시 받아 줄 리 없으니 기껏해야 쉼터에 돌아갈 것이 뻔했다. 이모가 쉼터에 절도 사태를 알렸다면 그조차 면접에서 탈락할 가능성이 높았다.

아랑은 우선 피시방으로 향했다. 아르바이트 구인 사이트에 접속했다. 익숙한 게시글이 눈에 띄었다. 수입 의류 판매라고 했다. 숙식 제공, 가족 같은 분위기, 성과급 지급, 나이 제한, 경력 제한 없음. 청소년도 가능한 쉬운 업무. 누구라도, 특히 아랑과 같은 처지라면 고민도 없이 지원하고 싶은 업무 조건이었다. 그래서 아랑도 지원했었다. 수입 의류가 아니라 도매 액세서리 판매라는 점이 유일한 차이였다. 숙소라는 곳은 사실상 감금 시설이었다. 정해진 만큼의 물건을 팔지 못하면 그날의 할당 금액은 자신의 빚이 되었다. 아랑은 법적 효력이 있는지 없는지 알 수 없는 차용증을 여러 장 적어야 했다. 거기 있던 아이들은 모두 아랑의 또래였다. 그때는 서로 의지하고 위

로해 주던 사이였다. 그들이 어떻게 살고 있을지 아랑은
종종 궁금했다.

  아랑은 주저 없이 스크롤을 내렸다. 숙식 제공이 가능하
다는 몇몇 공장의 구인 게시글을 읽었다. 이력서를 넣으
려고 해도 당장 휴대폰 번호와 집 주소를 넣을 수 없는 것
이 문제였다. 아랑은 일단 몇몇 일자리의 연락처를 노트에
적어 놓았다. 직접 전화를 걸어 찾아가 볼 생각이었다. 아
랑은 구직 사이트를 닫고 뉴스 기사를 검색했다. h에 관
한 수사가 어떻게 진행되고 있는지 궁금했다. 며칠 전 마
지막으로 본 기사는 한 소년이 죽고 h가 인터뷰한 내용에
대한 것이었다. 죽은 소년의 이름이 아랑은 기억나지 않
았다. 미안하게도 따까리, 그렇게만 불리던 녀석이었다.
h는 경찰에게 죽은 소년과 룸메이트였고 장난을 치다 뛰
어갔을 뿐이라고 답했다. 하지만 CCTV 영상 속 h는 따까
리가 차에 치이자마자 집으로 달려 들어갔다. 경찰도 뒤
늦게 그 점을 의아하게 생각했다.

  아랑은 그날을 기억했다. 전날 얻어맞은 따까리가 베란
다에서 자다 정신을 잃었다. 그를 깨우겠다고 h가 따까리
의 몸에 펄펄 끓는 물과 차가운 물을 연이어 뿌려 댔다.
정신을 차린 따까리가 몸을 웅크렸다. 다리 사이로 흘러

내린 소변은 그의 선택이 아니었을 것이다. 고약한 냄새가 누런 액체와 함께 방 안에 퍼졌다. h가 친절하게도 따까리의 젖은 몸을 말려 주겠다고 나섰다. h가 따까리의 몸에 드라이기를 갖다 댔다. 허벅지 안쪽 딱 한곳에만 뜨거운 바람이 집중되었다. 살이 타는 냄새와 따까리의 비명 중 어떤 것이 먼저였는지는 확신이 들지 않았다. 따까리가 자리에서 일어나 있는 힘껏 h를 밀치고 달려 나갔다. 순식간에 일어난 일이었다. 잠시 후 따까리를 잡으러 뛰어간 h가 돌아와 말했다.

"저 새끼 뒤졌나 본데요?"

가장 최근 기사는 이랬다. 'h, 범죄 조직 연루 가능성 드러나.' 아랑이 페이지를 클릭했다. 예고도 없이 불쑥 그곳의 모습이 보였다. 지옥 소굴. 아랑이 때리던 곳. 아랑이 맞던 곳. 먼지 낀 노란 장판과 죄다 뜯기고 부서져 제구실을 하지 못하는 낡은 가구들은 그대로였다. 두꺼운 암막 커튼이 종일 드리워져 있던, 헬퍼의 집. 사진으로만 봐도 담배 연기에 찌든 구역질 나는 냄새가 코를 쑤시는 것 같았다. 아랑은 눈을 질끈 감고 스크롤을 내렸다. 기사의 골자는 이랬다. 40세 신 모 씨, 즉 헬퍼가 청소년 보호법 위반, 공갈 협박 등의 혐의로 입건되었다는 것이었다. 현재까지 신 모 씨가 h의 살해범으로 가장 유력하다고도 적혀 있었다. 그러나 신 모 씨는 계속해서 다른 두 일당이 h를 죽였다고 주장하고 있었다. 함께 숙소에서 생활했던 조 모 씨와 이 모 씨로 h와는 원한 관계였다고 진술했다. 조 모 씨와 이 모 씨. 아랑의 심장이 쿵 내려앉았다. 그것은 분명 아랑과 태오를 의미하고 있었다. 그들의 행적이 묘연해 경찰이 추적하고 있다는 말도 적혀 있었다. 아랑은 급히 컴퓨터의 전원을 껐다. 아랑의 아이디로 로그인한 흔적을 경찰이 놓칠 리 없었다.

아랑은 서둘러 피시방을 나섰다. 아랑은 h의 죽음에 아무런 관련도 없다. 없다. 그렇게 중얼거렸다. 아랑은 피시방 건물을 비척비척 걸어 나갔다. 갑자기 숨이 막혀 왔다. 다리에 힘이 풀려 주저앉았다. 질식할 것 같아 마른기침을 해 댔다. h가 아랑의 목을 세게 쥐어 잡던 순간처럼 허파가 쪼그라들듯이 고통스러웠다. 그때 h는 그 모습을 보며 즐거워했다. 너 따위 간단하게 죽일 수 있다고 말했다. 아랑도 그 점을 너무 잘 알고 있었다. 죽음 따위는 두렵지 않다고 생각했는데 아랑은 그 순간 너무 두려웠다. 그래서 당장이라도 눈물을 쏟아 내고 싶은 마음이었다. 그가 이렇게 말했을 때, 아랑은 한 줄기 구원의 빛을 보았다.

그래서 그 동아줄을 세게 잡고만 싶었다.

"이태오 그 새끼 어디 있는지 말하면 살려는 준다."

아랑은 고개를 저었다. 떠올리고 싶지 않았다. 눈물을 흘리며 h에게 태오를 만났던 호수 공원의 위치를 읊던 자신을 기억하고 싶지 않았다. 이명이 들려왔다. 얇은 바이올린 소리가 귓가에 울려 댔다.

"너는 실수덩어리야."

누군가 그렇게 소리치는 것 같았다. 순간 아랑의 눈앞에 커다랗고 하얀 손바닥이 드리웠다. 괜찮냐고 물으며 누군가 아랑의 어깨를 부드럽게 흔들었다. 아랑은 자신도 모르게 그 애의 이름을 부르고 있었다.

"태오?"

아랑이 눈물을 닦고 고개를 들었다. 양복을 입은 중년의 회사원이 걱정 어린 얼굴로 아랑을 내려다보고 있었다. 아랑은 급하게 자리에서 일어났다. 감사하다는 인사는 미처 하지 못했다.

h에게 호수 공원의 위치를 알려 준 후 아랑은 태오에게 무슨 일이 생긴 것은 아닐까 불안해하며 매일 밤 뜬눈으로 밤을 보냈다. 처음에 아랑은 연락을 받지 않는 태오에게 끈질기게 전화를 걸었고 호수 공원에서 기약 없이 기

다렸다. 태오는 나타나지 않았다. 불안은 시간이 지남에 따라 공고한 확신이 되어 갔다.

'태오에게 분명 무슨 일이 생겼다.'

미칠 것 같았다. 아랑은 애써 자신이 틀렸다고 되뇌었다. '태오는 어디선가 잘 살고 있을 거야.' 그렇게 믿는 것이 편했다. h가 호수 공원에 갔다고 반드시 태오를 만난다는 보장은 없었다. 아랑에게 겁만 주려는 것인지도 몰랐다. 어쩌면 화해를 했을지도 모를 일이었다. 태오가 이사를 갔을 수도 있었다. 아랑은 태오가 쫓기고 다치고 죽는 상상을 애써 밀어 냈다. 대신 아랑이 이모와 지내는 것처럼 무탈한 하루를 사는 태오의 모습을 상상했다. 아랑이 그런 상상에 집착하는 동안 태오에게는 정말 무슨 일이 벌어졌던 것일까.

*

가출한 여자아이들이 어떻게 되는지 아랑은 여러 번 목격했다. 금세 돈벌이 수단으로 전락했다. 여기저기 끌려다니며 아버지뻘, 할아버지뻘 되는 남자들을 상대해야 했다. 버는 돈은 족족 보람 없이 빼앗겼다. 집을 나가면서 아랑은 아들 같은 딸이 아니라 정말 남자가 되어야 했다. 아랑은 집에서 지냈을 때와 다름없이 머리를 짧게 유지했다. 생전 처음 원피스를 입어 볼 수 있을 거라던 기대와 달리 새 옷을 살 필요는 없었다. 입던 옷을 입고 다니면 그만이었다. 맨얼굴에 마른 몸, 건들거리는 행동거지 때문에 다들 아랑을 마르고 약한 남자애라고만 생각했지, 여자라고 생각하지 않았다. 운이 좋았다. 지옥 소굴에 살 때도 아무도 아랑을 의심하지 않았다. 생리 때가 되면 아랑은 몰래 탐폰을 끼우고 그것들을 모두 모아 지하철 화장실에 갖다 버렸다. 문제는 따까리가 죽고 나서였다. 더 이상 그런 지옥에 살 수 없었다. 아랑은 모두가 잠든 틈을 타 도망갔다. 마음만 먹으면 집 나간 개새끼 하나 찾아내는 것은 어려운 일도 아니라는 듯 일주일 만에 아랑은 헬퍼에게 붙잡혔다. 가출 커뮤니티에서 밥을 사 주겠다고 접근한 30대 남자가 범인이었다.

"나는 너같이 뒤통수 치는 애들을 잘 알아. 그런 애들은 벌이 필요하지."

가출 커뮤니티에는 사적으로 도움을 주겠다고 접근하는 헬퍼만큼이나 사적으로 처벌을 가하는 자칭 폴리스도 널렸다는 것을, 아랑은 잠시 잊고 있었다.

지옥 소굴에 다시 잡혀 들어가자마자 아랑은 휴대폰을
빼앗겼다. 안 그래도 짧았던 머리가 가위로 듬성듬성 잘
려 나갔다. 아랑은 감금됐다. 따까리의 죽음은 이곳 안에
서만 존재해야 했다. 설거지와 빨래, 청소와 식사까지 전
부 아랑의 몫이었다. 헬퍼의 신경을 조금이라도 거스르면
맞기 일쑤였다. 식구, 아니 적어도 동료라고 믿었던 녀석
들의 달라진 태도에 충격을 받진 않았다. 예상했던 일이
었다. 아이들은 아랑을 때리면서 즐거워했고 한편으로는
두려워했다. 누구든 같은 신세가 될 수 있다는 것을 그들
은 체득하고 있었다. 아랑이 새로운 따까리가 된 것이었
다. 아랑은 저항하지 않았다. 그저 받아들였다. 그것이 반
항하는 것보다 일을 빨리 끝내 줄 것이라고 믿었다. 태오
가 들어온 것이 그쯤이었다. 태오는 처음 왔는데도 실수
가 없었고 시키는 일을 잘 해냈다. 헬퍼의 비위도 잘 맞출
줄 알았다. 녀석이 핀잔을 듣는 것은 단 한 가지 이유 때
문이었다. 아랑을 때리지 않아서. 아랑과 태오는 따로 말
을 해 본 적이 없었다. 이런 곳에서는 우정이 싹틀 수도
없었다. 지옥 소굴에서 서로는 서로의 감시자이자 공범일
뿐이었다. 아랑은 다만 태오가 쓸데없는 동정심을 가졌다
고 생각했다. 하루하루는 비슷한 정도로 괴롭고, 고통스

러웠다. 아랑이 버틸 수 있었던 이유는 도망갈 수 있다는 희망을 일찍이 버렸기 때문이었다. 어쩌다 잠이 들었고 어쩌다 일어났고 가끔 무언가를 먹었다. 운이 좋은 날에는 씻을 기회가 주어지기도 했다.

문제는 아랑이 감금되어 생리대를 살 수 없게 되면서 시작되었다. 주기가 가까워질수록 조바심이 났다. 그리고 어느 날 자고 일어났을 때 아랑은 아랫도리가 축축하게 젖어 있는 것을 느꼈다. 생리혈이었다. 처음에는 피를 보고 놀란 녀석들이 아랑이 여자냐고 웅성거리기 시작했다. 아랑은 고개를 저었다. 미쳤어? 내가 여자라고? 아랑은 악에 받쳐 소리쳤다. 돌연 헬퍼가 아랑의 옷을 벗겨 보겠다고 나섰다. h는 헬퍼를 도와 아랑의 팔을 붙잡았다. 나머지 녀석들이 재미있는 것을 본다는 듯 둥그렇게 모여들었다. 그때 태오가 달려왔다. 아랑의 다리에 힘이 풀렸다. 아랫배를 조여 오는 생리통이 거셌다. 태오가 아랑을 등에 업고 집 밖으로 뛰어나갔다. 태오의 마른 등에서 훈기가 느껴졌다. h의 명령 아래 다른 녀석들이 우르르 쫓아 나왔다. 아랑과 태오는 가까운 빌딩 지하 주차장에 숨어 들어갔다. 아랑은 주차장 기둥 뒤에 기대앉았다. 태오의 손에는 처음 보는 새까만 나일론 지갑이 들려 있었다.

"사 본 적 없는데, 생리대."

태오가 우물쭈물대며 말했다.

"편의점 가서 중형, 그렇게 써 있는 거 아무거나 집어 오면 돼. 돈 남으면 진통제도."

"혹시 펜 있어?"

몸뚱이 하나 챙겨 나오기도 힘들었다. 펜을 챙길 여유는 없었다.

"혹시 녀석들이 쫓아오면 늦을 수도 있어. 내 번호 기억할 자신 있어?"

"번호 대 봐."

아랑은 결코 숫자를 잊어버리지 않았다.

나일론 지갑 안에는 쪼글쪼글한 지폐 몇 장이 들어 있었다. 태오는 만 원짜리 한 장을 들고 주차장 위로 올라갔다. 아랑은 주차장에서 태오가 오기를 기다렸다. 10분이 지나도 한 시간이 지나도 태오는 돌아오지 않았다.

아랑이 주차장을 빠져나온 것은 한참이 지난 후였다. 아랑은 우선 지갑 속 돈으로 편의점에서 생리대를 샀고 잡화점에서 품이 큰 작업용 바지를 사 입었다. 생리혈이 묻은 바지는 화장실 쓰레기통에 쑤셔 박았다. 태오도, 노란 머리 h나 그를 뒤따른 다른 녀석들도 찾을 수는 없었다. 뒤늦게 깨달은바 전화번호를 알아 두는 것은 큰 도움이 되지 않았다. 아랑에게는 전화를 걸 휴대폰이 없었다. 공중전화를 찾아 전화번호를 눌렀을 때 태오의 전화기는 이미 꺼진 후였다.

아랑은 공중전화에서 매일 태오에게 전화를 걸었다. 태오가 무사한지 확인하고 싶었다. 무엇보다 아랑이 연락할 곳은 태오뿐이었다. 다시 연락이 닿은 것은 아랑이 노숙한 지 일주일이 지났을 때였다. 태오의 목소리는 의외로 명랑했다. 태오는 주소를 일러 주며 호수 공원으로 오라고 했다. 태오의 안부를 물으러 왔다가 되레 신세를 진 쪽은 아랑이었다.

*

태오는 아랑을 업고 달려가 준 사람, 아랑에게 가족에 대해 이야기해 준 사람, 아랑의 주린 배를 걱정해 준 사람이었다. 지금까지 살면서 아랑이 유일하게 친구라고 말할 수 있는 사람이기도 했다. 태오가 정말 h를 죽였을까. 태오의 행방불명은 정말 그 때문이었을까. 아랑은 비틀거리며 호수 공원 쪽으로 걸음을 옮겼다. 태오가 h를 죽였다 해도 상관없었다. 그 사실이 아랑에게 태오가 좋은 사람이었다는 것을 부정할 순 없었다. 어쩌면 이번이 빚을 갚겠다는 약속을 지킬 마지막 기회인지도 모른다고, 아랑은 생각했다.

수오는 늦은 밤이 되어서야 호수 공원으로 돌아왔다. 비상계단에 앉아 있는 아랑을 발견하고 수오가 멋쩍게 멈춰 섰다.

"뭐 하다 왔어?"

"너는 뭐 하러 왔어?"

아랑의 질문에 수오는 질문으로 응수했다.

"태오를 도와줄 일이 있으면 도울 거야."

수오가 이죽거리며 아랑을 노려보았다.

"갑자기 왜?"

아랑은 아무런 대답도 하지 않았다. 설명한다 한들 수오가 알아들을 것이라고 생각하지도 않았다. 따발총처럼 잔소리를 늘어놓을 줄 알았는데 수오는 의외로 잠잠했다. 수오가 아랑 옆에 앉았다. 휴대폰을 든 한쪽 손을 아랑에게 내밀었다.

"이거. 네가 돌아갈까 봐 미리 보여 주지 못했어."

이모가 보낸 음성 메시지였다. 아랑이 메시지를 보낸 당일 도착한 답장이었다. 아랑은 주저하다 메시지를 재생했다. 아랑이 그토록 듣고 싶었던 목소리가 흘러나왔다.

"잘 알아. 사무치게 용서받고 싶은 마음을 말이야. 아랑아. 어서 오렴. 그저 오렴."

아랑은 입을 꾹 다물었다. 서둘러 고개를 돌렸다. 눈가를 훔친 소매가 축축했다.

병철

시체에 손을 데는 것보다 얼어붙은 땅을 깨부숴야 하는
것이 더 끔찍했다. 건장한 체격을 가진 남자의 늘어진 몸
을 들어 올리는 일이 너무나 고돼서 바로 몇 시간 전 그가
살아 있었다는 사실을 망각하고 말았다. '얼른 집에 가고
싶다.' 목장갑을 파고드는 늦겨울 추위에 입김을 불어 넣
으며 생각했다. 병철은 그때 자신이 얼마나 살인에 무감
한지 놀랐다.

병철은 뉴스를 챙겨 보는 편은 아니었다. 세상이 어떻
게 돌아가는지, 정치며 연예인 가십에는 큰 관심이 없었
다. 그들의 세계와 자신이 속한 이곳은 철저히 무관했다.
대통령이 바뀌어도 사람들은 놀음을 했다. 톱스타가 결혼
을 하든 이혼을 하든 병철은 바삐 추심을 다녔다. 그러나
이젠 아니었다. 뉴스에서 신나게 떠들고 있는 사건, h 살
인 사건의 범인이 바로 자신이었으니까.

h에 관한 기사가 몇 주째 포털 사이트 홈 화면을 장식하고 있었다. 아직까지 시체에서 용의자를 특정 지을 물증은 발견되지 않았다고 했다. 경찰은 h 주변 사람들을 탐문하며 용의자를 추리는 것에 주력하고 있었다. 가장 최근 기사는 h를 데리고 살았던 40대 남자가 유력한 용의자라는 내용이었다. '조용하고 수줍음을 많이 타는 사람'이라는 평판을 들어 온 그는 한 통신회사 고객센터 교육 담당으로 9년간 근속했다고 했다. 주변 누구도 그가 13평짜리 방에 6명의 사내아이들을 모아 놓고 자질구레한 범죄들을 저질러 왔다는 것을 알아차리지 못했다. 평범한 인간의 얼굴을 한 못된 새끼들이 세상에 대체 얼마나 많은 것인지 병철은 새삼스럽게 궁금해졌다. 뉴스를 죽 읽어 가다 병철은 남자의 말이 직접 인용된 문구에 눈길이 멈췄다.

"저는 범인을 알고 있습니다."

남자가 언급한 사람은 함께 합숙 생활을 하던 이 모 씨와 조 모 씨였다. 조 모 씨가 누구를 의미하는지는 알 수 없었다. 그러나 이 모 씨가 누군지 추측하는 것은 어렵지 않았다. 이태오. 병철의 입에서 짧은 한숨이 새어 나왔다. 남자의 알리바이가 확인되면 경찰은 지체 없이 태오를 추적할 것이다. 어쩌면 이미 진행되고 있는지도 몰랐다. 집 주변에 남아 있는 흔적들은 타인의 방문을 여실히 증명하고 있었다.

h를 죽인 후부터 태오는 신원을 철저히 숨겨 왔다. 휴대폰부터 없앴다. 병철은 태오 명의로 가입된 계정은 어느 것도 로그인하지 말라고 당부했다. 아는 사람이 누구든 연락하거나 만나서도 안 된다고 말했다.

"조금이라도 도덕성이 있는 사람이라면 널 위험하게 할 거야. 그러니까 애초에 그런 일을 만들지 마라."

병철은 태오에게 똑똑히 전했다.

병철은 그간 경찰의 추적을 받은 적이 단 한 번도 없었다. 이자제한법, 전자금융거래법, 공갈 협박, 갈취죄 같은 법에 저촉되지 않아서가 아니었다. 그런 법은 있으나 마나였다. 더 큰 돈을 가지고 깽판 치고 다니는 놈들이 널려 있었다. 누군가 경찰서에 호두와 병철을 신고하면 그 액수를 듣고 망설이던 형사에게 '그건 민사과인데요' 하는 소리를 듣고 걸음을 돌릴 것이 뻔했다. 하지만 살인은 달랐다. 죽고 싶게 만드는 것과 실제로 죽이는 것의 죗값은 하늘과 땅 차이였다.

병철은 길을 걷다가도 자꾸 누군가 따라오는 것 같다는 생각을 했다. 다른 일을 하다가도 불쑥 누군가 현관문을 열고 들이닥칠 것 같다는 불안감에 휩싸였다. h의 시신이 발견된 이후부터 병철은 지독한 변비와 설사병을 번갈아 앓았다. 잠도 잘 수 없었다. 병철은 낯선 것들에 예민하게 반응하기 시작했다. 예컨대 며칠째 같은 위치에 주차된 차를 유심히 보다 이웃과 시비가 붙은 적도 있었다. 차를 살피는 병철을 앞집에 사는 60대 여자가 매섭게 몰아붙였다. 경찰이 잠복 수사를 하고 있을지 몰라 그랬다고 말했다간 미친놈으로 찍힐 게 뻔했다. 병철은 아무 뜻이 없었다고 변명했지만 여자는 계속해서 추궁했다. 병철이 물러설 곳은 없었다. 블랙박스에 며칠간 병철이 얼쩡거리거나 차를 노려보거나 아예 차 앞에 바짝 붙어 내부를 구경하는 모습이 고스란히 찍혀 있었다. 병철은 좁은 골목에 차를 대면 어떡하냐고 얼버무렸다. 여자가 손에 쥐고 있던 화초 물뿌리개를 마치 무기라도 되는 것처럼 쥐고 흔들었다.

"내 집 앞에 내 아들이 차를 세운다는데 왜 생트집이에요?"

여자의 말에 반박할 거리가 없었다. 다행히 더 따질 가치도 없다는 듯 여자가 손을 내저으며 일은 마무리되었다. 그럼에도 병철은 여전히 지나갈 때마다 그 차를 유심히 살폈다.

더 이상 시간을 지체하는 것은 무의미했다. 병철은 말 그대로 돌아 버리기 직전이었다. 최대한 현금을 확보하고, 도망간다. 붙잡힐 마음은 없고 자수할 의지도 없는 지금 이것이 최선의, 유일한 선택지다.

도주를 앞두고 태오는 더욱 분주해졌다. 근거지를 옮기기 전에 단 몇 푼이라도 더 받아 내야 했다. 그러느라 얻어맞고 오는 경우도 있었고 빈손으로 오는 날도 있었다. 돈을 받아 내는 일은 시간 싸움이었다. 삶에 옹이처럼 박힌 불행을 지긋지긋하게 들먹여야 성공할까 말까 한 일이었다. 단기간에 승부를 보려면 위험이 따르는 것은 어쩔 수 없었다.

병철은 태오가 집에 돌아올 때마다 알 수 없는 감정을 느꼈다. 병철은 태오가 돌아오지 않길 바랐다. 경찰이 쫓고 있는 것은 태오였다. 태오만 아니라면 호두와 병철은 충분히 숨을 수 있었다. 지금까지 그래 왔듯이 타인의 이름과 타인의 정보에 기생하면서 사는 것은 어렵지 않은 일이었다. 그런데도 병철은 태오가 나타나면 반가웠고 안도했다. 같은 일을 두려워하고 함께 걱정할 상대가 있다는 것은 위로가 되는 일이었다. 호두 역시 태오에 관해서는 확실히 답을 내리기 힘든 모양이었다. 물론 병철과는 다른 이유였다.

"아무래도 그 녀석은 떼어 내는 게 좋겠다."

호두가 열이 오르는 몸을 벅벅 긁으며 말했다. 그러다가 잠시 후 손으로 이마를 소리 나게 때리며 말했다.

"그런데 그 녀석이 불어 버리면 어떡하지? 네일건은 어디서 났는지, 누구 차로 갔는지 경찰이 분명 물어볼 거 아니야?"

호두가 핏줄 선 눈을 홉뜨며 말했다.

"무조건 데리고 다녀야겠다."

호두는 변덕스럽게 태오를 몰아갔다. 어떨 때는 도망갈 것이냐고 추궁했고, 또 어느 때는 대체 왜 찰거머리처럼 붙어 있냐고 주먹을 갈겼다. 태오는 그럴 때마다 풀이 죽은 얼굴로 '갈게요' 혹은 '절대 가지 않을게요' 하고 답했다. 순전히 폭력을 멈추게 하기 위한 동의였다.

병철이 보기에 태오는 이 집에 들어온 이후 단 한 번도 떠날 마음을 가져 본 적이 없었다. 떠나려면 아주 일찍 그럴 수 있었을 텐데 미련하고 멍청하게도 잘 시간이 되면 꼬박꼬박 돌아왔다. 일이라고 부르는 것들, 사람들에게 욕지거리나 하고 돈을 받아 내는 일을 업무라고 여기고 사소한 것들을 메모하고 기억하기 위해 되뇌었다. 일에 더 어울리는 사람이 되려고 거뭇거뭇 수염을 기르거나 몸에 맞지도 않는 정장을 사 와 병철을 폭소하게 했다. 돈을 받아 올 때마다 쥘 수 있는 몇 푼의 성과금을 대단한 보상인 양 뿌듯해하며 모았다. 태오는 이 삶을 최악이라고 여기지 않았다.

온라인으로 주문한 커다란 가방이 배송됐다. 렌트한 다마스도 집 앞에 주차해 뒀다. 태오가 집에 오기까지 기다렸다가, 사람이 없는 새벽 시간에 출발하는 것이 계획이었다. 짐은 간단한 필수품만 챙기기로 했다. 호두는 현금 다발을 가방에 담았다. 병철은 가방 입을 벌려 속옷부터 집어넣었다. 노트북과 충전기, 최소한의 옷 몇 벌과 면도기. 그것 말고는 챙길 것이 없었다. 불이 났을 때 사람들이 흔히 품에 안고 나오는 것들, 예컨대 가족사진이나 소중한 사람에게서 받은 선물, 생일이나 크리스마스 때 받은 편지 뭉치 따위가 병철에겐 없었다.

가방의 지퍼를 닫으며 병철은 한 번 더 집 안을 둘러보

왔다. 희뿌연 먼지가 공기 중에 부유했다. 이곳을 떠난다 해도 아쉬울 것은 없었다. 쿵. 밖에서 인기척이 들렸다. 대낮이니 처음에는 골목 행인들이 내는 소리라고 생각했다. 곧 없어질 소음일 뿐이라고 여겼다. 하지만 소음은 그치지 않았다. 무언가 치는 소리만 들리더니 나중에는 마치 누군가 벽에 대고 말을 하고 있는 것처럼 웅얼거리는 소리가 울리기 시작했다. 병철은 조금 망설였다. 누구인지 확인하고 싶은 마음과 인기척을 내선 안 될 것 같은 우려가 동시에 들었다.

"나가서 누구든 꺼지라고 말해 봐."

인내심에 한계가 온 듯 호두가 방에서 걸어 나오며 말했다. 장롱 속 무기를 가방에 담던 중이었는지 등 뒤로 비죽 튀어나와 있는 공기총이 눈에 띄었다.

"인기척 내지 않는 게 좋겠는데."

병철의 대꾸에 호두가 눈썹을 꿈틀거렸다.

"경찰이면 저러고 있겠냐. 들이닥쳤겠지. 병신아."

병철은 그렇게 생각하지 않았다. 경찰은 심증이 물증으로 바뀌기 전까지 함부로 움직이지 않을 것이었다. 그런 것을 말하기도 전에 호두가 불쑥 창문을 열어젖혔다. 회색 면바지 차림에 낡은 검정색 운동화를 신은 남자의 다리가 보였다. 호두가 방범 창틀을 붙잡고 소리쳤다.

"야. 이 시발놈아. 여기서 뭐 해. 꺼져 이 새끼야."

그리고 세게 창문을 닫았다. 뒷수습은 언제나 그렇듯 병철의 몫이었다.

집 밖으로 나가자 병철의 어깨높이 담벼락에 올라선 한 남자와 눈이 마주쳤다. 병철은 모자를 눌러쓴 채 남자 쪽으로 걸어갔다.

"뭐라고 하셨어요?"

남자가 담벼락에서 내려와 병철 앞에 섰다. 같은 높이에 선 남자가 그다지 키가 크지 않다는 사실에 병철은 마음이 놓였다. 그을린 얼굴의 50대 남자였다.

"제 룸메이트가 화를 냈습니다. 죄송합니다."

병철의 사과에 남자가 비죽 웃었다.

"그러세요?"

병철은 남자가 자신의 말을 믿지 않는다고 생각했다. 룸메이트 따위 없으면서 자신을 보고 겁을 먹고 이런 식으로 둘러댄다고 생각하는 것 같았다.

"저는 가스 민원 기사입니다. 검침기가 작동을 안 한다고 해서. 금방 다 끝납니다."

남자가 땀을 닦으며 웃어 보였다. 사람 좋은 얼굴이었

다. 남자는 손뼉을 소리 나게 치더니 작은 간이 사다리를 밟고 다시 담벼락에 올라섰다. 병철은 남자가 하는 일을 가만히 들여다보았다.

"일 보시죠. 왜."

남자가 어색한 듯 병철에게 말했다.

"뭘 하는지 궁금해서요."

병철은 주머니에서 담배를 꺼내 쥐었다. 그러곤 불을 붙이며 양해를 구하듯 어깨를 한번 들썩였다. 남자는 검침기 뚜껑을 열고 드라이버로 무언가를 조작했다. 애써 병철의 시선을 무시하고 있었다.

"기사님. 가스 검침하는 분이랑 그런 척하는 사람들이랑 구분하는 방법이 따로 있을까요?"

병철의 말에 남자가 아무런 대답도 하지 않았다. 제대로 못 알아들은 것 같아 병철은 다시 한번 크게 소리쳤다. 그때야 남자가 무어라 대답했다. 소리가 잘 들리지 않아 병철이 되물었다. 남자가 땀을 닦으며 고개를 저었다.

"아닙니다. 뭐 대단한 일이라고 가스 민원 기사를 사칭해요."

남자는 더 이상 짜증스러움을 감추지 못했다. 병철은 조금 더 그 자리에 서 있다 담뱃불을 끄고 걸음을 돌렸다.

병철은 뒤에서 남자가 시발이라고 말하는 것을 똑똑히 들었다.

"짭새냐?"

집 안에 들어가자 창밖을 노려보고 있던 호두가 물었다. 병철은 대답하지 못했다. 왜 생전 오지 않던 가스 검침원이 창문에 매달려 있었을까. 그는 유니폼 차림이 아니었다. 안전모를 쓰고 있지도 않았다. 병철이 본 것이라고는 고작해야 계량기 뚜껑을 열었다 다시 닫은 것뿐이었다. 남자가 검침원이 아닌 것 같다는 의구심이 고개를 들었다. 빌라촌을 노리는 도둑놈일 수도, 혹은 위장하고 있는 형사일 수도 있었다. 병철은 생각했다. 떠나는 날은 반드시 오늘이어야 한다고.

목적지는 인천이었다. 당장 떠나도 될 만큼 가까운 거리다. 바다와 면해 있다. 배편을 이용해 해외에 갈 수도 있다. 이보다 좋은 조건은 없었다. 어쩌면 병철은 같은 일을 하면서 살 수 없을지도 모른다고 생각했다. 공소시효가 끝날 때까지는 최대한 법에 저촉되는 일은 피하는 게 좋으니까.

골목의 마지막 불은 새벽 2시 25분에 꺼졌다. 4시쯤에는 신문 배달부나 이른 출근을 하는 사람들이 오갈 수 있었다. 그들에게 주어진 시간은 고작해야 한 시간 남짓이었다. 병철은 큰 짐을 날라도 이상하지 않을 구실을 미리 생각해 두었다. 만일 누군가 그들에게 어디를 가는 거냐고 묻는다면, 그들은 조카의 생일을 맞아 낚시를 갈 참이라고 할 생각이었다. 일주일 정도 생각해 둬서 옷과 낚시용품, 캠핑 도구까지 들고 갈 것이 많다고. 물론 여태껏 그들에게 먼저 말을 걸어온 이웃은 없었다. 병철은 마지막으로 얼마간 먹을 음식들이 담긴 아이스박스를 차에 실었다. 태오는 조수석에 먼저 앉아 있었고 호두는 병철 옆에서 담배를 피워 물고 있었다. 이 시각 차는 막히지 않을 것이다. 최대한 CCTV를 피해 국도와 비포장도로를 통해 간다고 해도 해가 뜨기 전에 예약한 숙소에 도착할 수 있었다.

트렁크를 닫으려는 그때였다. 병철의 눈에 앞코가 둥근 운동화 한 짝이 보였다. 병철은 신발코를 가만히 쳐다보았다. 움직임은 없었지만 분명히 병철 쪽을 향하고 있었다. 흰 얼굴이 벽 뒤에 드러났다 사라졌다. 병철이 천천히 발걸음을 죽여 걸어갔다.

"형."

눈치 없이 태오가 소리쳤다. 순간 운동화가 사라졌다.

병철이 내달려 빠르게 벽을 돌았다. 두 사람이 보였다. 앞서가는 녀석은 잘 보이지 않았다. 분홍색 운동화 색깔 정도만 알아볼 수 있었다. 뒤따라가는 녀석은 비교적 정확히 보였다. 큰 키와 뛰어가는 자세로 보아 남자가 분명했다. 발이 엉켰는지 남자는 멀리 가지 못하고 엎어졌다. 그를 제압하는 것은 어렵지 않았다. 일단 붙잡고 나니 기껏한다는 게 허공에 주먹질을 하며 놓으라고 소리를 내지르는 것뿐이었다. 가까이서 보니 소년이라는 말이 더 정확할 만큼 앳되어 보였다. 병철이 콘크리트 바닥에 소년의 얼굴을 처박았다. 팔을 등 뒤에서 비틀고 입을 틀어막았다. 그때 소년의 손에 쥐어진 종이에 눈길이 갔다. 소년은 주먹을 펴지 않으려고 안간힘을 썼다. 소용없는 짓이었다. 병철이 어렵지 않게 종이를 빼내었다. 다마스 차량 번호가 삐뚤빼뚤한 글씨로 적혀 있었다. 녀석은 숨는 것도 모자라 다짜고짜 줄행랑을 쳤다. 게다가 차량 번호까지 적은 것을 보면 무언가 이유가 있다는 뜻이었다. 어쩌면 h와 관련이 있는 사람인지도 몰랐다.

"묻는 말에 대답을 적어."

병철은 일단 소년을 끌고 집 안으로 들어갔다. 소란스럽게 이웃을 깨울 마음은 없으니 소년의 입에는 청 테이

프를 붙여 놓았다. 대신 손에 펜을 쥐여 주었다. 무릎을
꿇고 앉은 소년은 고집스러웠다.

"이딴 걸 적어 놓은 이유가 뭐야?"

병철이 소년의 눈앞에 다마스 차량 번호가 적힌 종이를
흔들어 보였다. 소년은 고개를 저었다. 눈을 덮는 벙거지
모자에 마스크로 얼굴을 가린 호두가 답답하다는 듯 자리
에서 일어나 방에 들어갔다 나왔다. 손에는 한 뼘만 한 길
이의 단도를 쥐고 있었다. 소년이 눈을 질끈 감았다.

"이걸 적어 놓은 이유가 뭐냐."

호두가 물었다. 물론 아무런 소득도 없었다.

"열받게 하네……. 이걸 죽여, 말아?"

호두가 소년의 미간 사이에 칼날을 갖다 댔다. 소년이
눈을 질끈 감았다.

"형, 이러지 않아도 되잖아요."

태오가 병철의 옷을 잡아당겼다. 순간 병철은 이 소년
과 관계있는 사람이 h가 아닐지 모른다는 생각이 들었다.
병철은 해명을 구하듯 태오를 쳐다봤다. 태오는 불안한
듯 입술을 잘근잘근 씹어 대고 있었다.

"너 글자는 쓸 줄 알지?"

호두는 소년의 머리카락을 움켜쥐고 고개를 젖혔다. 그

러곤 답답하다는 듯 녀석의 머리통을 위아래로 흔들었다.

"딱 한 번만 다시 묻는다. 이유가 뭐야. 경찰 끄나풀이야?"

소년은 이번에도 묵언수행으로 일관했다. 호두는 주먹으로 자신의 머리를 꽝꽝 치다가 찌를 듯이 단도를 높이 쳐들었다. 호두가 살기 어린 눈으로 녀석을 쳐다보았다. 지금 낭장 단도로 녀석의 목을 긋더라도 놀라울 것이 없을 것 같았다.

"형 그만해요. 제발요."

그 순간 태오가 튀어 나가 호두의 다리를 붙잡았다.

"이 새끼, 왜 이래. 이거 놔. 이거 안 놔?"

호두는 애써 커지는 목소리를 가라앉혔다. 다행히 어느 이웃의 창에도 불이 들어오지 않았다. 태오는 죽을힘을 다해 호두의 다리를 붙잡고 있었다. 호두가 단도를 쥔 채 손을 휘저었다. 병철이 말릴 틈은 없었다. 그때 누군가 문을 박차고 들어왔다. 아까 본 분홍색 운동화를 신은, 처음 보는 계집애였다. 단발머리에 지나치게 마른 체구였다. 얼굴이 땀에 흠뻑 젖어 있었고 손에는 어딘가 버려져 있었을 법한 녹슨 쇠 파이프가 들려 있었다.

"조아랑!"

태오가 소리쳤다. 그러니까 어떤 관계인지는 몰라도 태오와 아는 사이들이라는 뜻이었다. 그동안 서성거린 사람들 역시 이들이었을 확률이 높았다. 그간의 미스터리가 풀렸다. 부지런히 돈을 받으러 다닌다고 생각했던 태오는 틈이 날 때마다 누군가를 만나러 다닌 모양이었다. 그리고 하필이면 오늘 발각되었다. 계집애가 어설프게 쇠 파이프를 휘둘렀다. 병철은 서둘러 계집애의 손을 휘어잡았다. 저항이 제법 세서 쉽지 않았다. 미친 듯이 소리를 내지르는 탓에 입단속부터 하는 게 우선이었다. 병철이 계집애의 입을 틀어막았다. 파이프를 빼내려고 하는데 쉽게 되지 않았다. 병철은 계집애의 파이프에 정강이를 여러 대 얻어맞았다. 병철은 계집애의 손을 뒤로 꺾고서야 간신히 파이프를 빼낼 수 있었다. 그사이 태오가 소년의 입에 붙어 있던 청 테이프를 떼어 내고 등 뒤에 결박한 양손도 풀어냈다. 소년은 혼이 나간 사람의 얼굴을 하고 있었다. 태오가 무릎 꿇고 있던 소년을 일으켜 세웠다.

"거기 잠깐."

호두의 얼굴에 의미심장한 미소가 번졌다.

"이태오 지금 뭐 하는 거야?"

입속의 혀처럼 호두가 원하는 답만 내놓던 태오가 이번

에는 입만 달싹였다.

"곱게 녀석들을 내보내시겠다? 상황 파악 잘해라. 이
태오."

호두가 비죽 웃었다.

"너는 알고 있잖아. 몇 달 전 주먹을 휘두르면서 이 집
에 쳐들어온 새끼가 어떻게 됐는지. 그래 놓고 손님을 초
대했다니. 배짱 좋다."

호두가 천천히 태오 앞에 섰다.

"말뜻 알아들었으면 비켜. 내 앞 막지 말고."

호두가 태오의 명치를 갈겼다. 한 대, 두 대, 세 대…….
호두는 태오가 길을 내줄 때까지 때릴 작정인 듯했다.

"안 돼. 형!"

소년이 소리쳤다.

"이 괴물 같은 새끼야."

호두에게 달려든 사람은 계집애였다. 계집애는 단숨에
호두의 팔뚝을 물고 매달렸다. 호두가 손을 높이 쳐들고
계집애의 뺨을 후려쳤다. 고작 한 대에 계집애가 바닥에
나동그라졌다.

"제발, 그만! 그만 좀 하세요."

소년이 울부짖었다. 호두가 소년을 돌아보았다.

"그만하고 안 하고는 너 하는 데 달려 있어."

호두가 소년에게 말하며 계집애의 머리를 틀어잡았다. 그리고 보란 듯 뺨을 내려쳤다.

"뭘 하려던 건지 말해."

소년은 답이 없었고 호두의 두툼한 손바닥은 또다시 계집애의 뺨에 내리꽂혔다.

"형, 살려 주세요. 제발요."

태오가 호두의 종아리를 붙잡았다. 호두는 단숨에 태오를 자빠뜨렸다.

"대답할 때까지 이년은 맞는다."

호두가 소년을 향해 말했다. 소년은 가느다랗게 몸을 떨었다. 호두는 주저 없이 다시 손을 들어 올렸다. 그때 태오가 달려들어 있는 힘껏 호두를 밀었다. 호두가 나자빠지면서 쓰고 있던 벙거지 모자가 바닥으로 떨어졌다. 계집애와 호두의 눈이 마주쳤다. 계집애가 입을 틀어막았다. 호두가 버둥거리며 모자를 다시 뒤집어썼다. 태오가 계집애의 이름을 불렀다. 계집애가 뒤늦게 정신을 차리고 현관문을 향해 뛰어갔다. 태오가 소년을 부축해 계집애를 따라 달려 나갔다. 바닥에 엎어진 호두가 급히 일어나 현관문 밖으로 나갔다. 멀리 가지 못해 행인의 기척에 놀란 호두가 서둘러 집 안으로 달려 들어왔다.

"넌 씨발. 멀뚱히 뭐 하고 있어?"

호두가 병철의 멱살을 세게 쥐었다. 얼마 안 가 호두는
분에 못 이겨 거세게 방문을 닫았다. 병철은 계집애에게
물린 손등을 문지르며 현관문 밖을 내다보았다. 새카만 밤
골목에는 을씨년스러운 물안개가 자욱하게 깔려 있었다.

방 안에서 알 수 없는 소리가 들려왔다. 유리병에 바람
이 스치는 소리 혹은 누군가의 웃음 또는 울음소리. 병철
의 등 뒤에 소름이 돋았다. 병철이 조심스럽게 방문을 열
자 베개에 얼굴을 묻은 호두가 보였다. 그는 소리 죽여 비
명을 지르고 있었다. 호두가 이토록 화가 난 모습은 처음
이었다. 계획이 어긋나서였을까. 누군가 자신의 얼굴을
봤기 때문일까. 태오가 밀쳐서였을까. 아니면 그 모든 이
유 때문일까. 분이 풀리지 않는지 주먹으로 바닥을 꽝꽝
내리치던 호두가 비죽 고개를 들어 병철을 바라보았다.

"그 녀석을 죽여 버리자."

호두의 입꼬리가 올라갔다. 작은 반점 같은 핏방울이
얼굴 곳곳에 맺혔다. 호두가 자리에서 일어나 장롱을 열
었다. 미처 챙기지 않은 낫과 도끼, 쇠막대기가 얌전히 놓
여 있었다.

"죽이자. 죽여야 해. 혼자는 못 할 것 같다. 네가 필요해. 같이 죽이자. 이미 한 명 죽였는데 두 명 죽이는 게 뭐가 어렵겠어. 가는 길에 묻어 버리면 돼."

호두가 퉁퉁 부은 얼굴을 하고 병철을 세게 붙잡았다. 병철이 대답을 회피하면 호두는 병철의 가슴팍을 주먹으로 때렸고, 병철이 듣지 못한 체하면 귀를 잡아당겼다.

"네가 애초에 그런 멍청이를 데려오지만 않았으면 됐잖아. 왜 그런 짓을 한 거야? 너는 내 말에 복종해야 해. 설마 그걸 잊었냐?"

호두는 웃는 얼굴로 설득하고 화가 난 얼굴로 회유했다가 끝내는 눈을 부라리며 병철을 노려보았다.

"그냥 내쫓자. 그걸로 충분해."

병철의 말에 호두는 코웃음 쳤다. 잠시 생각에 골몰하던 호두가 돌연 커다란 미소를 머금고 병철을 돌아보았다.

"알았어. 그럼 내가 죽일게. 너는 망을 봐. 둘 다 입을 닦자. 이제 샘샘이야. 공평하게. 이번 일을 끝내면 널 자유롭게 놓아줄 수도 있어. 어떻게 할래. 다시 집에 돌아가고 싶지 않아? 돈 받아 내는 일 같은 거 당장 그만두고 싶잖아. 네 부모가 뭐 하고 사는지 궁금하지 않아? 내 면상하고 두 번 다시 마주하지 않아도 좋아. 어때."

호두가 속삭이듯 낮은 목소리로 말했다. 그러다 고개를 돌려 추궁하듯 몰아붙였다.

"고민하는 척하지 마. 너한테는 선택권이 없어. 내 계획을 한번 들어 봐. 자는 동안 이불을 둘둘 말아놓고 망치질을 할 거야. 그럼 아무도 듣지 못하겠지. 피가 새지 않도록 몸을 잘 말아서 보관해 뒀다가 내일 녀석을 야산에 묻자. 이 쥐새끼 같은 애들이 다시 찾아온다 해도 걱정하지 마. 똑같이 해 주면 그만이야."

호두가 두 눈을 희번덕였다. 병철은 태오가 영영 돌아오지 않기를 바랄 뿐이었다.

병철은 태오가 살았던 곳이 어떤 곳일까 늘 궁금했다. 태오가 그간 지냈던 곳은 대체 얼마나 불합리한 곳이었기에 도망 나와야만 했던 것일까. 그들은 태오에게 어떤 일을 시켰을까. 그것이 가난하고 힘없는 사람들에게 폭력을 행사하는 것보다 더 힘든 일이었을까. 군말한다고 뺨 서너 대 얻어맞는 것은 아무것도 아니게 느껴질 만큼 태오는 고되게 지냈던 것일까.

태오는 한 시간도 안 되어 돌아왔다. 밖에 비가 오는지 축축하게 젖은 머리를 하고서였다. 태오의 몸에서 옅은 비린내가 났다. 입술은 파랗게 질려 있었다. 병철은 태오에게 마른 수건을 건네주고 싶었지만 참았다. 지금은 그럴 때가 아니었다.

"죄송합니다."

태오가 병철과 호두를 보고 말했다. 병철의 입에서 한숨이 흘어졌다.

"그 애들은 어디까지 알지?"

"아무것도요. 아무 말도 안 했어요."

태오가 황급히 손을 내저었다.

"아니, 그건 중요하지 않다. 너는 더 이상 여기 있을 수 없어."

병철의 말에 태오의 얼굴이 어두워졌다.

"형. 제가 어디 가요. 경찰도 쫓고 있고 저 갈 데 없는 거 잘 알잖아요."

"넌 약속을 어겼다. 아무도 만나면 안 된다고 그렇게 말했는데."

태오가 젖은 손으로 병철을 붙잡았다.

"제가 그러려고 한 건 아닌데요. 걔도 헬퍼한테 잡혀 있던 앤데요. 갈 데가 없어서 노숙을 하고 있었거든요. 배가 고프다고 해서요. 그것도 아주 잠깐뿐이고요. 그 일이 있은 후로는 연락도 안 받았어요. 절대 오지 말라고 그랬는데……. 안 만난 지 정말 오래됐었어요. 동생은 그냥 제가 연락이 안 되니까 걱정됐나 봐요. 맹세코 그 애들을 만나 온 건 아니에요. 며칠 전에 갑자기 걔네들이 나타나서 저도 얼마나 놀랐나 몰라요. 가라고 했어요. 분명요."

태오가 필사적으로 병철에게 애원했다. 하마터면 병철의 마음이 약해질 뻔했다.

"나가."

병철이 작은 음성으로, 그러나 또박또박 말했다. 태오의 눈동자가 불안하게 떨렸다.

"여기 있다 죽기 싫다면. 제발 부탁이야."

병철은 진심을 다해 태오에게 부탁했다. 하지만 이미 늦었다. 호두가 방에서 나와 태오의 어깨에 손을 얹었다.

"그럴 수 있지. 입단속만 잘해."

호두가 누런 앞니가 다 드러나게 웃어 보였다. 호두를 보자 태오가 곧바로 무릎을 꿇었다.

"형 죄송해요. 제가 쳐서 죄송해요. 걔가 죽을지도 모른다는 생각에 저도 모르게 정신이 나갔나 봐요. 형 죄송해요. 제가 죄송해요. 용서해 주세요."

태오는 그 말밖에 할 줄 모르는 사람처럼 죄송하다고 반복했다.

"죽기 싫으면 당장 꺼져. 우리가 널 죽일지도 모른다고 말했지?"

병철이 태오를 거칠게 밀었다. 병철은 자신이 말하고 있는 진실을 태오가 알아주지 않아서 화가 났다. 죽일지 모른다는 그 말은 사실이자 예고였다.

"갑자기 왜 악을 쓰니."

호두가 부드러운 음성으로 병철을 제지했다.

"이만 자지 그래? 오늘 밤은 늦어서 떠날 수 없겠다. 너무 피곤해."

호두의 말에 태오가 바로 자리에서 일어났다.

"이태오. 내가 당장 내 눈앞에서 사라지라고 말했지."

병철이 태오를 붙잡고 다시 한번 소리쳤다. 호두가 병철의 정강이를 걷어찼다. 호두는 비식 웃으며 태오를 향해 다정한 얼굴을 지어 보였다.

"어서 자. 밤이 너무 늦었다."

태오가 쭈뼛거리며 병철의 눈치를 살피다 서둘러 방 안으로 들어갔다. 병철은 태오의 뒤를 쫓아 거칠게 방문을 열었다. 태오는 젖은 티셔츠를 벗고 있었다.

"너는 여기 있으면 안 돼."

"죄송해요. 제가 다 죄송해요. 다신 잘못 안 할게요. 시키는 대로 다 할게요. 제발 내쫓지 마세요. 제발요."

태오가 양손을 맞비비며 필사적으로 빌었다. 병철은 밖에 나가 차에 실어 둔 태오의 가방을 들고 왔다. 보잘것없이 가벼운 가방에는 기껏해야 담배, 라이터, 가죽 팔찌, 양말과 지갑 따위가 들어 있었다. 병철이 가방을 태오에게 안겼다. 그리고 태오의 티셔츠를 끌고 문으로 끌어냈다.

"뭐 하는 거야?"

호두가 병철에게 달려들었다.

"제발요. 형. 다신 그러지 않을게요. 시키는 대로 다 할게요. 저 갈 데 없어요. 저 혼자 어떡해요."

태오가 바닥에 엎드려 병철의 발목을 잡았다. 호두는 병철의 팔을 거세게 꺾었다.

"내 말을 거역하겠다는 거야?"

병철이 호두를 밀었다. 바닥에 엎어진 호두의 얼굴이 새빨갛게 변해 있었다. 호두가 주먹으로 병철의 머리를 내리쳤다. 병철은 어지러웠지만 금세 정신을 차렸다. 눈앞에 겁에 질린 태오와 화난 얼굴의 호두가 있었다. 호두는 지체 없이 병철을 향해 주먹을 휘둘렀다. 태오가 말려도 소용없었다. 병철이 가까스로 호두의 양손을 쥐어 잡았다.

"우리 이렇게 하지 않아도 되잖아. 그냥 가게 하자. 보내 버리자."

병철의 호소를 호두는 듣지 않았다. 다시 한번 주먹을 휘두르는 호두를 병철은 저지해야 했다. 호두의 팔을 잡고 있는 것만으로는 역부족이었다. 병철의 손이 호두의 목까지 올라갔다. 병철이 손아귀에 세게 힘을 주었다.

"그, 그만…… 안 돼……."

호두의 얼굴이 하얗게 질렸다. 이마에 핏대가 섰다. 실핏줄이 터져 양 눈이 붉어졌다. 호두의 입술이 검푸르게 변했다. 세게 감긴 나사처럼, 이제 그만두어야 한다는 생각에도 병철은 손의 힘을 풀 수 없었다. 태오가 매달려도 소용없었다. 병철은 아주 오래전부터 해 온 기도처럼 간절하게 두 손을 모아 깍지를 쥐었다. 하느님, 아버지……. 뜨거운 것이 등줄기를 타고 쏟아진 것은 그때였다. 팽팽하게 감겨 있던 고무줄이 툭, 끊기듯 병철의 손에서 힘이 빠졌다. 호두가 숨을 몰아쉬며 병철을 밀어 냈다. 바닥에 미끄러운 것이 밟혔다. 빨간색이었다. 그것이 자신의 피라는 생각이 병철의 뇌리에 뒤늦게 스쳐 지나갔다. 태오는 몸을 떨고 있었다. 뒤늦게 엄청난 통증이 병철의 뒤통수와 뒷목 사이에서 느껴졌다. 태오의 손에는 호두가 쥐고 있던 단도가 들려 있었다. 예리한 칼끝에서 핏방울이 뚝뚝 떨어졌다. 천장이 머리 위에서 마구 돌았다. 병철은 그대로 바닥으로 고꾸라졌다. 쿵 소리가 귓가에 울리긴 했지만 더 이상 고통은 느껴지지 않았다. 대신 구토가 올라왔다. 온몸에 힘이 풀려 일어설 수 없었다. 호두와 태오가 무어라 말을 하고 있는 것처럼 보였지만 병철은 아무것도 알아들을 수 없었다. 기계음같이 높고 일정한 소리가 귓가에 울려 퍼질 뿐이었다. 발끝부터 얼어붙는 한기에 병철의 입술이 떨렸다. 하지만 오래가진 않았다. 병철은 곧 노파의 집에서 단잠에 빠졌을 때처럼 천천히 고요의 심연으로 빨려 들어갔다.

제3장

태오

태오는 형을 가져 본 적이 없었다. 친구나 조무래기들을 끌고 다녀 본 적은 있어도 자기보다 나이 많은 사람의 뒤를 쫓거나 함께 무언가를 도모해 본 적은 없었다. 물론 태오는 형이 있었으면 했다. 형이 있는 아이들이 툭하면 형한테 이른다고 으름장을 놓는 것이 부러웠다. 백이 있다고 우쭐대는 태도도 마찬가지였다. 태오는 삼촌이 주먹을 휘두를 때 막아 줄 든든한 사람이 있었으면 했다. 할까 말까 고민할 때 하지 말라고 단호히 말해 주거나 하라고 응원해 주는 사람이 있었으면 했다. 그런 사람이 있었더라면 조금 더 현명한 결정을 내리면서 살 수 있었을 것 같았다.

병철은 태오가 갖지 못한 형이었다. 이유 없이 호두가 뒤통수를 때리면 병철은 무심하게 머리를 문질러 주었다. 넥타이 매는 법을 알려 주었고, 담배를 꼭 연달아 피워 대는 태오의 습관을 지적해 주었다. 돈을 받아 올 때는 어떤 식으로 구는 것이 가장 효과적인지, 가끔 상대가 불쌍하다는 마음이 일 때면 어떻게 해야 하는지 태오는 조언을 구할 데가 있어 든든했다. 그래서 태오는 자기가 방금 막 죽인 사람이 형이라고 부르던 병철이라는 것을 믿을 수가 없었다.

칼은 병철의 목과 뒤통수 사이를 관통했다. 까슬까슬한 머리털이 끝나는 지점, 손톱만 한 사마귀가 있는 그의 검게 탄 목에 칼이 꽂혔다. 곧바로 병철은 세게 쥐고 있던 호두의 목을 놓아 주었다. 그리고 무너지듯 엎어졌다. 그때는 아직 살리기 늦지 않았을지도 몰랐다. 구급차를 불렀더라면 병철은 살 수 있었을지도 모른다. 태오는 그러지 않았다. 호두가 시킨 것은 아니었다. 병철을 칼로 찔렀을 때와 마찬가지로, 그것은 태오의 선택이었다. 태오는 그저 온몸에 성에가 낀 것 같은 한기를 느끼며 병철이 죽어 가는 것을 지켜보았다. 쓰러진 병철은 몸을 떨거나 입을 뻐끔거리긴 했으나 의식은 없는 것 같았다. 그러다 얼마 안 가 그것도 곧 멈춰 버렸다. 다만 어떤 생각에 골몰한 채, 이상하게도 평온한 얼굴을 하고 있을 뿐이었다.

호두는 자신을 살려 주어 고맙다고 말하지는 않았다. 마찬가지로 병철을 죽였다고 나무라지도 않았다. 그저 아주 귀찮은 일이 생겼다는 것에 피로하고 짜증 난 얼굴을 하고 있었다. 태오도, 호두도 병철을 위해 울지 않았다. 아마 어느 순간엔가 울겠지만 그것이 지금은 아니라는 것을 태오는 잘 알고 있었다. 아무도 눈물 흘리지 않는 죽음 앞에, 병철의 붉은 피만이 축축하게 태오의 발끝을 적셨다. 그때야 태오는 자신의 손바닥에도 피가 흐르고 있다는 것을 알았다. 태오는 병철의 목덜미를 향해 있는 힘껏 단도를 내리찍었다. 찌르는 순간 칼이 밀려 손바닥을 그은 모양이었다. 선분홍빛 속살이 드러나 보일 만큼 깊은 상처가 남아 있었다. 그것을 눈으로 보고 나서야 쓰라린 고통이 느껴졌다.

두 번째 해 본 일이라 무엇부터 해야 하는지 태오는 잘 알았다. 일단 액체가 흐르는 일이 없게 병철의 몸을 이불과 수건으로 둘둘 말아 처치했다. 바닥에 낭자한 붉은 피를 닦았다. 재수 없게 벽지에 튄 피 위에는 락스를 뿌려 두었다. 화장실과 부엌의 환풍기를 작동시켰다. 창문은 열지 않았다. 가장 중요하게 고려해야 할 점은 병철의 시신을 차에 싣는 것이었다. 눈에 띄지 않아야 했고 CCTV나 사방의 블랙박스에 찍혀도 자연스럽게 보일 만해야 했다. 굳기 전에 최대한 병철의 몸을 접었다. 양다리를 굽히고 그 위에 팔을 포갠 모습, 흡사 배 속의 태아처럼 만들고 테이프로 몸을 고정했다. 그 위를 이불로 감쌌다. 태오의 눈에 띈 것은 서랍장이었다. 1미터가 넘는 크기의 나무 서랍장에서 네 개의 서랍을 모조리 꺼냈다. 상자처럼 속이 빈 서랍장 안에 병철의 몸을 구겨 넣었다. 병철이 살이 없고 체구가 크지 않아 가능한 일이었다. 빼낸 서랍에서 손잡이가 있는 앞판만 떼어 냈다. 그것으로 뚜껑처럼 서랍장 앞면을 막은 뒤 테이프로 칭칭 감았다. 자세히 보면 서랍이 어그러졌다는 것이 티가 나지만 누구도 그 안에 사체가 있을 것이라고 짐작하진 못할 것이었다. 다행인 점은 이들이 빌린 차가 다마스라는 것이었다. 애초에 많은 짐을 싣고 갈 예정이었기에 빌린 차였다. 다마스의 트렁크 입구 크기는 1.2미터. 서랍장이 간신히 들어갈 수 있었다.

멀리서 해가 뜨고 있었다. 푸른 새벽빛이 콘크리트 바닥에 내려앉았다. 까마귀가 검은 날개를 바둥거리며 음식물 쓰레기를 쪼아 먹었다. 이른 출근을 시작한 사람들의 발소리가 하나둘 들려오기 시작했다.

잠시 나갔다 실내로 들어오니 무뎌졌던 후각이 다시 반응했다. 집 안에 비린내가 진동하고 있었다. 핏물로 흥건해진 천들을 모조리 폐기물 봉투에 넣은 후 가방에 넣어 이중으로 봉했다. 미처 닦지 못한 피가 남아 있을까 봐 태오는 바닥에 남은 락스를 몽땅 들이부었다. h를 죽였을 때와 마찬가지로 구역질이 나는 것을 참으며 태오는 무릎을 꿇은 채 바닥을 닦았다. 일어날 일이 일어났을 뿐이야. 태오는 그렇게 말하면 기분이 풀리곤 했다. 어떤 개 같은 일도 버티게 하는 마법 같은 주문이었다. 하지만 이번엔 이상하게도 아무리 그렇게 말해도 기분이 나아지지 않았다.

왜 태오는 병철을 죽여야만 했을까. 호두를 죽이지 못하게 말리고 싶었을 뿐이었다. 아무리 붙잡아도, 떼어 내려고 해도 병철은 호두의 목을 놓아 주지 않았다. 주먹으로 병철의 등을 내리쳤지만 꿈쩍도 하지 않았다. 호두의 얼굴이 핏기 없이 질려 있었다. 그때 태오의 눈에 들어온 것이 바닥에 떨어져 있던 단도였다. 호두를 살려야겠다고 생각했다. 아니 병철이 누군가를 죽이는 일을 막아야겠다고 생각했다. 팔뚝을 찔렀다. 아주 조심스럽게. 깊이 들어가지 않았다. 칼로 누군가를 찌르는 일은 생각보다 쉽지 않았다. 그래서 몸에 힘을 실었다. 그렇게 내리 찔렀다. 등보다, 팔보다 효과적인 곳이라고 판단했는지 몰랐다. 병철의 목을 내리 찌를 때 태오는 이미 무언가 대단히

도 잘못됐다고 생각했다. 돌이킬 수 없을 것이라는 직감
이 행위를 하는 동시에 그의 뇌리를 가격했다. 결코 자신
을 내보내려 한 것에 대한 분노와 서운함 때문이 아니었
다. 맹세코 태오는 병철이 죽길 바라지 않았다. 물론이었
다. 태오는 병철이 필요했다. 의지했다는 말이 더 정확할
것이다. 아니, 실은 아주 많이 좋아했다. 그런데도 태오가
병철을 죽인 이유는 간단했다. 칼로 찌르는 것이 처음이
었다. 태오는 능숙하지 못했다. 어떻게 해야 사람을 죽이
지 않을 만큼만 공격할 수 있는지 배운 적이 없었다.

　태오는 걸레를 세게 쥐었다. 누런빛으로 물든 락스 물
이 삐죽 튀어나왔다. 눈이 시렸다. 스물한 살, 태오가 목
격한 죽음이 벌써 네 번째였다.

　계획대로라면 지금쯤 그들은 해안도로를 달리고 있었
을 것이다. 예상치 못한 일이 벌어졌지만 도주를 미룰 순
없었다. 태오는 피와 땀, 락스 냄새가 엉겨 붙은 몸을 물
로 대충 씻어 냈다. 뜨거운 물이 닿자 손바닥의 상처 부위
가 찢길 듯이 아려 왔다. 태오는 수오와 아랑이 잘 돌아갔
는지 궁금해졌다. 어딘가 다치진 않았을까. 끔찍히도 맞
았으니 멀쩡한 게 오히려 이상한 일인지도 몰랐다. 그 둘
이 대체 어떻게 만난 것인지 태오는 미처 묻지 못했다. 태

오는 늘 아랑이 수오를 닮았다고 생각했다. 그게 아니었으면 아랑을 도와주는 일 따위 없었을 것이다. 아랑이 여자건 남자건 상관없었다. 누군가가 맞는 데 적당한 이유란 없었다. 모든 폭력은 불합리했다. 알면서도 익숙해졌고 그래서 함부로 나서거나 문제 삼지 않았다. 아랑은 지옥 소굴에서 죽을 만큼 맞았다. 신발로, 주먹으로, 의자나 주걱으로. 아랑은 살려 달라고 빌지도 않고 악을 쓰지도 않았다. 고통에서 벗어나는 것을 진작에 포기했다. 잘못한 것도 없이 벌을 받으면서 눈물조차 아까워했다. 아랑의 태연함이 수오를 생각나게 했다. 그런 알량한 동정심이 아니었더라면 태오가 아랑을 데리고 탈출하는 일은 없었을 것이다. 애초에 h가 이곳에 찾아오는 일도, h가 죽는 일도, 그리고 병철이 죽는 일도 벌어지지 않았을 것이다. 대신 아랑은 죽었을 것이다. 이 모든 것은 태오의 동정심에서 비롯된 것일까. 그럴 자격도 없으면서 주제넘게 베푼 선의로 인해서? 태오는 핏물이 떨어지는 손바닥을 가만히 들여다보았다. 상처에서 더 이상 아픔 따위는 느껴지지 않았다. 태오는 티셔츠 소매 부위를 찢어 손바닥을 동여 묶었다. 그때 문밖에서 현관문을 두드리는 소리가 들려왔다.

태오가 수건으로 몸을 가린 채 화장실에서 걸어 나왔다. 아침 7시 반이었다. 이 시간에 누군가 문을 두드린 것은 전에 없던 일이었다. 호두가 손을 저었다. 대꾸하지 말라는 뜻이었다.

"경찰입니다. 죄송합니다만 잠시 문 좀 열어 주시죠."

심장이 쿵 내려앉았다. 지난밤 일 때문인가. 누군가 소란을 듣고 신고한 것일까. 아니면 h의 문제로 찾아온 것일까. 태오의 머릿속이 복잡했다. 마음 같아서는 개구멍이라도 있다면 기어 들어가 도망치고 싶은 심정이었다. 태오는 호두를 바라보았다. 호두가 양미간을 좁혔다. 잠시 후 경찰이 다시 문을 두드렸다.

"실례합니다. 잠깐이면 됩니다."

아예 대답하지 않는 편이 나을까. 문을 열자마자 달려가는 편이 나을까. 태오는 두 가지 선택지 사이에서 갈등했다.

"협조 좀 부탁드립니다."

경찰의 목소리가 조금 더 커졌다. 집 안에 사람이 있다는 것을 알고 있는 것 같았다. 경찰의 말에 호두가 일단 문을 열라고 눈짓했다. 등 뒤에 장도리를 숨긴 채였다. 어차피 피할 곳은 없었다. 일단 집 안 청소는 끝난 상태였고 병철의 시체는 다마스에 실어 놓은 후였다. 태오는 잠금쇠를 건 채 살짝 문을 열었다. 한 뼘쯤 되는 틈으로 푸른 제복을 입은 경찰관이 보였다. 미간에 주름이 깊고 얼굴이 까무잡잡했다. 30대 중반쯤으로 보였다. 태오의 입안이 말라 들었다. 미처 보지 못한 얼룩이 있는 것은 아닌지, 갑자기 집 안을 수색한다고 하는 것은 아닌. 오만가지 생각이 태오의 머리에 맴돌았다. 태오는 애써 아무렇지 않은 듯 평온한 얼굴을 지어 보였다. 당황하는 것보다 의심스러울 것은 없을 테니까.

"이른 시간에 죄송합니다. 여쭤볼 게 있어서요."

의외로 경찰은 부드러운 어투로 말했다. 오히려 미안하다는 듯 어색하게 미소 짓기까지 했다.

"저 실례지만 어제 혹시……."

경찰의 말이 끝나기도 전에 불쑥 한 손이 문틈으로 들어왔다. 손에는 뿌리째 뽑혀 있는 작은 묘목이 들려 있었다.

"이거 총각이 한 짓 맞지?"

60대로 보이는 한 여자가 얼굴을 드러냈다. 태오는 그녀가 누군지 알 것 같았다. 이 집 저 집 할 것 없이 빛이 드는 곳이라면 화분부터 갖다 놓는 앞집 여자였다. 화분을 공공재산이라도 되는 것처럼 골목에 늘어놓을 때는 언제고 누군가 쓰레기를 버렸다고, 꽁초를 버렸다고, 꽃을 뜯어 갔다고 매일 성화였다. 그런 그녀가 대체 왜 이 새벽부터 뿌리 뽑힌 나무를 코앞에 가져다 대는지는 알 수 없는 노릇이었다.

"일전에는 우리 아들 주차로 뭐라고 하더니 말이야. 이거 복수야? 어? 그쪽 짓 맞죠? 이거 몇 년 기운 선 술이나 알아요?"

"무슨 말 하시는지 모르겠는데요."

태오의 말에 여자가 사나운 목소리로 고함을 내질렀다.

"모르기는! 여기 아저씨 어딨어."

여자가 문틈으로 얼굴을 들이밀었다. 쪼글쪼글한 눈매를 끔뻑이더니 여자가 분주하게 눈알을 굴렸다. 태오는 서둘러 여자를 막아섰다. 여자와 태오의 눈이 마주쳤다.

"더벅머리 한 아저씨 어디 있냐고? 경찰 양반. 집 안 좀 봐 줘요."

태오의 얼굴을 본 여자는 반말로 태세를 전환했다. 태오는 여자가 병철을 찾고 있다는 사실을 깨달았다. 아줌마 늦었어요. 그 사람은 몇 시간 전에 제가 죽였어요, 라고 사실대로 말하면 여자는 어떤 표정을 지을까.

"그분은 안 계세요."

태오의 말에도 여자는 쉽게 물러설 마음이 없어 보였다. 여자가 경찰의 옷소매를 잡아당겼다.

"집 안 수색할 권한이 없어요, 저희는."

경찰이 난감한 얼굴로 여자를 바라보았다. 여자는 내처 팔을 걷어붙였다.

"그 남자 여기 사는 사람인데. 분명 안에 있어요. 어젯밤만 해도 집 앞에서 담배 피우는 거 내가 분명 봤는데 무슨 소리야. 거기 아저씨. 아저씨. 모자 쓴 아저씨. 이봐요!"

여자가 손을 휘저으며 소리쳤다. 태오 뒤에 서 있는 호두에게 하는 소리인 듯했다. 호두는 대꾸하지 않았다.

"저 사람이."

여자가 분이 풀리지 않는다는 듯이 소리쳤다.

"저희 아니에요, 그 나무. 그리고 저 옷 좀 입어야 해서요. 이만 문 닫을게요."

태오가 아랫도리에 수건 하나 걸치고 있다는 것을 알아차린 여자가 얼굴을 붉히며 한 걸음 물러섰다.

"모자 아저씨 이리 좀 와 봐. 어린애 앞세우고 뭐 하는 거야. 아저씨가 한번 말해 봐요."

여자는 지치지도 않는지 바락바락 소리를 내질렀다.

"아주머니가 찾는 분은 저희 삼촌인데요. 나무 뽑을 분 아니거든요."

태오가 여자를 막아섰다.

"알아보지도 않고 자꾸 아니래, 이 사람들이. 그 사람 완전 사이코거든? 우리 차 블랙박스에 다 찍혀 있어. 며칠 동안이나 기웃대고, 쳐다보고. 무슨 악의를 가지고 나한테 이러는지 모르겠는데 왜 죄 없는 나무한테 난리냐고. 난리는!"

여자가 씩씩대며 숨을 몰아쉬었다.

"아주머니. 동네 사람들 다 깨겠어요. 강도가 들었다고 신고하고선 이러시면 안 되죠."

경찰이 여자를 제지했다.

"남의 물건 망쳐 놓는 사람이 강도지. 안 그래요?"

여자가 되레 동의를 구하듯 태오를 바라보았다.

"증거도 없고요. 이만 돌아가셔야 해요. 증거 찾으면 고소를 하시든가요."

경찰의 말에도 여자는 돌아갈 기세가 아니었다.

"아침부터 죄송합니다."

경찰이 여자를 잡아끌며 태오를 향해 고개를 숙였다. 전혀 생각지 못한 전개였다. 마음이 놓여 태오는 기쁜 마음마저 들었다. 그렇지만 이런 상황에서는 대부분 불쾌한 표정을 지을 것이다. 무고한 사람이 죄인 취급을 당했으니. 태오는 최선을 다해 무고한 사람을 연기했다. 그만 문을 닫으려는 그때 경찰이 물었다.

"그런데 이 냄새는 뭐죠?"

경찰이 순전히 궁금증이 섞인 얼굴을 하고 태오 뒤를 바라보았다. 방심한 태오가 말을 얼버무리는데 여자가 틈을 놓치지 않고 소리쳤다.

"남자들만 사는 집이라 냄새도 고약한 거죠. 나 댁들 정말 다 싫어. 다. 알아?"

덕분에 태오는 경찰의 질문에 대답할 필요가 없어졌다. 경찰은 여자의 어깨를 잡고 걸어갔다.

경찰이 냄새에서 무언가를 눈치챘을까. 집에서 나는 냄새는 기껏해야 락스 냄새와 희미한 비린내뿐이었다. 어쩌면 태오의 코가 피 냄새에 너무 익숙해져서 느끼지 못하는지도 몰랐다. 태오는 서둘러 현관문을 닫았다. 태오는 커튼을 살짝 들춘 채 골목 끝으로 멀어져 가는 늙은 여자와 경찰의 뒤통수를 지켜보았다.

"씨발년."

호두가 문을 노려보며 말했다.

마음이 다급했다. 일분일초도 이 집에 남아 있고 싶지 않았다. 경찰이 왔다 간 후로는 더더욱 그랬다. 무엇보다 병철이 아무렇지 않게 머리를 긁적이며 나타날 것 같은 이곳을 견딜 수가 없었다. 하지만 마지막으로 해야만 하는 일이 있었다.

태오는 호두에게 담배를 사러 간다는 핑계를 대고 혼자 대로로 걸어 나왔다. 이제는 찾기 힘든 공중전화가, 집에서 멀지 않은 편의점 옆에 위치하고 있다는 사실을 예전부터 알고 있었다. 얼마나 많은 고민을 했던가. 수오의 목소리를 듣고 싶어서. 태오는 늘 공중전화 앞에서 걸음을 돌렸다. 그러나 이번에는 달랐다. 태오는 고민 없이 부스 안으로 들어갔다. 수오에게 전화해 다신 자신을 찾지 말라고 얘기할 참이었다. 그렇게 부탁할 마음이었다. 아니, 그렇게 해야만 한다고 당부하고 으름장을 놓을 작정이었다. 인천에서 전화를 걸었다가는 위치를 추적당할 수 있었다. 마지막은 모두 이곳에 묻는 수밖에 없었다.

수오는 연결음이 울리고 얼마 안 되어 곧바로 전화를 받았다.

"형이지?"

수오의 목소리에서 조급함이 느껴졌다.

"형, 지금 어디야?"

태오는 목소리를 가다듬었다. 수오가 태오를 계속 찾으려 한다면 위험했다. 태오의 위치가 원치 않게 노출될 테니까. 그러니 핑계를 댈 마음은 없었다. 수오가 자신을 찾기 위해 또다시 수소문하리라는 것을 잘 알았다. 자신을 도와준다는 마음으로 뭐든지 할 아이라는 것도 모르지 않았다. 태오 또한 다를 바 없었다. 그러니 수오에게만큼은 솔직해야 했다.

"내가 사람을 죽였어."

수화기 반대편에서 정적이 이어졌다.

"h를 말하는 거야?"

"h도 말하는 거야."

"말도 안 돼."

"다들 그랬잖아. 나 원래 이런 사람이라고. 수오야. 제발 날 찾지 마."

수오는 아무런 대답도 하지 않았다.

"내 말 알아들었지?"

태오는 수오의 대답을 듣지 못하고 그대로 수화기를 내려놓았다. 욕지거리라도 하려던 마음이 가셨다. 알약을 삼킨 것처럼 입이 썼다. 태오는 그저 수오가 다시 일상으로 돌아가길 바랐다. 사람을 죽인 형 따위는 잊은 채, 피비린내 나는 지독한 사건들과는 무관한 삶을 살아가기를 진심으로 소망했다.

경로 변경이 발생했다.

인천으로 가기 전 일단 무겁게 실은 짐, 병철의 사체를 처리해야 했다. 같은 실수를 반복하고 싶진 않았다. 그러니까 그곳이 장뇌삼이 심어진 땅인지 아닌지, 심마니들의 명소인지 아닌지 확실히 알아 두고 싶었다. 그러나 알 길이 없으니 별수 없었다. 허튼 곳을 찾아갔다간 h처럼 발각되고 말 것이다. 태오는 자신이 아는 곳으로 가야겠다고 생각했다. 자신이 아는 한 가장 어두운 곳, 가장 인적이 드물고, 아무도 알지 못하는 곳. 어둠이 고이고 빛이 서둘러 걸음을 떼는 곳. 태오는 비 온 뒤 숲에서 나는 향기, 이른 새벽 새들의 지저귐이나 주말 아침 프렌치토스트 같은 것을 떠올리지 않기 위해 기억을 누더기처럼 덧대고 또 덧댔다. 그런데 지금 태오에게 떠오르는 장소는 그곳뿐이었다.

보통 이런 일을 하는 사람은 병철이었다. 길을 찾고 계획을 하고 실행까지 하는 일들. 병철은 호두가 원하는 일들을 충실하고도 만족스럽게 처리했다. 호두가 아무리 과

한 것을 요구하고 억지스러운 것을 시키더라도 병철은 그 것을 해냈다. 그런 그가 대체 왜 호두의 목까지 졸랐던 것일까. 태오는 문득 그것이 궁금해졌다. 태오가 나갔던 고작 한 시간 사이 그들에게 무슨 일이 있었는지 짐작조차 되지 않았다. 갑작스럽게 병철은 태오에게 나가라고 소리쳤고, 태오에게 남아 있어도 된다고 했던 호두의 목을 조르기 시작했다. 수오와 아랑의 등장에 화가 났던 것일까. 그렇다면 왜 태오가 아니라 호두의 목을 조르려고 했던 것일까. 어쩐지 아무것도 아귀가 맞지 않았다. 태오는 이제는 답을 들을 수 없는 의문들을 좇으며 운전대를 틀어잡았다.

차내에 에어컨을 틀어도 창가에 쏟아져 들어오는 빛 때문에 이마 위에 땀방울이 맺혔다. 내리 다섯 시간째 운전 중이었다. 여전히 대낮이었다. 어디를 가는지, 어떻게 아는 곳인지 궁금할 만도 하지만 호두는 아무것도 묻지 않았다.

"어렸을 때 가 본 곳이에요. 정말 사람을 찾아 볼 수 없는 곳이에요."

그의 승인을 기다리기라도 하는 것처럼 조바심을 내며 태오가 말했다. 호두는 눈알을 굴려 태오를 보더니 다시 정면 유리창을 응시했다. 태오도 입을 다물었다.

한잠도 자지 않았는데 태오는 졸리지도, 피로하지도 않았다. 감각이 모두 마비되었다. 차 트렁크에 병철이 죽은 채 누워 있다는 것을 상기할 때마다 얼음송곳으로 명치를 찌르는 느낌을 받는 것을 제외하고는.

지역 단위가 읍으로 바뀌자 확연히 길이 한산해졌다. 운전하는 내내 사람이라고는 한 명도 찾아 볼 수 없었다. 식당 하나 보이지 않는 것이 놀랍지도 않았다. 마을을 지나쳐 산간 도로 초입에서야 허름한 식당 하나가 보였다. 간판도 없이 '식사 됩니다'라는 문장만 입간판에 적혀 있었다. 배가 고프지 않았지만 끼니를 챙겨 둬야 할 것 같았다. 언제 또 식당을 발견할지 모를 일이었다.

식당은 습하고 후덥지근했다. 백발의 노인이 식당 한편에 리모컨을 쥔 채 앉아 있었다. 날이 뜨거운데 노인은 외투를 몇 겹씩이나 입고 있었다. 음식은 먹고 있지 않았다. 손님은 아닌 것 같았다. 태오와 호두는 노인에게서 가장 먼 테이블에 자리를 잡았다. 그래 봤자 작은 식당이어서 5미터도 안 되는 거리를 두고서였다. 호두는 앉자마자 무언가 아주 대단히 마음에 안 든다는 듯이 끙 소리를 내며 고개를 처박고 있었다. 태오는 문득 호두와 외식을 하는 것이 처음이라는 사실을 깨달았다.

"저희 메뉴는 따로 없어요."

30대 중반쯤으로 보이는 여주인이 쟁반을 들고나왔다. 통통하고 홍조로 얼굴이 붉은 여자였다.

"매일 식사가 달라져서. 오늘은 고등어조림하고 콩나물국이에요."

놀랄 만큼 선택권이 없는 식당이었다. 메뉴가 괜찮냐는 말도 없이 여주인은 이미 밑반찬부터 내려놓고 있었다.

"아빠. TV 소리 좀 줄여 주세요."

여주인이 쟁반을 품에 안고 돌아가면서 노인에게 말했다. 심통이 났는지 대뜸 TV를 끈 노인을 향해 여주인이 작게 웃어 보이며 말했다.

"옳지. 착하지. 우리 아빠."

TV를 끄고 시선 둘 데를 잃은 노인이 호두와 태오에게 관심을 보이기 시작했다. 노골적인 시선을 보내다가 노인이 입을 열었다.

"사내 둘이 무슨 일이오? 이 먼 곳까지? 산으로 올라가려는 모양이지?"

이곳에 살았었다고 말할 마음은 없었다. 이곳에 고목이 많고, 그래서 흔치 않은 곤충이 종종 발견된다는 이야기를 태오는 아주 예전에 들은 기억이 났다.

"곤충을 보러 왔습니다."

태오가 대답했다. 자연스럽게 튀어나온 거짓말에 호두가 코웃음을 쳤다.

"곤충? 저번에도 무슨 대학교 뭐시기에서 답사를 나왔다고 하더군. 벌레 아니었으면 이곳은 아주 버려진 땅인데 말이야."

"그런 데서 식당을 하는 이유가 뭐예요?"

호두가 모자를 눌러쓰며 물었다.

"벌레들이 이리로 오는 이유와 마찬가지지. 히히히."

노인이 장난기 어린 목소리로 웃었다.

"못된 놈들이 숨기에 이곳만 한 데가 또 없거든."

"아빠!"

여주인이 음식을 내오면서 노인에게 소리쳤다. 얼굴에 난처한 기색이 역력했다.

"아버지가 치매예요. 지금 자기가 무슨 말을 하는지도 몰라요. 저희는 요 아래 비가마을 사는데요, 3년 전 아버지 요양차 온 거예요."

여주인이 리모컨을 들고 TV 전원을 다시 켰다. 음량을 낮추고 다시 노인의 손에 리모컨을 쥐여 주었다.

"손님한테 말 시키지 마시고 TV 마저 보셔요."

화면이 켜지자 노인은 태오와 호두에게 더 이상 관심을 보이지 않았다. 이 사이에 낀 것에 집중하느라 이따금 씁, 씁, 소리를 낼 뿐이었다.

음식 맛은 그저 그랬다. 대단히 감칠맛이 있지도 않았고 그렇다고 못 먹을 수준의 맛도 아니었다. 어떤 면으로나 다시 생각날 것 같지는 않은 맛으로 정의할 수 있을 것 같았다. 호두는 말없이 밥을 입에 넣고 씹었다. 매일 기름진 배달 음식만 먹다가 처음으로 밥다운 밥을 나눠 먹었다. 불쑥 태오는 병철이 보고 싶어졌다. 병철도 같은 생각을 했을 것 같았다. '다 같이 하는 첫 번째 외식이네' 하고 적막을 깨는 말을 건넸을지도 몰랐다. 항상 먼저 말을 걸어 주는 쪽은 병철이었다. 눈물이 날 것 같았다. 병철이 죽은 후 처음으로. 그러니까 태오가 병철을 죽인 후 처음으로. 젖어 있던 감상을 멈추게 해 준 것은 노인이 보고 있던 TV 소리였다.

"경찰은 용의자 이 씨의 거주지를 급습했으나 이미 사라진 후였습니다. 이웃의 증언에 의하면 새벽부터 그들은 무언가를 운반했다고 밝혀졌습니다."

"그놈들이 순 밤에만 다니던 놈들이었거든. 나는 새벽

출근을 하니까 마주칠 일이 없었지. 그런데 며칠 전부터 주차 가지고 시비를 하더니 우리 집 고무나무를 뽑아 버린 거야. 화가 나서 경찰하고 막 문을 두드렸더니 다들 깨어 있대? 아주 그 코를 찌르는 냄새가……."

"국과수 검사 결과 집에서는 최소 세 사람의 혈흔이 검출되었다고 오늘 오후 경찰이 밝혔습니다. 이 중 h의 DNA와 일치하는 혈흔도 발견되었습니다. 현재 이 모 씨를 제외하고 다른 이들의 신원은 알려진 바가 없으며 이들의 주된 수입원은 불법 대부업으로 밝혀졌습니다. 이들에게 다른 여죄가 있는지 경찰이 조사에 나섰습니다."

'씹는 걸 멈춰서도 안 되고 고개를 돌려서도 안 돼.'

호두의 눈이 그렇게 말하고 있었다. 태오는 무슨 맛인지 알지 못하는 음식들을 목구멍으로 넘기고 기계적으로 음식을 가져다 물었다. 앞집 늙은 여자가 또다시 경찰을 불렀던 것일까. 아니면 아침에 동행한 경찰이 무언가를 눈치챈 것일까. 그것도 아니면 다른 누군가가 그들의 범행을 알고 신고한 것일까. 태오가 힐끔 TV를 보았다. 태오의 사진이 화면을 가득 채우고 있었다. 태오는 곁눈질로 노인의 얼굴을 살폈다. 노인이 입을 크게 벌린 채 잠들어 있었다. 여주인은 아까부터 TV를 등지고 앉아 신문지

위에 쌓아 놓은 나물을 다듬고 있었다. 태오는 이름 모를 거무죽죽한 풀을 입안에 넣고 우물거렸다. 시고 떫은 맛이 불쾌하게 혀끝에 퍼졌다.

울퉁불퉁한 비포장도로를 지나갈 때마다 서랍장이 들썩였다. 차체만큼 자란 풀을 헤치고 가느라 운전에 속력이 붙지 않았다. 그대로 한참을 더 달려야 했다. 해가 제법 기울어지고 있었다. 곧 있으면 어둠이 깔릴 기세였다.

태오는 한적한 공터에 차를 세워 두었다. 한 기도원이 있던 공터였다. 기도원이 폐쇄된 지는 아주 오래된 것 같았다. 입구가 풀로 뒤덮여 있었고 지붕이 뜯겨 건물 내부가 바깥에서도 훤히 들여다보일 정도였다.

"여기서 사람 사는 마을은 얼마나 걸리냐."

호두가 공터를 둘러보며 물었다.

"제가 알기로 가장 근방이 거기예요. 비가마을. 한참 전에 지나친 곳이요."

"여긴 어째서 아무도 없지."

"화전민이 잠깐 터를 이루기는 했다는데 그것도 옛말이죠. 저 위쪽에 보면 집이 하나 있어요. 한 가족이 살던 곳. 그런데 거기서 사고가 났어요. 가스 사고. 부모가 죽었고 애들만 살아남았어요. 그런 흉흉한 일이 있었으니 더더욱 누가 여기까지 와서 살고 싶겠어요."

호두와 태오는 기도원 돌계단에 앉아 밤까지 기다렸다. 무거운 어둠이 내려앉았다. 병철을 묻기 마땅한 자리를 찾기 위해 호두와 태오는 플래시를 켜고 숲을 걸어 다녔다. 비릿한 풀 냄새가 났다. 나무 뒤에 우거진 풀 그림자가 궁금증에 기웃대는 꼬마들처럼 너울거렸다. 비가 내려도, 산사태가 나도 무너지지 않을 평평하고 굳은 땅, 근처에 약재도, 빌어먹을 희귀 곤충도 없고 뿌리 깊은 나무가 몇 그루쯤 버티고 선 곳이어야 했다.

한참을 헤매다 그들은 적당한 자리를 찾았다. 문제는 도무지 서랍째 병철의 사체를 옮길 수 없다는 것이었다. 하는 수 없이 병철의 몸을 서랍장에서 꺼내야 했다. 태오가 서랍 앞판을 뜯어냈다. 병철의 사체에 둘러 놓은 천이 축축했다. 눈과 코, 귀와 아랫도리에서 알 수 없는 액체들이 묻어났다. 젖어 있는 얼굴을 보며 태오는 혹시 병철이 살아 있진 않았을까, 그래서 운 것은 아닐까 하는 생각이 들었다. 그런 생각도 잠시, 역한 냄새가 훅 끼쳤다. 태오는 본능적으로 구역질을 했다. 그 바람에 병철의 몸이 아무렇게나 바닥에 무너졌다. 호두와 태오가 한쪽씩 팔을 잡았다. 호두는 숲까지 걸어가면서 계속 욕지거리를 중얼거렸다. 누구에게 하는 말인지는 알 수 없었다.

삽으로 땅을 판 사람은 태오였다. 태오는 이를 꽉 깨문 채였다. 호두는 어둠에 숨어 태오에게 더 깊이, 더 깊이, 라고 다그쳤다. 그 말을 구호 삼아 태오는 땅속으로 세게 삽을 찔러 넣었다. 작고 가느다란 것들이 땅속에서 기어 나왔다. 벌레의 유충이었다. 삽으로 눌러 죽여도, 반을 갈라도 그것들은 끊임없이 튀어나왔다. 집요한 몸짓으로 이 땅의 주인임을 주장하고 있었다. 태오는 그것들을 죽이거나 털어 내는 것을 포기했다. 그것들이 자기의 다리를 타고 올라오게 그냥 두었다. 이들은 공범이 되어 줄 터였다. 야금야금 병철의 살점을 먹고 토해 내 이 땅을 비옥하게 해 줄 것이다. 그리고 병철은 숲의 일부가 될 것이다. 물론 그런 생각이 태오의 기분을 나아지게 하는 것은 아니었다. 병철과 태오는 함께 밥을 먹고 떠들고 서로의 이름을 불렀던 식구였다. 태오는 지금 식구를 죽여서 땅에 묻는 중이었다.

"이만 된 것 같다."

호두는 나무에 비스듬히 기댄 채 앉아 있었다. 구덩이가 태오의 겨드랑이 높이만큼 깊었다. 태오는 구덩이 위로 올라왔다. 그리고 병철을 아래로 떨어뜨렸다. 곧바로 병철의 몸에 흙을 뿌렸다. 그리고 그 위를 삽으로 다졌다. 다시 흙을 뿌리고 땅을 다지기를 반복했다. 태오의 몸이 땀으로 흥건하게 젖었다. 사람을 죽이고 처리하고 묻는 일은 대단히도 수고스러운 일이었다. 어느 순간 태오는 이를 세게 깨물고 있었다. 혀끝에서 피 맛이 났다. 한참 만에야 구멍에 흙을 다 채울 수 있었다. 팔과 다리 근육이 욱씬거렸다. 태오는 땅을 단단하게 다지고 그 위에 풀잎을 흩어 놓았다. 바람이 불어 나뭇잎이 날렸다. 호두가 땅 위에 소주를 반쯤 부었다. 그리고 남은 소주를 태오에게 건넸다. 태오가 소주를 들이켰다. 불이 붙은 것처럼 몸이 뜨거워졌다. 삽을 내려놓고 태오는 바닥에 주저앉았다. 맨손으로 흙을 세게 쥐었다. 울음이 새어 나올까 봐 입을 꾹 다물었다. 비명을 지르고 싶었다. 개처럼 울부짖고 싶었다. 대신 태오는 땅에 고개를 묻었다. 병철이 들어 줬으면 좋겠다고 생각했다.

"형 미안해요. 미안해요. 형……."

태오는 한참을 흐느꼈다. 그러다 문득 고개를 들어 호두의 얼굴을 바라보았다. 호두가 알 수 없는 눈으로 태오를 바라보고 있었다. 경계하는 것 같기도 하고 노려보는 것 같기도 한 시선이었다. 태오는 한때 그 눈이 두렵지 않았다. 굳이 따지자면 조금 불쾌했을 뿐이었다. 언제부터인가 태오는 호두를 보면 온몸이 빳빳하게 굳었다. 변화의 원인이 무엇인지 태오는 알 수 없었다. 자신 안에 실조된 무엇 때문인지, 아니면 부쩍 자라난 무엇 때문인지.

수오

    수오는 형에게 무슨 말이든 할 수 있었지만 모든 것을 묻진 못했다. 형을 만났을 때 수오는 대체 무슨 일이 벌어지고 있는 거냐고, 그 사람들은 누구이며, 형은 대체 뭘 하는 거냐고 끝내 질문할 수 없었다. 수오는 그렇게 다시 돌아가는 형을 잡지 못했다. 수오와 형의 대화는 늘 그랬다. 묻지 못한 질문과 듣지 못한 대답, 그 사이 침묵과 주저는 어디에서 기원한 것일까. 앰뷸런스의 붉은 경광등이 화마처럼 뒤덮은 숲이 수오의 뇌리를 스쳤다. 혀뿌리에 걸려 버린 문장들이 수오의 목 끝에 차올랐다. 지금까지의 정황, 그러니까 형이 다시 그들에게 돌아가려 하는 것, h 사건 수사 시점에 맞춰 도피를 계획하고 있는 것, 경찰이 가장 유력한 용의자로 짚고 있는 것까지. 모든 화살표가 한 방향을 가리키고 있었다. 형이 h를 죽였다. 어쩐지 기시감이 드는 문장이었다.

    "네 형은 살인자야."

삼촌이 술만 마시면 습관처럼 하던 말이었다. 형과 수오를 동시에 공격하는 말이기도 했다.

"물론 경찰도, 네 형도 사고라고 했어. 열두 살짜리가 부모를 어떻게 죽여? 말도 안 된다고 생각했겠지. 근데 나는 알잖아. 저 새끼를 내가 키웠잖아. 사람 죽이고 싶어 하는 살기가 그득하다고. 언젠가 내가 죽으면 그건 분명 저 녀석 때문일 거야. 내가 유서를 아예 미리 써 놓을까 생각까지 했다니까? 아, 물론 너는 못 느꼈겠지. 걔가 너를 지 자식처럼 애지중지하니까. 너는 왜 그런다고 생각하니? 어? 지 부모를 죽였는데 공교롭게도 그게 네 부모이기도 했던 거야. 미안하니까 저렇게 잘해 주지. 안 그래? 어? 대답 좀 해 봐."

삼촌이 그렇게 이죽거릴 때마다 수오는 습관처럼 되뇌었다.

'그럴 리 없어.'

믿음은 이성의 영역이 아니다. 따지자면 그것은 의지의 영역이다. 그러니 각주처럼 설명이 따라붙을 이유는 없었다. 어떤 일은 절대 그럴 리 없는 것이다.

형의 집에서 가까스로 도망 나온 후 아랑의 몸이 심하

게 떨리고 있었다. 머리가 식은땀으로 흥건했다. 한밤의
기온이 30도를 웃도는데 아랑의 손과 발은 얼음장처럼 차
가웠다. 오늘 밤은 비상계단에서 잘 수 없었다. 수오는 아
랑을 부축했다. 갑작스럽게 쏟아지는 비 때문에 한 걸음
내디딜 때마다 물이 사방으로 튀었다. 정면으로 달려오는
자동차 헤드라이트가 포획망처럼 그들 앞을 가로막았다.
비명이 터져 나올까 봐 입을 꽉 다문 채 그들은 골목을 가
로질렀다. 10분쯤 주변을 배회했다. 대하장이라는 낡은
모텔이 눈에 띄었다. 수오는 주머니 사정을 셈하며 그 안
으로 들어갔다.

"지금 숙박 가능해요?"

카운터에 앉아 있는 중년 여자가 안경을 고쳐 썼다. 천
천히 아랑과 수오를 번갈아 보다 여자가 물었다.

"몇 살이에요?"

수오가 주머니에서 주민등록증을 꺼내 보였다.

"여자애는?"

수오는 아랑이 아직 미성년자라는 사실이 떠올랐다. 법
적으로 부모의 허락 없이는 숙박이 불가능한 나이였다.
아랑은 여자에게 사정하듯 말했다.

"아줌마. 몸이 너무 안 좋아서 그래요……."

여자는 고민하는가 싶더니 순순히 열쇠를 건넸다.

"병원 가야지. 여기가 아니고. 이 새벽까지 뭐 하고 돌아다니고서는, 3만 원만 줘. 퇴실은 11시."

수오가 주머니에서 지폐 세 장을 꺼냈다. 유명무실한 법 적용에 감사라도 해야 할 지경이었다.

방은 아주 작았다. 창문은 없었고 옷걸이와 침대, 그리고 화장대가 전부였다. 검은 벽지는 군데군데 뜯겨 있었고 TV를 켜는 요령이라든가 투숙 시 유의 사항과 같은 설명문이 곳곳에 붙어 있었다. 아랑은 방에 들어가자마자 변기통을 붙잡고 먹은 것을 게워 냈다. 아랑과 수오는 그동안 습하고 찬 건물 비상계단에서 쪼그려 밤을 보냈다. 근 일주일간 잠을 푹 자 본 적도 없었다. 식사는 고작해야 빵과 우유, 편의점 도시락이 전부였다. 게다가 방금 전 죽다 살아 나왔다. 아랑의 반응은 지극히 정상이었다.

수오는 24시간 편의점에 가 진통소염제를 사 왔다. 포트에 끓인 물과 약을 아랑에게 건넸다. 아랑이 침대 끝에 몸을 눕혔다. 땀방울인지 빗방울인지 아랑의 얼굴이 축축했다. 수오는 아랑이 잠든 것을 확인하고 나서 화장실에 들어가 샤워를 했다. 마지막 샤워가 언제였는지 기억조차 나지 않았다. 수오는 수도꼭지 방향을 왼쪽으로 틀었다. 하얀 수증기를 뿜으며 물줄기가 쏟아져 나왔다. 뜨거운 물이 머리끝부터 천천히 몸을 훑고 지나갔다. 눈을 감을 때마다 자신의 입에 테이프를 붙이고 다그치던 사이코의 얼굴이 떠올랐다. 수오는 몸서리쳤다. 사이코는 나이조차 짐작 가지 않았다. 20대, 30대, 40대, 50대. 모두의 얼굴을 두루 가지고 있었다. 죄책감을 모르는 장난기 어린 표정과 모든 것을 견뎌 낸 듯한 쪼글쪼글한 피부, 다 썩은 이와 듬성듬성 뽑혀 있는 머리카락까지. 수오는 지금까지 그런 사람을 본 적이 없었다. 외모가 못생기고 잘생기고를 의미하는 것이 아니었다. 그가 지닌 분위기와 눈빛은 오직 물어뜯고, 뜯기면서 생존을 학습한 자의 것이었다. 그에게 상대는 두 가지 의미뿐일 터였다. 공격자 또는 먹이. 그가 수오와 아랑을 어느 쪽으로 봤는지는 중요하지 않았다. 대상이 무엇이든 녀석의 반응은 공평할 테니까.

'죽기 살기로 덤벼들기.'

수오가 화장대에 엎드린 채 얼마나 잠들어 있었는지 알 수 없었다. 수오는 휴대폰 벨 소리에 눈을 떴다. 발신자를 알 수 없는 번호였다. 오전 7시가 다 되어가고 있었다. 이 시간에 전화가 올 데라고는 한 곳밖에 없었다. 수오는 서둘러 휴대폰을 고쳐 잡았다.

"형이지? 형, 지금 어디야?"

형이 집을 나와 수오와 아랑을 찾고 있을지 모른다는 생각이 들었다. 그렇지 않고서는 제 발로 들어간 사람이 굳이 전화를 걸어올 리 없었다. 수오의 기대와 달리 짧은 한숨 소리가 들렸다. 그리고 형이 입을 열었다.

"내가 사람을 죽였어."

그것이 형의 첫마디였다. 수오의 머리가 무거운 것에 얻어맞은 것처럼 어찔해졌다.

"h를 말하는 거야?"

수오가 애써 정신을 붙잡고 말했다.

"h도 말하는 거야."

"말도 안 돼."

"다들 그랬잖아. 나 원래 이런 사람이라고. 수오야. 제발 날 찾지 마."

수오는 아무런 대답도 하지 않았다.

"내 말 알아들었지?"

그 말을 끝으로 전화가 끊겨 버렸다.

방금 수오는 형과 어떤 대화를 했는지 기억나지 않았다. 누군가 망쳐 놓은 퍼즐 조각처럼 형의 입에서 흘러나온 단어와 문장들이 사방에 흩어졌다. 형, 사람을, 원래,

제발…….

"이수오. 괜찮아?"

아랑이 침대에 걸터앉아 수오를 바라보고 있었다. 수오가 눈을 끔뻑댔다. 멍한 얼굴로 수오가 전했다.

"형이 h를, 아니 h도 죽였대."

간과하고 있던 조사 하나가 뒤늦게 마음에 걸렸다. h도. h뿐만이 아니라는 뜻이었다. 수오는 그만 참지 못하고 두 손으로 얼굴을 감쌌다. 대체 왜. 대체 왜……. 수오의 목 울대가 울컥 차올랐다. 아랑이 없었더라면 수오는 아마 목 놓아 울었을 것이다. 수오는 자신의 인생을 그렇게 무 모하게 낭비한 형의 어리석음에 화가 났다. 그리고 슬펐 다. 한편으로는 가엾었다. 더 이상 형을 위해 해 줄 수 있 는 게 없을 것 같았다. 무력함과 분노, 슬픔과 연민. 수오 는 자신의 감정을 한마디로 정의할 수 없었다. 순간 선득 한 예감이 스쳐 지나갔다. 형은 갑자기 왜 전화를 걸어 그 런 고백을 한 걸까. 형이 떠나려고 하는 것이다. 어제 새 벽 그들은 다마스 차량에 짐을 싣고 있었다. 수오는 주저 하지 않았다. 형을 위해 할 수 있는 일. 아직 하나 남아 있었다.

"당장 경찰에 신고해야겠어."

"경찰? 말도 안 돼. 이수오."

아랑이 자리에서 일어났다.

"시간이 늦어지면 점점 더 악화될 뿐이야. 누군가는 멈춰 줘야 해."

"너 지금 장난해? 최악의 상황이 뭔데. 감옥에서 평생 썩어 가길 바라는 거야?"

"형은 지금 또라이 사이코랑 같이 있어. 그 새끼들 봤잖아. 무슨 일이든 저지를 놈들이야."

"그렇다고 감옥에 보내? 나도 너만큼 태오 생각해. 그러니까 하는 말이야. 그냥 가게 두자고."

"너 이렇게 도망간 사람이 얼마나 버틸 수 있을 거라고 생각해? 뭘 하면서 버틸 거라고 생각하냐고. 형은 어차피 잡힐 거야. 지금 바보같이 형량만 늘어나는 짓을 하고 있는 거라고."

수오가 휴대폰에 번호를 눌렀다.

"잡히지 않는 범죄자들도 분명 있어."

아랑이 수오의 손에서 휴대폰을 낚아챘다. 그리고 화장실로 달려 들어가 문을 잠갔다.

"장난치지 마. 조아랑. 어서 휴대폰 이리 내."

수오가 세게 화장실 문을 두드렸다.

"나 지금 장난 아니야. 태오를 그냥 가게 둬."

수오는 아랑이 자신의 한계를 시험하고 있다고 생각했다. 당장 자리에서 일어났다. 더 실랑이를 해 봤자 시간만 늦어질 뿐이었다. 수오는 가방을 서둘러 걸쳐 멨다.

"조아랑. 잘 들어. 넌 여기 그대로 있어. 가만히. 다신 내 눈앞에 보이지 마. 그래야 할 거야."

수오가 소리쳤다. 그대로 모텔 방을 박차고 뛰어나왔다. 주먹을 세게 쥔 채였다.

실은 걱정과 염려, 슬픔과 연민, 그게 전부가 아니었다. 그보다 알 수 없는 불쾌감이 수오를 휘감았다. 밤마다 장난스럽게 수오를 깨우던 형이 떠올랐다. 형은 하얀 집에서 지낼 때 도무지 좀이 쑤셔 견딜 수 없다는 듯 굴었다. 흔들리는 나뭇가지가 벽에 그림자를 만들어 낼 때마다 형은 눈을 밝히며 창밖을 내다보았다. 도깨비를 찾겠다고 했다. 기도원에서 주워들은 말이 분명했다.

"도깨비는 나쁜 놈이 아니래. 아주 재밌는 녀석들이라고 그랬어. 사람으로 변장하길 좋아하는데 마주치는 사람이 착하면 착한 인간으로 변장하고 못되면 못된 놈으로 변장한다고 했어. 우릴 보면 어떤 놈으로 변장할지 궁금하지 않아?"

형이 눈을 번뜩였다. 도깨비에 현혹되어서라기보다는 금지된 일을 하게 될 것이라는 데서 오는 즐거움 때문이라고, 수오는 생각했다. 대낮에도 부모님은 울타리 밖은 위험하다고 강경하게 말했다. '보이는 곳에만 있어라.' 이것이 부모님이 내건 유일한 규칙이었다. 기도원 사람들과 엮이는 것을 걱정스러워했던 것 같다. 게다가 형이 기도원 사람들에게 먹을 것을 받아 오고, 그들이 주는 이상한 책자를 소파에 앉아 펴 보았으니 더욱 걱정되었을 것이다. 아버지는 아랫마을 사람들에게서 그 기도원 사람들이 산 사람을 제물로 바친다는 이야기를 들었다고 했다. 악마를 숭배한다는 말도 있었고 식인을 하는 집단이라는 소문도 있었다. 무엇도 확실하지 않았다. 다만 얼굴에 붉은 칠을 하고 한밤에도 북과 꽹과리를 쳐 대는 그들을 부모는 극도로 싫어했다. 어느 날 밤늦은 시간까지 돌아오지 않는 형을 찾아 기도원에 가서 아버지가 대거리를 하고 온 적도 있었다.

"애를 이 시간까지 데리고서 뭐 하는 거예요, 미치려면 그쪽들 혼자 곱게 미치시라고요. 주변 사람들까지 돌아 버리게 만들지 말고."

아버지는 팔을 걷어붙이고 소리쳤다.

"아이가 나가 놀 수도 있지, 뭐가 큰일이라고 이 난리예요?"

기도원 여인이 죽은 토끼 모가지에 단단하게 매듭을 엮어 묶다 말고 자리에서 일어났다. 여인의 손에는 적갈색 피가 묻은 두툼한 방망이가 들려 있었다. 여인의 눈초리가 두려워 수오는 아버지 등 뒤에 숨어 버렸다. 아버지는 기도원 마낭에서 형을 붙잡고 소리쳤다.

"다신 이곳에 오지 않겠다고 대답해라."

"마당은 꽃 때문에 공을 찰 수 없잖아요."

형이 대답 대신 그렇게 말했을 때 아버지는 형의 뺨을 세게 때렸다.

"잔말 말고 어서 따라와라."

아버지가 앞서 걸었다. 수오는 똑똑히 기억했다. 젖은 얼굴로 아버지를 노려보던 열두 살 아이의 눈빛을. 그리고 그 눈을 보고 자신 안에서 일렁이던 지독한 불쾌감을.

지금까지 수오는 모든 것이 사고였다고 믿었다. 형은 그럴 사람이 아니라고. 형을 욕하는 사람들을 부정하고 멀리했다. 형은 수오에게 부모나 다름없었다. 그런 사람을 의심할 순 없었다. 그래야만 유일한 가족을 잃지 않을 테니까.

생각해 보면 수오와 형의 관계는 정상적이지 않았다. 수오는 형의 말을 거역해 본 적이 없었다. 형제는 말다툼도 해 본 적이 없었다. 모든 것에 동의해서는 아니었다. 갈등하고 싸우는 법을 몰랐다. 돌이킬 수 없는 일을 저질러 버릴까 봐 수오는 항상 조심스러웠다. 예컨대 그들은 단 한 번도 부모의 죽음에 대해 이야기해 본 적이 없었다. 수오도 형도 침묵을 선택함으로써 상처를 덮었다. 소독하고 치유하는 것이 아니라 그저 눈에 보이지 않게 함으로써, 그날의 일을 입 밖에 꺼내지 않음으로써 그들은 평화를 지켰다. 상처가 이미 곪을 대로 곪아 있다는 것을 수오는 이제야 깨달았다. 수오는 궁금했다. 언제고 그랬다. 형과 눈이 마주칠 때마다, 형의 잠든 얼굴, 형의 뒤통수, 형의 미소, 형의 손톱을 볼 때마다, 형의 목소리를 듣고 형의 냄새를 맡을 때마다. 부모님이 죽은 하필 그 밤 형은 왜 집 안에서 뱀 잡기 놀이 따위를 했던 것인지.

처음 눈에 들어온 공중전화를 발견하자마자 수오는 경찰서에 전화를 걸었다. 경찰에게 h 사건의 용의자를 알고 있다고 말했다. 그리고 형이 사는 집 주소를 읊었다. 형은 이런 것을 원하지 않았을 것이다. 수오가 신고하리라 예상조차 하지 못할 터였다. 수오는 다만 자신이 옳다고 믿는 행동을 했을 뿐이었다. 태오는 수화기를 내려놓고 서둘러 걸음을 옮겼다. 계획은 없었다. 무턱대고 찾아갔다간 사이코에게 또다시 얻어맞을 수도 있었다. 일단 경찰이 올 때까지 시간을 끌어야겠다고 생각했다.

"안 돼."

자신도 모르게 흘러나온 말이어서 수오는 서둘러 입을 다물었다. 형의 집 앞에 주차되어 있던 다마스가 사라졌다. 한발 늦었다. 수오는 조심스럽게 현관문을 잡아당겼다. 물론 문은 굳게 닫혀 있었다. 수오는 창문을 열어 보았다. 창문은 잠겨 있었지만 안쪽에서 붙여 놓은 검은 시트지가 벗겨져 검지만 한 틈이 보였다. 운 좋게도 실내등이 켜져 있었다. 불을 끌 틈도 없을 만큼 급히 떠났다는 뜻일 것이다. 집 안은 난장판이었다. 쓰레기가 어지러이 굴러다녔다. 수오의 시선을 붙잡은 것은 벽 한쪽에 쌓여 있는 판자였다. 서랍인 것 같았다. 특이하게도 손잡이가 있는 면이 전부 빠져 있었다. 게다가 서랍장은 어디에도 보이지 않았다. 서랍을 뺀 서랍장은 속이 비어 커다란 상자와 같을 것이다. 손잡이가 있는 면만 필요했던 까닭은 무엇일까. 그 면만 도로 이어 붙인다면 겉으로는 멀쩡

한 서랍장처럼 보일 터였다. 무언가를 옮길 때 굳이 무거운 서랍을 이용할 필요가 있을까. 가구를 망쳐 가면서까지. 분명 커다란 것, 남들의 눈에 띄어선 안 되는 것을 옮기려고 했을 것이다.

"h도 죽였어."

형의 목소리가 귓가를 때렸다. 또 한 구의 시신이 있다는 뜻이었다. 그렇다면 형은 지금 시체를 서랍에 넣고 도피 중인 것인가. 끔찍한 가설이었다.

형이라면 어디로 갈까. 정말 숨고 싶을 때. 누구의 눈에도 띄고 싶지 않을 때. 그때 수오의 머릿속에 작은 멜로디가 울렸다. 아이아이, 흠, 합과 같은 알 수 없는 소리로 구성된 노래였다. 서너 명의 신도들이 이른 아침과 정오, 자정마다 부르던 노래였다. 그 노래는 박수와 함께 울려 퍼졌고, 또 가끔씩은 비명과 같은 울부짖음과 함께 울려 퍼졌다. 수오는 그 노래가 흘러나오던 건물을 떠올렸다. 붉은 벽돌로 지은 건물이었다. 시골의 창고나 공중화장실처럼 낮은 직사각형 모양의 건물이 여러 개가 붙어 있었다. 그중 가장 큰 건물에 이렇게 적혀 있었다. 구ㅇ성전. 간판이 떨어져 제대로 알아볼 수 없었지만 구 옆에 ㅇ이 있던 것으로 보아, 구원성전이었을 것이라 추측만 할 수 있었다. 이 외에는 기억나는 것이 많지 않았다. 하얀 집은 부모님이 1년을 공들여 지은 별장이었다. 수오가 그곳에 간 것은 그때가 처음이자 마지막이었다. 가족과 한 달간 묵긴 했지만 늘 별장 안에만 있어서 주변을 둘러볼 틈이 없었다. 게다가 수오는 그때 고작 열 살이었다. 수오는 최대한 기억을 더듬어 보았다. 우선 그곳은 깊은 산속에 위치했다. 그래서 중간부터는 차에서 내려 걸어 올라가야 했다. 군데군데 어민들이 폐어구를 버려 놓았던 것이 떠올랐다. 바다를 본 기억은 없지만 그곳은 바닷가 인접 지역이었을 것이다. 바닷가, 구원성전. 두 가지 키워드가 떠올랐다.

수오는 경찰을 기다려 참고인 조사로 시간을 낭비할 마음은 없었다. 수오는 휴대폰을 낚아챈 조아랑을 욕하며 곧장 피시방으로 향했다.

지푸라기라도 잡는 심정으로 인터넷 검색창에 단어를 입력했다. 요한계시록 15장의 유리 바다에 대한 게시물들이 쏟아졌다. 이미지로 검색해도 죄다 교회와 관련된 그림뿐이었다. 이번에는 검색 키워드를 달리했다. 해변, 구원성전, 가스 누출. 검색 결과가 별로 다르지 않았다. 마지막이다 하는 마음으로 한 가지 단어를 추가 입력했다.

'부모 사망.' 검색 결과가 확연히 줄었다. 무의미한 기사와 엉뚱한 블로그 글 가운데 한 동영상이 수오의 시선을 사로잡았다. 영상을 포스팅한 사람은 자칭 맨발탐험가라는 유튜버였다. 그의 영상 섬네일 이미지 속 건물은 수오가 기억하는 기도원이 분명했다. 영상 타이틀은 '폐기도원 탐사'였다.

동영상을 재생하자 수오의 옛날 기억이 더욱 또렷해졌다. 기도원 주위에 커튼처럼 잣나무가 드리워 있었다. 그래서 낮인데도 어두웠다. 작고 둥근 자갈이 깔려 있던 마당도 떠올랐다. 형은 몰래 자갈들을 주머니에 챙겨 오곤했었다. 그걸로 마당의 새나 개구리를 맞히며 놀았다. 맨발탐험가는 자갈밭을 가로질러 문이 열려 있는 기도원 안으로 들어섰다. 수오는 기도원 내부에 한 번도 들어가 본적이 없었다. 맨발탐험가 랜턴으로 실내를 비추자 흰벽 위에 걸려 있는 그림이 보였다. 절이나 신당에 걸려 있을 법한 원색의 그림이었다. 흰 머리와 흰 수염을 늘어뜨린 노인이 폭포를 배경으로 인자한 웃음을 짓고 있었다. 그림 속 노인의 오른손에는 웃고 있는 도깨비의 잘린 머리통이, 왼손에는 울고 있는 도깨비의 잘린 머리통이 들려 있었다. 그것이 무엇을 의미하는지는 알 수 없었다. 그림 앞에는 나무 제기와 방울, 촛대가 가지런히 놓여 있었다. 마치 어제 제사를 지낸 것처럼, 사람이 오랫동안 오가지 않았는데도 그림 앞은 정갈했다. 짚으로 엮은 방석을 손으로 들춰 보며 맨발탐험가가 말했다.

"토속 신앙? 샤머니즘을 믿은 종교 단체가 아닐까 생각되는데요."

그는 등을 돌려 안쪽으로 걸어 들어갔다.

"이거 보세요. 이런 게 왜 있던 걸까요?"

맨발탐험가가 들어 보인 것은 두꺼운 털 다발이었다. 말의 꼬리털일 수도, 인간의 머리카락일 수도 있었다. 벽면에는 한자로 휘갈겨 놓은 각종 글귀가 적혀 있었고, 쓸모를 알 수 없는 대못이 천장 곳곳에 박혀 있었다. 부서진 나무 탈과 박제된 닭, 부식된 칼자루가 아무렇게나 바닥에 떨어져 나뒹굴었다. 맨발탐험가가 줄지어진 방을 차례로 열었다. 대부분 가지런히 정리된 침구 말고는 텅 비어 있었다. 가장 안쪽에 있는 방문을 열었다. 깨진 창문으로 넝쿨이 줄기를 내렸다. 의자 위에는 성인 크기의 헝겊으로 만든 인형이 팔다리를 늘어뜨린 채 앉아 있었다.

"여기 조금만 더 있다간 귀신 들릴 것 같아요."

맨발탐험가는 서둘러 방문을 닫고 기도원을 빠져나왔

다. 그다음 맨발탐험가는 기도원 주변을 돌아보기 시작했다. 기도원 뒤에 이어진 개울가를 따라 걸었다. 맑은 물이 흐르던 예전과 달리 화면 속 개울은 더 이상 흐르지 않았다. 썩은 물이 탁하게 고여 있고 마른 물줄기를 따라 기다란 잡초가 자라 있을 뿐이었다. 그리고 개울을 따라 10분 정도 걸어 올라가면, 그렇다.

"이런 데 집이 다 있네요."

맨발탐험가가 신기하다는 듯 말했다. 덩달아 수오의 심장이 뛰기 시작했다.

"언덕 위의 하얀 집 그러잖아요. 딱 그래요. 너무 예뻐요. 이런 미국식 주택 있잖아요? 한창 부잣집에서 유행하던 스타일이에요. 아마도 사장님 하시던 분이 쉬려고 지어 놓으셨던 거 같아요. 저렇게 기도원이 들어서서 좀 화가 났겠는데요?"

맨발탐험가는 큭큭 웃으며 집 외관을 살폈다.

"사람의 흔적이 안 닿은 지 꽤 오래되어 보여요."

맨발탐험가는 현관문으로 갔다. 노란 종이에 붉은 글씨로 휘갈겨 놓은 부적이 덕지덕지 붙어 있었다. 수오는 눈을 의심했다. 대체 누가 저런 짓을. 의문은 오래지 않아 풀렸다. 기도원에서 한 짓이 분명했다. 맨발탐험가는 열

리지 않는 문을 끙끙대며 열다가 우편물 한 뭉치를 집어
들었다.

"이곳에 사시던 분이 경제적으로 아주 어려웠나 본데
요. 독촉장이랑 법원 등기 그런 게 널려 있습니다."

아마 부모님의 사고 여파 때문이었을 것이다. 회사는
아버지가 사망하고 얼마 안 가 부도가 났다. 삼촌에게 여
러 번 들은 말이었다. 맨발탐험가는 하얀 집 옆면으로 돌
아갔다. 창문을 덮은 넝쿨이 보였다. 아주 예전에 수오와
태오가 창문을 넘어 다니다 어머니에게 혼난 적이 있었
다. "엄마 오늘 저녁은 뭐예요?" 하고 까치발을 들어 올
리며 묻기도 하던 바로 그곳이었다. 맨발탐험가는 카메라
를 발코니 창에 바짝 갖다 댔다. 집 안 내부가 보였다. 빛
이 오래 들지 않아 모든 것이 곧 부서질 성벽처럼 위태로
워 보였다. 누군가가 잠시 살다 가기라도 한 것 같은 침입
흔적과 곳곳의 쓰레기들이 눈에 띄었다. 식탁으로 쓰던
원목 테이블은 두 동강 나 있었고 거실에 깔린 푸른색 카
펫은 먼지와 흙을 뒤집어써서 누렇게 바랬다. 수오의 꿈에
천국으로 등장하던 곳이 폐가가 되어 있는 것을 보니 가
슴이 아팠다. 수오는 더 이상 영상을 재생하지 않고 멈췄
다. 그리고 댓글을 남겼다.

'여기가 어딘지 정확한 위치를 알 수 있을까요?'

맨발탐험가의 답글은 빨랐다.

'워낙 외지이고 위험한 곳이기 때문에 위치는 알려드리지 않습니다.'

'제가 그 집에 살았던 사람입니다.'

이번에 유튜버는 그 말을 농담이라고 생각한 모양이었다. 아무런 댓글도 달리지 않았다. 잠시 후 누군가 수오의 댓글에 답글을 달았다.

'그런 거짓말을 하고 싶냐?'

수오는 공개적으로 댓글 단 것을 후회하며 맨발탐험가의 개인 홈페이지를 샅샅이 뒤졌다. 이메일 주소를 알아낸 수오는 좀 더 자세히 적었다.

'그 집에 살았던 부부, 이시진, 유지윤 부부의 둘째 아들입니다. 그날 사건 이후 그 집에 가 본 적이 없지만 영상을 보고 가 보고 싶다는 생각이 들었습니다. 원한다면 가까운 시일 내에 등본을 보여 드릴 수 있습니다. 다른 방법으로 증명을 원하신다면 말해 주십시오.'

무턱대고 확신이 드는 그런 때가 있었다. 털이 쭈뼛쭈뼛 서고 코끝을 스치는 바람도 느껴질 만큼 감각이 예리해지는 순간. 지금이 바로 그랬다. 형은 분명 그곳을 향해

가고 있을 것이다. 조바심이 났다. 일분일초가 더디게 갔다. 얼마 안 가 맨발탐험가의 답장을 받았다. 메일에 별다른 말은 없었다. 기도원의 주소만 적혀 있을 뿐이었다.

수오는 일단 기차표를 끊었다. 제일 가까운 출발 시간에 맞추기 위해서는 역까지 전속력으로 달려야 했다.

평일 기차 안은 텅 비어 있었다. 수오는 잠깐이라도 눈을 붙이려 했지만 잠이 오지 않았다. 수오의 마음속 저울추는 삐걱삐걱 소리를 내며 초 단위로 흔들리고 있었다. 지금 형 주변에서 벌어지고 있는 죽음들과 부모님의 죽음은 정말 본질적으로 다른 것일까. 웃으며 아버지에게 안기던 형의 눈빛과 분노에 차 아버지를 노려보던 형의 눈매가 교차했다. 무조건 수오의 편이 되어 주겠다고 다짐하던 형의 얼굴과 수오를 향해 주먹을 휘두르던 형의 표정이 번갈아 떠올랐다. 메롱이의 머리를 쓰다듬던 형의 손길과 메롱이의 머리에 돌을 내리찍던 형의 우악스러운 주먹이 어지러이 눈앞을 스쳤다. 형의 진짜 얼굴은 무엇일까. 수오는 고개를 돌려 창밖을 내다보았다. 산과 나무가 줄지어 선 풍경이 길게 늘어졌다. 순간 수오는 창문에 비친 흰 얼굴의 소년과 눈이 마주쳤다. 그 소년은 이렇게 웅얼거리고 있었다.

'형. 제발 그것만은 아니라고 해 줘.'

평일 늦은 저녁 외진 기차역에는 아무도 없었다. 수오는 휴대폰으로 맨발탐험가가 알려준 경로를 검색했다. 대중교통으로 기도원까지 도착할 방도는 없었다. 걸어서는 4시간 20분이 걸린다고 했다. 택시를 타고는 6만 원. 행선지를 누군가에게 밝힐 마음은 추호도 없었다.

하늘에 별들이 촘촘하게 박혀 있었다. 차가운 공기에 코끝이 시렸다. 어딘가에서 물건을 태우는 냄새가 났다. 시골 개 짖는 소리는 유난히 가까운 데서 들리는 것 같았다. 기억의 문을 두드리는 감각들이었다. 수오는 서둘러 기차역을 빠져나왔다. 시간을 지체할 수는 없으니 해가 뜰 때까지 기다릴 여유도 없었다. 수오의 눈에 띈 것은 대로변 전신주에 묶여 있는 낡은 자전거였다. 자물쇠는 없었다. 누구든 가져가라고 해 놓은 것처럼 노끈으로 바퀴를 허술하게 동여매 놨을 뿐이었다. 그곳에는 수오뿐이었다. CCTV가 있다 하더라도 이따위 자전거 하나 훔쳤다고 큰일이 일어날 것 같진 않았다. 이런 곳에 왔다 갔다 할 사람이라면 애초에 차를 운전해서 왔겠지. 수오는 가만히 자전거를 내려다보았다. 생각과 달리 쉽게 손이 뻗어지진 않았다. 도둑질이어서 주저한 것은 아니었다. 자전거

가 깡통처럼 낡고 허름해 보였다. 어디서 멈추거나 바퀴
가 빠져 버린다 해도 이상하지 않을 것 같았다. 수오의 등
뒤에서 달려오는 발소리가 들린 것은 그때였다.

"잠깐만."

고개를 돌려 보니 분홍색 면티를 입은 익숙한 얼굴이
보였다. 아랑이었다. 언제부터 쫓아왔는지 아랑이 수오
앞에 멈춰서 숨을 몰아쉬었다.

"급하게 타서, 티켓을 안 끊고 무작정 올라타 버린 거
야. 역무원한테 취조를 좀 당했어. 여기 할머니가 보고 싶
어서 왔다니까 한 번만 봐준다고 하더라."

아랑이 숨을 헐떡이며 말했다.

"미행하는 데는 내가 너보다 소질이 있는 것 같은데?
어떻게 생각해?"

수오는 아연한 얼굴로 아랑을 바라보았다. 수오의 정신
은 온통 형에게 집중되어 있었다. 아마 코끼리가 쫓아온
다고 해도 수오는 알아차리지 못했을 것이다.

"너 아직 화났지?"

아랑이 물었다. 그러곤 수오에게 휴대폰을 돌려주었다.

"무슨 결정을 했건 아마 네가 옳을 거야. 너가 태오한
테 뭐가 최선인지 알겠지. 태오가 항상 말했으니까. 동생

이 아주 똑똑하다고."

아랑을 보고 느낀 감정이 분노인지 반가움인지 수오도 확신이 서지 않았다. 이 짙은 어둠 속에서 의지할 데라곤 아랑뿐이라는 사실만은 분명했다.

"이리 와 봐."

아랑이 성큼성큼 역 앞에 주차된 오토바이 쪽으로 다가갔다. 주머니에서 작고 반짝이는 것을 꺼내 들었다. 자세히 보니 그것은 꼬아 놓은 철사였다.

"오랜만이라 따질지 모르겠네. 일단 끝까지 넣었다가 살짝살짝 빼면서 돌리면 돼."

"이게 뭐야?"

"딸키. 그러니까 만능 키. 지옥 소굴에 있을 때 배웠어."

"키를 들고 다니는 거야?"

"도망갈 일이 생길까 봐. 이렇게 급한 일이 생길지도 모르고."

아랑이 능숙하게 시동이 걸린 오토바이 위에 올라탔다. 수오가 아랑 뒤에 탔다. 어쩐지 모양이 우스워 보인다고 생각했지만 어쩔 수 없었다. 운전은 아랑이 하고 수오는 길을 찾아 알려 주기로 했다. 그들은 빠르게 역을 빠져나왔다.

거리가 온통 어둠에 휩싸였다. 도로를 지나가는 자동

차도 거의 보이지 않았다. 수오가 아랑의 허리를 붙잡았다. 오토바이를 탄 것은 이번이 처음이었다. 아랑이 속도를 낼 때마다 수오는 내려 달라고 소리치고 싶은 마음을 애써 억눌러야 했다. 시내를 빠져나가자 얼마 안 가 비포장도로가 나타났다. 넓게 펼쳐진 논밭이 헤드라이트에 비쳤다. '비가마을에 오신 것을 환영합니다'라는 표지판이 반짝였다. 낯낯 집 창문이 빛나고 있었다. 인가는 얼마 안 가 자취를 감췄다. 오토바이의 헤드라이트만 텅 빈 길 위를 비췄다.

내비게이션은 산길로 그들은 인도했다. 고라니와 멧돼지 같은 산짐승이 나타나도 놀랍지 않을 만큼 풀이 울창했다. 어느 순간부터 빛이 전멸했다. 오토바이 속력이 줄더니 갑자기 엔진이 멈춰 버렸다. 바퀴에 잔뜩 낀 풀과 진흙이 문제였다. 수오와 아랑은 하는 수 없이 오토바이에서 내려 걸어가기 시작했다. 어제 온 비 때문인지 바닥이 축축했다. 신발과 바지 끝단이 금세 더러워졌다.

"정말 여기 태오가 있을까."

아랑이 수오의 눈치를 보며 말했다. 수오는 마음속으로 생각했다. 있어야만 한다고.

풀들이 누워 있고 뜯겨 있었다. 자동차가 오른 흔적 같왔다. 그것도 최근에. 아랑과 수오는 그것을 지표 삼아 걸어갔다. 그들은 어느 순간부터 서로의 숨소리에 의지하고 있었다. 바람이 불 때마다 무언가 등 뒤를 지나치고 있는 것 같은 느낌이 들었다. 컹컹 짖어 대는 들개 소리가 점점 가까워지는 것 같았다. 그때마다 아랑이 두려운 듯 휙 뒤를 돌아보았다.

"아무것도 안 보여."

아랑이 말했다. 그것이 다행이라는 뜻인지, 불안하다는 뜻인지 알 수 없었다. 얼마나 더 걸어가야 하는지 수오는 장담하지 못했다. 이곳은 수오의 기억에도 없는 장소였다. 심지어 계속 같은 곳을 걷고 있다는 생각도 들었다. 돌부리, 수초, 물소리의 무한 재생이었다.

"너는 왜 이렇게까지 형을 도와주려고 하는 거야?"

수오가 문득 아랑에게 물었다.

"말했잖아. 친구라고."

"너는 형이 어떤 사람이라고 생각해?"

"태오? 내가 만난 사람 중에 가장 좋은 사람."

"헬퍼와 지낼 때 형은 무슨 일을 했어?"

"퍽치기, 조건 만남으로 유도한 다음에 남자들한테 돈도 뜯었지. 잘 기억은 안 나는데 돈 심부름도 했을 거야.

보이스 피싱 수금책. 뭐 그런 거."

"그런데도 형이 좋은 사람이야?"

아랑은 고민하듯 잠시 주저했다. 수오는 뒤에 있는 아랑의 표정을 볼 수 없었다.

"나한테는 말이야. 학교 선생님도 나쁜 사람이었고, 경찰도 나쁜 사람이었어. 심지어 가족들도 나쁜 사람이었고. 그런데 내오는 좋은 사람이야."

휴대폰 배터리가 얼마 남지 않았다. 라이트를 언제까지 켤 수 있을지 장담할 수 없었다. 인터넷 신호가 끊긴 지는 오래였다. 더 이상 내비게이션도 작동하지 않았다. 통신 신호 역시 더 이상 잡히지 않았다. 아랑과 수오는 영원히 끝날 것 같지 않은 어둠 속을 걸었다. 그러다 어느 순간부터 자갈이 밟히기 시작했다. 곧 그들 눈앞에 '성전'이라고 쓰인 붉은 벽돌 건물이 보였다. 이곳이 확실했다. 늘어진 넝쿨을 헤쳐 지나가자 주차된 다마스가 보였다. 수오의 직감이 맞았다. 형은 이곳에 왔다. 진실을 물을 때가 가까워지고 있었다. 아랑과 수오가 조심스럽게 차로 다가갔다. 유리창 안을 들여다보았다. 차는 비어 있었다. 어디선가 개 짖는 소리가 맹렬하게 들려오고 있었다.

태오

머리가 조여 왔다. 구토가 치밀어 올랐다.

퍼뜩 태오가 눈을 떴다.

차 안이 매캐한 연기로 가득 차 있었다. 뒷좌석에서 나
는 것이었다. 녹슨 페인트 통 안에는 타다 만 연탄이 하얗
게 그을려 있었다. 태오는 서둘러 티셔츠 소매로 입을 틀
어막았다. 옆 좌석에 놓여 있는 소주병과 h를 죽일 때 썼
던 네일건, 그리고 바르게 접혀 있는 노트가 눈에 띄었다.
당장은 퍼즐을 맞춰 볼 여유가 없었다. 태오는 그것들을
품에 안고 서둘러 차 밖으로 뛰쳐나왔다.

신 침이 입에서 늘어졌다. 낮에 먹은 것들을 전부 게워
냈다. 누런 위액이 피처럼 뚝뚝 떨어졌다. 어떻게 된 상황
인지 알 수 없었다. 태오의 마지막 기억은 호두가 준 소주
를 받아 마신 것이었다. 태오는 실마리가 될 만한 노트부
터 펼쳐 읽어 보기로 했다.

'저 이태오가 단독으로 h를 죽이고 박병철을 살해했습

니다. 죄송합니다.'

태오가 가만히 노트를 내려다보았다. 아무리 생각해도 이따위 글을 적은 기억이 나지 않았다. 병철을 죽인 건 사실이지만 h까지 태오가 죽인 것은 아니었다. 게다가 자백할 마음은 가져 본 적도 없었다. 흘려 쓴 필체 또한 태오의 것이 아니었다. 어떤 상황인지 파악하기까지 오래 걸리지 않았다. 뒤통수를 세게 얻어맞은 듯한 충격이 머리를 흔들었다. 태오에게 수면제가 든 술을 먹여 자살로 위장한 후 모든 죄를 뒤집어씌울 계획을 짠 사람, 그리하여 이득을 얻을 만한 사람, 그럴 사람은 단 한 사람뿐이었다. 호두. 태오의 얼굴이 뜨거워졌다. 악이라도 내지르고 싶은 심정이었다. 호두가 그를 배신했기 때문만은 아니었다. 호두를 믿은 자신의 멍청함에 화가 났다. 호두에게 병철이나 태오는 얼마든지 대체할 수 있는 존재들이었다. 그따위 것들이 원하는 대로 움직여 주지 않으면 수단과 방법을 가리지 않고 없애 버릴 사람이 바로 호두였다.

태오는 주머니를 뒤졌다. 자동차 열쇠가 보이지 않았다. 걸어 내려가는 수밖에 없었다. 태오는 우선 품에 네 일건을 챙겼다. 호두가 멀지 않은 곳에 있을 거란 확신이 들었다. 그는 조심스럽고 집요한 인간이다. 당장 차 주변에 없는 것이 수상쩍었지만 천운이 따랐다고 믿는 수밖에 없었다. 물론 태오는 산속에서 멧돼지나 들개를 만나고 싶은 마음은 추호도 없었다. 그래도 우선순위를 따지자면 호두를 피하는 것이 먼저였다. 날이 밝을 때까지 기다릴 여유는 없었다. 태오는 포복하듯 몸을 낮춰 풀숲을 향해 기어갔다. 눈가가 따갑고 입이 말랐다. 한 걸음 내디딜 때마다 머리가 무자비하게 울려 댔다. 멀리 가지 못해 태오는 다시 허리를 굽히고 토사물을 쏟아 냈다. 어설프게 의식이라도 잃었다간 큰일이었다. 일단 두통으로 어지러운 머리를 식히기로 했다. 물이 필요했다. 얼굴에 찬물이라도 닿으면 정신이 돌아올 것 같았다. 태오는 네일건을 한 손에 쥔 채 물소리를 따라갔다. 거의 완벽에 가까운 어둠 속에서 태오는 두려움보다는 안정감을 느꼈다. 태오가 보이지 않는 만큼 호두도 보이지 않을 터였다. 조금씩 물소리가 들려왔다. 기도원 공터를 지나자 물풀이 우거진 곳에 다다랐다. 수초를 헤치고 태오는 드디어 물줄기에 닿았다. 고작해야 발목이 잠길 정도의 얕은 물이었다. 어제 비가 오지 않았더라면 이마저도 메말라 있었을 것이다. 태오가 양손으로 물을 길어 얼굴을 적셨다. 축축하고 미끄러운 물풀이 손바닥에 늘어졌다. 어디선가 고여 있던 폐수가 함께 내려온 모양이었다. 태오는 우선 그 물로 입과 눈을 씻어 냈다. 흐리던 초점이 또렷해졌다. 시야가 분명해졌다. 이명이 멈췄다. 동시에 물풀 비린내가 훅 끼쳤다. 위협적인 새 울음이 고막을 찔렀다. 태오의 본능이 당장 몸을 숨겨야 한다고 다그쳤다. 태오는 몸을 바닥에 바짝 붙인 채 우거진 풀 사이를 가로질러 기어갔다. 눈에 띄게 빨라서도 안 되었고 그렇다고 아주 느린 속도여도 안 됐다. 모든 움직임이 신중해야 했다. 그때 멀리서 희미한 소리가 들려왔다. 태오는 이 소리가 환청이기를 바랐다. 그래야만 했다.

"태오, 이태오."

태오를 부르는 목소리가 계속해서 들려왔다. 태오는 실망에 익숙했다. 기대가 어긋나는 순간도 종종 있었다. 그렇다고 좌절하지 않는 것은 아니었다.

"형 어디 있어?"

제발 그만. 제발 그만 부르란 말이야. 태오는 마음속으로 소리쳤다. 태오가 고개를 들자 멀리서 희미한 불빛이 보였다. 아랑과 수오가 플래시를 비추고 있었다. 위치를 드러내 득이 될 것은 없었다. 어디엔가 호두가 있다면 그들을 사냥하기 위해 다가가고 있을 터였다. 태오가 차 밖으로 나왔을 때 호두가 없었던 것은 우연이 아니었다. 아랑과 수오를 발견하고 호두는 몸을 숨긴 채 그들을 쫓고 있었을 것이다. 태오에게는 선택지가 없었다. 주저 없이 방향을 틀었다. 이 순간 품에 네일건이 있다는 사실이 태오에게 위안이 될 뿐이었다. 이미 신발과 바지가 축축하게 젖어 있었다. 마음은 조급했지만 걸음이 무겁고 더뎠다. 태오는 아랑과 수오가 멀리 가지 않기만을 바랄 뿐이었다.

태오가 공터에 이르렀을 때 아랑과 수오의 모습은 보이지 않았다. 목소리도 더 이상 들리지 않았다. 숲으로 간 것일까. 그렇게 되면 찾기가 더욱 어려운데. 설마 하얀 집으로 가진 않았겠지. 망연히 숲을 응시하던 태오는 일순 뒷목에 소름이 돋았다. 모든 신경이 뒤통수로 쏠렸다. 누군가 자신을 노려보고 있다는 직감이 들었다. 태오가 고개를 돌렸다. 순간 날카로운 물체가 태오의 얼굴을 스치고 지나갔다. 안도할 겨를은 없었다. 호두가 몸을 낮춘 채 달려와 낚아채듯 태오의 멱살을 쥐어 잡았다.

"목숨이 몇 개냐. 너는."

태오와 눈이 마주치자 호두가 장난스럽게 입을 비틀었다. 태오가 호두 쪽으로 네일건을 겨눴다. 호두가 참지 못하겠다는 듯 자리에 주저앉아 웃음을 터트렸다.

"멍청아. 내가 네 옆에 그걸 두면서 못을 얌전히 박아 놨을 거라고 생각해?"

태오는 네일건을 고쳐 쥐었다. 쏠 못이 없더라도 당장 휘두를 수 있는 것은 그것뿐이었다.

"그거하고 달리 이건 말이야. 진짜 날아가는 거거든. 그것도 무시무시하게."

호두가 자랑스럽게 등을 돌려 보였다. 그의 등에는 화살총이 매달려 있었다. 호두는 이전에 그 화살총에 대해 말한 적이 있었다. 쇠촉을 가진 화살이 인간의 몸도 어렵지 않게 뚫을 수 있다고 했다.

"너는 지금 사태 파악을 잘못했어. 그런 공구를 휘두를 게 아니라 납작 엎드려서 살려 달라고 빌 타이밍이야. 그래야 너는 죽여도 네 친구들은 살려 줄지 고민이라도 해 볼 테니까. 안 그래?"

호두가 타이르듯 부드럽게 말했다.

"내 친구들은 어디 있어?"

태오가 떨리는 목소리로 물었다. 그때 대답이라도 하듯 멀리서 소리가 들려왔다.

"형. 대답 좀 해 봐."

호두와 태오가 동시에 고개를 돌렸다.

"저 녀석들은 얼마나 알고 있길래 여기까지 온 기지? 아무래도 상관없다. 알아서 무덤까지 와 주니 고마울 뿐. 네 몸에 상처 하나 내지 않고 죽여야 내 계획이 성공하거든? 그래야 짭새들이 자살이라고 믿을 테니. 근데 저 녀석들은 아니지. 최대한 갈기갈기 찢어서 산 곳곳에 뿌려 줄 거야. 숨이 끊어지기 직전까지 널 원망하게 해 줄게."

호두가 아랑과 수오가 있는 쪽으로 걸음을 틀었다. 태오가 네일건을 쥐고 호두에게 달려들었다. 호두는 단숨에 태오를 바닥에 엎어트리고 네일건을 빼앗았다. 그리고 네일건으로 태오의 명치를 힘껏 가격했다. 가슴뼈가 으스러질 것 같았다. 한 대를 더 얻어맞고 태오는 바닥에 엎어졌다.

"아파?"

호두는 필요 없다는 듯 네일건을 바닥에 내던졌다. 그리고 태오의 몸통을 발로 힘껏 걷어찼다.

"뼈 몇 개 부러트리고 추락사로 꾸미는 게 더 재미있을지도 모르겠다."

호두는 발길질을 멈추지 않았다. 시야가 흐릿하게 뭉개졌다. 까무룩 잠들듯 뇌리의 형광등이 일순 암전되었다.

얼마나 기절했던 것인지 알 수 없었다.

태오가 정신을 차렸을 때 호두는 보이지 않았다. 태오의 양팔이 만세를 하듯 올라가 있었다. 두 팔목이 다마스 바큇살 사이에 밧줄로 묶여 있었다. 태오는 있는 힘껏 팔을 잡아당겼다. 손가락을 아무리 꿈틀거려도 소용없었다. 태오가 안간힘을 쓰며 팔목을 흔들었다. 팔목이 뜯겨 나갈 듯한 통증에 저절로 눈가가 축축해졌다. 태오는 피곤했나. 쉬고 싶었다. 그만두고 싶었다. 그러나 수오가 위험했다. 태오가 다시 팔목을 잡아당겼다. 몇 번이나 손목을 비틀었다. 일순 밧줄이 팽팽해지더니 매듭이 툭 하고 풀렸다. 짧은 끈으로 묶은 매듭이어서 가능한 일이었다. 태오가 있는 힘껏 끈을 잡아당겼다. 손끝에 풀린 매듭이 잡혔다. 매듭은 단단하게 여러 번 묶여 있었다. 태오는 간절했다. 제발, 제발…… 마침내 매듭을 풀고 양손이 땅에 닿았을 때 태오는 신이 있다고 믿고 싶은 심정이었다. 그가 자신의 곁에 있다는 그런 어이없는 생각마저 들었다. 태오는 자리에서 일어났다. 더 이상 시간을 지체할 수는 없었다.

태오는 공터를 지났다. 숲에 다다르자 아랑의 비명 소리가 들려왔다. 풀에 덮여 있긴 하지만 태오는 이 길이 낯설지 않았다. 몰래 기도원을 구경하러 내려올 때 다니던

길이었다. 태오의 심장이 세게 쿵쾅거렸다. 태오는 이 길 끝에 무엇이 나오는지 잘 알고 있었다. 한때는 은빛 칼라 꽃이 만발했던 근사한 2층 전원주택이 나올 것이다. 어스름한 환청이 태오의 귓가에 울려 퍼졌다. 태오는 하얀 집 앞에 멈춰 섰다.

"도깨비 찾으러 가자."

안 돼. 지금은 안 돼. 태오는 양손으로 얼굴을 감쌌다. 그 밤. 그 밤이 떠올라 버렸다.

*

태오는 부모님과 함께 잔 적이 없었다. 그런 건 애들이나 하는 짓이라고 생각했다. 그런데 그날 태오와 수오, 그리고 부모님은 모두 안방 침대에 나란히 누워 있었다. 언제 잠든 것일까. 전날 밤이 도통 기억나지 않았다. 그저 식사 후 어머니가 타 준 코코아를 마셨을 뿐이었다. 왜 부모님은 태오와 수오를 각자 방이 아니라 함께 안방에 눕힌 것일까. 그런 궁금증을 가질 틈은 없었다. 속이 매스껍고 숨이 잘 쉬어지지 않았다. 태오는 자리에서 일어나기로 했다. 무겁게 짓누르는 이불부터 걷어 올렸다. 천장이 마구 돌고 속이 매스꺼웠다. 무언가 잘못되었다는 생각이 들었다. 집에서 나가야 한다는 생각이 스쳤다. 태오는 잠옷 소매로 입을 가리고 서둘러 아버지와 어머니를 흔들어 깨웠다. 아무런 기척이 없자 태오는 수오를 흔들었다.

"수오야. 일어나 봐. 어서."

수오도 눈을 뜨지 않았다. 태오의 눈에서 눈물이 터져 나왔다. 그것 말고는 할 수 있는 게 없었다. 엉엉 우는 태오의 손을 누군가 붙잡았다. 아버지였다. 이리 온. 또 잠을 설친 거니? 그냥 편하게 눈을 감지 않고. 이렇게 말하듯 부드럽고 자상한 눈빛을 하고 있었다. 태오는 이상하게도 두려움이 느껴졌다. 입에 흰 거품을 물고 있는 그는 더 이상 자신이 알고 있는 아버지가 아닌 것 같았다. 태오는 아버지의 팔을 세게 뿌리쳤다. 아버지의 손이 힘없이 바닥에 떨어졌다. 태오는 숨을 몰아쉬며 자리에서 일어났다. 태오가 옮길 수 있는 사람은 수오뿐이었다. 태오는 수오를 등에 업은 채 현관문으로 내달렸다. 수오는 쉽게 의식을 차리지 못했다. 태오는 수오를 잔디에 눕히고 입과 코를 티셔츠로 가린 채 다시 집 안으로 들어갔다. 구급차를 불러야 했다. 전화기는 거실 입구의 대리석 테이블 위에 있었다. 119 번호를 눌렀다. 이상하게도 신호음이 가지 않았다. 자세히 보니 전화선이 잘려 있었다. 처음 보는 흰 종이가 그 옆에 얌전히 놓여 있었다.

'저희를 처음 발견해 주시는 분께.'

어머니의 필체였다. 태오는 마당으로 나가 그 편지를 읽었다.

'평생 잊지 못할 기억을 남겨 드려 무척이나 송구스럽습니다. 사랑하는 이 아이들을 험한 세상에 남겨 둘 수 없어 데려가기로 했습니다. 저희로 인해 가슴 아파할 분들께 죄송하다는 말을 전합니다.'

무슨 말인지 알 수 없었다. 태오는 그저 주머니 깊숙이 종이를 구겨 넣었다. 마을은 아주 멀리 있었고 공중전화는 없었다. 태오의 머릿속에 가장 먼저 떠오른 것은 기도원이었다. 태오는 기도원으로 내려가 아무 건물이나 두들기고 다녔다. 불 꺼진 방에서 흰옷을 입은 노인이 걸어 나왔다. 아버지와 어머니가 눈을 뜨지 않는다고 노인에게 말했다. 다행히 태오는 그곳에서 신고를 할 수 있었다. 태오의 집까지 함께 오르는 노인의 걸음은 너무 느렸다. 경찰도, 앰뷸런스도 멀고 높은 산중까지 올라오는 데는 시간이 걸리는 것 같았다. 태오가 서둘러 달려가 하얀 집에 도착했을 때 수오는 잔디밭에 오도카니 앉아 울고 있었다. 눕혀 놓은 곳에서 한 발짝도 걸음을 떼지 않았다. 다행인 일이었다. 수오가 부모님의 모습을 보게 할 순 없었다. 태오는 환하게 웃었다. 지어 보일 수 있는 가장 큰 미소를 만들었다.

"수오야. 오늘이야. 우리 도깨비 찾으러 가자. 이리 와."

태오가 신이 난 목소리로 외쳤다.

"날 따리와."

태오가 수오의 손을 잡고 숲으로 달려갔다. 집에서 최대한 멀리 달려가야 했다. 태오는 이를 악물었다. 울어선 안 됐다. 수오 앞에서 울 수는 없었다. 무겁게 내려앉은 어둠을 헤치며 숲을 걸었다. 이 험한 세상에 남겨 둘 수 없어 데리고 가겠다던 어머니의 행선지는 어디였을까. 아버지가 붙잡았던 손목이 불에 덴 듯 뜨거웠다.

*

하얀 집이 태오를 부르고 있었다. 어머니의 목소리로, 아버지의 목소리로. 태오는 무릎을 짚은 채 숨을 몰아쉬었다. 싫어요. 싫어요. 태오는 세차게 고개를 흔들었다. 그때 누군가 태오의 어깨를 잡았다.

"형."

수오의 손에는 휴대폰과 녹슨 부삽이 들려 있었다. 무기가 될 만한 것을 찾으려다가 겨우 집어 온 것이 분명했다.

"아랑이가 집 안으로 도망갔어."

수오가 먼저 집 안으로 달려 들어갔다. 태오는 수중에 잠수하듯 숨을 깊이 들이쉬었다 참았다. 그리고 노란 부적이 덕지덕지 붙어 있는 현관문을 열어젖혔다.

소리가 나는 곳은 2층이었다. 복도에 이르자 왼쪽 끝 방에서 새어 나오는 희미한 빛이 보였다. 처음 이 집을 지을 때 어머니가 가장 공들여 꾸민 손님방이었다. 수오가 방문을 열어젖히자 붉은빛이 쏟아져 나왔다. 아버지의 등유 랜턴에 불이 붙어 있었다. 빛을 등지고 선 호두가 문쪽으로 비스듬히 몸을 틀었다. 그 뒤에 아랑이 손발이 묶인 채 바닥에 엎어져 있었다.

"조심해!"

아랑이 소리쳤다. 호두가 등 뒤에 메고 있던 화살총을 꺼내 들었다.

"두 놈 남았다."

호두가 화살총을 수오와 태오에게 겨눴다.

"누구부터 죽여 줄까."

호두가 고민스러운 듯 태오와 수오를 번갈아 보았다.

"말로 하죠, 우리. 말로."

수오의 목소리는 바르르 떨리고 있었다.

"우리가 무슨 할 말이 있다고?"

호두가 코웃음 쳤다. 그러다 대뜸 생각난 게 있는지 화장대 위의 액자를 집어 들었다.

"가만, 이 사진 너네 맞지? 내가 눈썰미가 꽤 좋거든. 이태오가 여길 어떻게 알고 왔나 생각했는데 여기 살았기 때문이군. 가스 사고로 죽은 사람들이 바로 네 부모였구나?"

호두가 주저 없이 액자를 내던졌다.

"네 더러운 입으로 우리 부모님을 언급하지 마."

태오가 소리쳤다.

"내 말은, 흔치 않은 호사다 이 말이야. 부모가 죽은 데서 죽게 해 주는 걸 감사하게 생각하라고."

호두가 수오의 얼굴을 향해 화살총을 조준했다. 태오가 달려가 화장대 거울을 들어 올렸다. 그리고 호두의 머리를 있는 힘껏 가격했다. 작은 거울 조각들이 사방에 튀었다. 호두가 머리를 감싸며 고개를 쳐들었다.

"이태오. 네가 나한테 대들어?"

호두의 눈이 번뜩이고 있었다. 호두가 망설임 없이 화살총을 손에 들었다. 그리고 들뜬 얼굴로 방아쇠를 당겼다. 호두가 옳았다. 이 화살은 인간의 몸도 가뿐히 뚫고 지나갈 만한 위력을 지녔다. 태오가 그때 문을 닫지 않았더라면, 두꺼운 문을 관통한 이 날카로운 쇳덩이는 태오의 내장을 무자비하게 헤집어 놨을 것이다. 태오는 문에 박힌 화살촉에 눈을 고정한 채 숨을 몰아쉬었다. 다시 방문을 열기 위해 문손잡이를 돌렸다. 방문은 안쪽에서 잠긴 채였다. 태오는 서둘러 문고리를 발로 세게 걸어찼다. 그것으로는 문이 열리지 않았다. 무언가 부딪치고 떨어지고 깨지는 소리가 문 뒤에서 연달아 들렸다.

"수오야. 뒤를 봐!"

아랑이 외쳤다. 태오는 젖 먹던 힘을 다해 문고리를 걸어찼다. 한 번, 두 번, 세 번. 결국 문고리가 툭, 바닥에 떨어졌다. 열린 문 뒤로 펼쳐진 것은 화살총을 끌어안은 수오와 그런 수오의 팔을 개처럼 물어뜯고 있는 호두였다. 수오가 비명을 내지르며 화살총을 쥐었다. 발로 호두를 걸어차고 수오가 자리에서 일어났다. 화살총은 이제 수오의 손에 있었다. 날카로운 화살촉이 살기를 띠며 호두를 노려보았다. 호두는 이 상황이 흥미롭다는 듯 머리를 흔들며 웃어 젖혔다.

"이태오. 네 동생은 너보다 강단 있다."

호두가 자리에서 일어났다.

"그렇지만 쏠 용기가 있을까?"

호두가 천천히 수오에게 걸어갔다.

"멈춰."

수오의 경고에도 호두는 멈출 마음이 없어 보였다. 작은 보폭으로 한 걸음, 또 한 걸음 옮겼다. 그에 맞춰 수오는 한 걸음, 한 걸음 뒷걸음질 쳤다. 호두는 그것을 즐기고 있었다.

"나는 거짓말은 안 한다."

수오가 방아쇠에 손가락을 올렸다. 호두는 수오가 자신을 쏠 배짱이 없는 인간이라는 것을 확신하고 있었다. 수오에게 붙박은 호두의 눈에는 장난기마저 어려 있었다. 태오도 그렇게 생각했다. 태오가 아는 수오는 그럴 만한 인간이 아니었다.

"어른 앞에서 눈을 부라려?"

호두는 어느 순간부터 화를 내고 있었다.

"작작 지랄하고 그 총 이리 내."

수오는 이제 벽 끝에 다다랐다. 호두가 성큼 다가섰다.

그 순간 수오가 화살총 방아쇠를 당겼다. 핑 소리와 함께 화살이 날아가 호두의 왼쪽 허벅지에 박혔다. 호두가 비명을 내지르며 바닥에 엎어졌다.

"이수오. 이거!"

아랑이 묶인 양발로 수오에게 무언가를 세게 밀었다. 검은 가방 속에 들어 있는 것은 화살들이었다. 수오가 화살이 든 가방을 주워 어깨에 둘러멨다.

"내가 멈추라고 했잖아."

수오가 총에 새로운 화살을 장전했다.

"날 어떻게 하려고? 죽이려고?"

"네가 가만히 있는다면 더 다치게 할 생각은 없어. 전화 신호가 잡히는 데까지 끌고 가서 널 신고할 생각이야."

"돌아 버리겠네. 난 너한테 좆도 잘못한 게 없어. 나한테 왜 이래? 대체 왜 못 잡아먹어 지랄 발광이냐고."

호두가 분을 이기지 못하겠다는 듯 양손으로 자신의 머리를 쥐어뜯었다.

"잘못한 게 없다고? 넌 방금 내 머리통에 화살을 박으려고 했어."

수오가 호두에게 화살을 겨눈 채 말했다.

"넌 애초에 내 목표가 아니었어. 네가 안 나타났으면 됐다고."

호두가 수오를 노려보았다.

"나머지 다리에도 쏴 줄까?"

"할 수 있으면 내 심장에 쏴 보시지."

호두가 허벅지에 꽂혀 있던 화살을 뽑아냈다. 검붉은 피가 주르륵 호두의 다리 아래로 흘러 떨어졌다. 호두가 당장이라도 튀어 나갈 듯이 수오를 응시했다. 수오 역시 지지 않고 호두를 마주 보았다. 총을 든 수오의 손이 숨을 내쉴 때마다 미세하게 까딱거렸다. 태오가 보기에 수오는 있는 힘을 다해 화를 참고 있었다. 처음 보는 모습이었다. 정말 무슨 일을 저지를지도 모를 태세였다. 그건 수오에게 어울리지 않는 일이었다. 아니 있어서는 안 될 일.

"이수오. 당장 그 총 나한테 줘."

수오가 눈을 돌려 태오를 봤다.

"이수오. 내 말 안 들려?"

"형은 나한테 뭐가 옳은지 나쁜지 말할 자격 없어."

수오의 눈빛이 서늘했다. 수오의 화살총은 호두를 향했지만 두 눈동자는 분명하게 태오를 향하고 있었다.

"걱정 마. 난 이 새끼 죽이는 데는 아무런 관심이 없으니까. 형한테 물어볼 말이 있어서 왔을 뿐이야."

수오가 잠시 뜸을 들이다 입을 열었다.

"곧 경찰을 부를 테니 지금이 아니면 묻지 못하겠네."

"이수오. 지금 무슨 얘기를 하는 거야."

"형. 하나만 물을게. 부모님이 죽은 건 정말 우연이야?"

수오의 질문에 태오의 심장이 차갑게 식었다.

"어서 대답해."

수오가 다시 한번 말했다.

"그날 난방은 누가 작동시킨 거지? 10월이었지만 우리는 단 한 번도 난방을 틀지 않았어. 대낮에는 더워서 반팔을 입고 다닐 정도였으니까. 사용하지 않던 난방을 그날 처음으로 틀었고, 형은 연통을 자르고, 전화선을 잘랐어. 경찰에게는 뱀 잡기 놀이를 했다고 말했지. 게다가 베란다, 화장실 창문, 쪽방까지 문이나 창문은 계획한 것처럼 닫혀 있었어. 그것도 놀이의 일환이었을까. 형. 이런 건 결코 우연히 벌어지는 일이 아니야."

태오는 다리에 힘을 주었다. 주저앉지 않기 위해, 도망가지 않기 위해, 수오를 마주하기 위해.

"형이 날 데리고 나갔다 돌아왔을 때 집 앞에는 흰옷을 입고 있던 노인이 기다리고 있었어. 그 기도원 사람 중에

한 명이었을 거야. 그 노인은 모든 걸 예상한 사람처럼 경찰하고 앰뷸런스를 불렀어. 누군가 노인에게 가서 도움을 청했다는 뜻이야. 그건 형이었지. 내가 잔디밭에서 눈을 떴을 때 형이 어딘가를 다녀오는 모습을 봤어. 기도원에 가서 신고를 하고 오는 길이었을 거야. 형은 애초에 부모님이 죽은 것을 알고 있었다는 뜻이지. 형은 모든 걸 안 상태로 나랑 같이 숲을 다니다 왔어. 웃으면서 우리는 뛰어다녔지. 형. 이제는 내가 생각하는 걸 말해 줄까? 10년 동안 참아 온 그 말을? 형, 남들이 하는 말이 옳았어. 그건 결코 사고가 아니었어."

태오는 수오가 그날 밤 일을 기억하지 못할 거라 생각했다. 열 살이라면 어린 나이니까. 하지만 수오는 줄곧 궁금증을 참아 왔다. 있는 힘을 다해 태오를 오해하지 않으려고 애썼던 것이다. 태오는 불현듯 수오가 왜 이곳까지 찾아왔는지 깨달았다. 태오를 구하기 위해서도, 호두와 싸우기 위해서도 아니었다. 영영 듣지 못할 진실을 마지막으로 듣기 위해서였다.

"형. 사고라는 거짓말은 이제 나한테 안 통해. 혹시 기도원에 놀러 나가지 못하게 해서 아버지한테 화가 났던 거야? 아니면 기도원 사람들이 시킨 짓이야? 아니면 다른 진실이 있던 거야? 나한테도 부모님의 죽음에 대해 알 권리가 있어."

태오는 기억나지 않았다. 기도원에 놀러 간 것도, 아버지에게 화가 난 것도. 그런 것들은 잊은 지 오래였다. 태오의 머릿속이 하얘졌다. 어디서부터 무엇을 어떻게 설명해야 할지 감이 오지 않았다. 태오가 아는 진실에서 수오가 아는 사실을 뺀 나머지를 해명해야 했다.

"형의 입으로 들어야겠어. 부모님은 대체 왜 죽은 거야?"

수오는 태오가 위로해 줄 수 없는 울음을 토해 내고 있었다. 태오의 입이 떨어지지 않았다. 지금 태오에게는 두 가지 선택지가 있었다. 진실을 말하거나, 고의로 부모를 죽인 사람이 되거나. 발작적인 고함이 들려온 것은 그때였다. 호두가 자지러질 듯 주먹으로 바닥을 쳐 댔다.

"이태오가 종종 말했다. 동생이 아주 영리하다고."

호두가 웃음기를 지우고 고개를 쳐들었다.

"그런데 지금 보니 순 멍청이잖아."

호두가 수오를 향해 침을 갈겨 뱉었다. 수오의 화살총은 여전히 호두의 심장을 겨누고 있었다.

"오해하지 마. 네 형 편을 들어 줄 마음은 눈곱만큼도 없거든. 나는 그냥 사실을 몇 개 짚어 주려고 해. 왜냐하면 그게 재미있을 것 같거든. 크크크"

"무슨 소리를 하려는 거야."

태오의 말을 가로막으며 호두가 말을 이었다.

"이 집에서 무슨 일이 벌어진 거냐. 내가 생각하는 걸 말해 줄까?"

호두가 신경질적으로 웃었다.

"이태오가 부모를 죽인 게 아니야. 부모가 너희를 죽이려고 한 거지. 몇 마디만 들어도 견적이 나오는데 실랑이할 필요 없잖아?"

태오의 몸이 경련이 올 것처럼 뒤틀렸다.

"집에 덕지덕지 붙어 있는 차압 딱지를 보면 몰라? 독촉장이 널려 있는데 이걸 보고도 감이 안 와?"

"부모님이 사망하신 다음 벌어진 일이야."

수오가 대꾸했다.

"아가야. 죽은 사람 앞으로는 없던 빚이 생기지 않는단다. 있던 빚이 사라지지 않을 뿐이지. 이런 꿈같은 집에 살았던 애들이라 아주 순진한 모양인데. 어떤 부모는 자식을 버려. 그리고 어떤 부모는 자식을 죽이기도 해. 생각보다 아주 흔하게 말이야."

호두가 이죽거렸다. 사실이냐고 묻기라도 하듯 수오가

태오를 바라보았다.

"빚은 이 일과 아무 상관 없어."

혼란스러워하는 수오를 향해 태오가 단호하게 고개를 저었다.

"이태오. 너는 그딴 것도 부모라고 편들어?"

태오의 시야가 흐려졌다.

"너한테 부모를 죽였냐고 묻는 동생도 핏줄이라고 감싸고 싶냐고."

경보 사이렌 같은 이명이 태오의 고막에 울려 댔다. 태오는 귀를 틀어막고 싶어졌다. 호두는 멈추지 않았다.

"정신 차려. 너한테는 가족도, 친구도 필요 없어. 너한테는 나만 있으면 돼. 지금까지 있었던 건 다 잊고 우리 계획대로 인천으로 가자. 거기서 새로 시작해. 돈이고 뭐고 원하는 만큼 벌어 봐. 어?"

호두가 부드러운 목소리로 말했다.

"이태오. 이 새끼들은 네 편이 아니야. 널 의심하고, 너의 최악의 모습을 상상하고 여길 왔어. 싹 다 깔끔하게 죽여 버리고 여길 뜨자. 얘네들은 널 조금도 생각하지 않아. 너는 모두에게 버림받았어. 아무도, 아무도 널 더 이상 찾지 않을 거야. 누구도 널 기억하지 않을 거야. 굳이 기억한다면 이유는 하나겠지. 네가 사람을 죽였기 때문에."

태오는 숨을 몰아쉬었다. 손바닥이 축축하게 젖었다. 이마에서 흐른 땀이 턱 아래로 뚝 떨어졌다. 아랑의 새된 비명 소리가 들렸다. 정신을 차리고 보니 태오는 호두의 몸통 위에 올라탄 채였다. 태오는 호두가 허벅지에서 뽑아낸 화살을 쥐어 잡았다. 그러고는 피 묻은 화살을 호두의 목덜미에 밀어 넣었다. 호두가 발버둥 쳤다. 태오는 화살촉을 호두의 목에 점점 더 세게 들이밀었다. 검붉은 피가 호두의 목에서 흐르기 시작했다. 태오는 멈출 수 없었다. 핏줄이 꿈틀댔다. 더 세게 찔러 넣고 싶은 흥분과 욕망이 요동쳤다. 멈춰야 한다고 태오의 이성이 소리쳤다. 빳빳해진 근육은 '조금 더'를 열렬히 외치고 있었다. 태오는 침을 삼켰다. 조금만 더 밀어 넣으면 피부를 뚫고 근육과 신경까지 찢어 버릴 수 있을 터였다.

툭, 툭.

호두의 목에서 떨어진 피가 바닥을 적셨다. 태오의 혈관이 부풀었다. 관자놀이, 눈동자, 단전을 타고 내려와 생식기와 발끝까지 맥박이 느껴졌다. 더 이상 이성이 작동하지 않았다. 태오는 멈출 수 없었다. 그러고 싶지 않았다. 태오를 붙잡을 만한 죄책감이나 도덕성은 거세된 지 오래였다. 그래야 살 수 있었다. 그래야 버틸 수 있었다. 태오는 이제 막 그것을 깨달은 참이었다. 오랫동안 억눌러 온 열등감과 피해의식은 날카로운 갑옷처럼 태오를 무장시켰다. 태오는 전율하는 흥분감에 비명을 내질렀다.

"안 돼."

수오였다.

"형. 그만해."

수오가 태오의 등을 붙잡았다.

"더 이상은 안 돼. 태오야. 너 이런 사람 아니야."

아랑이 울부짖었다.

"정신 차려. 형."

수오가 태오의 손에서 피 묻은 화살을 빼앗아 들었다. 태오의 가슴에 수오의 심장박동이 느껴졌다. 두구두구두구. 수오의 심장에서 태오의 심장으로, 작은 장난감 기차가 달려오는 것 같았다. 깨진 거울 조각에 태오의 얼굴이 비쳤다. 달빛을 등지고 있는 붉은 눈, 튀어나온 핏줄, 태오는 더 이상 자신이 누군지 알아보기 힘들었다. 그때 호두가 손을 뻗어 바닥에 떨어진 화살총을 쥐어 잡았다. 태오를 밀어 내고 호두가 자리에서 일어났다.

"등에 맨 화살을 이쪽으로 넘겨라. 아니면 네 형을 죽인다."

호두가 화살총을 태오에게 겨누었다. 화살총에 장전되어 있는 활은 하나뿐이었다. 딱 한 사람만 활을 맞으면 끝낼 수 있었다.

"이수오. 절대 넘겨주지 마."

태오가 소리쳤다.

"당장 이리 내."

호두가 방아쇠 위에 손가락을 갖다 댔다.

"형!"

그 순간 호두가 방향을 틀어 수오에게 활을 쏘았다. 활은 순식간에 수오의 어깨로 날아갔다. 수오가 어깨를 부여잡고 바닥에 쓰러졌다. 호두가 떨어진 화살 가방을 틀어잡았다. 태오가 자리에서 일어나 호두에게 달려들어 세게 호두를 끌어안았다. 그리고 테라스를 향해 내달렸다. 어머니가 손을 흔들던, 바로 그 창으로.

태오는 우거진 풀더미로 떨어졌다. 사위가 캄캄했다. 호두는 보이지 않았다. 그사이 숲으로 달려간 게 분명했다.

"도망가지 말고 나와 이 새끼야."

태오가 소리쳤다.

"나와, 나오란 말이야."

사방에서 희미한 웃음소리가 들려오는 것 같았다. 태오가 자리에서 일어나려는데 종아리와 발목에 극심한 통증이 느껴졌다. 날카로운 쇠침이 무자비하게 살을 파고드는 것 같았다. 한 걸음도 움직일 수 없었다. 멀리서 수오와 아랑이 뛰어왔다. 수오의 팔이 피로 흥건했다. 출혈이 멈추지 않는 모양이었다. 시간이 없었다. 호두는 지금 화살총과 화살을 가지고 있었다. 호두가 어디 숨었는지 몰라도 당장 도망쳐야 했다.

"너는 지금 병원에 가야 해. 아랑이랑 최대한 몸을 낮추고 산을 내려가. 그리고 경찰에 신고해."

"형은?"

"나까지 부축해서 갈 순 없어."

"안 돼. 형 내 등에 업혀."

"맞아, 널 두고 갈 순 없어."

아랑이 말했다. 셋이 있으면, 게다가 다리까지 아픈 태오가 있으면 산을 내려가는 데 속도가 더뎌질 게 분명했다. 이대로 수오를 방치할 순 없었다. 게다가 또다시 호두가 나타난다면 그땐 맞설 수도 없었다. 세 사람 중 두 명이 심각한 부상을 입었다. 다행이라 할 수 있는 것은 호두의 궁극적인 목적은 누가 뭐래도 태오라는 점이었다. 자살로 위장해야 그의 계획이 완성될 테니까. 수오와 아랑이 내려갈 때까지는 태오가 어떻게든 시간을 끌 수 있을 터였다. 지금으로서는 수오와 아랑을 보내는 게 우선이었다. 태오는 주저하는 수오의 두 뺨을 세게 붙잡았다.

"오늘이 어쩌면 마지막일 수 있으니까 말해 줄게. 넌 진실을 알 자격이 있으니까."

수오기 고개를 서었다.

"아니 형. 더 이상 알고 싶지 않아."

"알아야 해."

태오가 말했다.

"나는 말이야. 네 형은, 20만 원을 못 갚는 사람한테 하루에 백 번씩 전화를 걸어 어떻게 죽일지 상세하게 얘기해 주는 놈이야. 넌 상상도 못 할 거야. 어떤 식으로 사람의 피를 말리는지 말이야. 뺨을 때리는 일은 약과야. 나는 무릎을 꿇고 비는 사람에게 주저 없이 가래침도 뱉을 수 있는 사람이거든. 그뿐이겠어? h를 죽였을 때 얼마나 안도했는지 몰라. 사람의 피는 나를 무섭게 하지 않아. 오늘 묻은 시체. 그 사람은 나를 동생처럼 감쌌어. 옷 사 주고 밥 사 준 것만을 얘기하는 게 아니야. 내가 제일 좋아하는 라면으로 찬장을 채워 넣는 그런 사람이었거든? 나는 그런 사람을 죽였어. 있는 힘껏, 목을 찔러서. 내가 무슨 말을 하는지 알아?"

수오가 커다란 눈을 끔뻑였다. 아무 말도 나오지 않는 것 같았다.

"난 죽어 마땅한 사람이라는 거야."

수오가 세게 고개를 저었다. 태오는 수오의 눈을 똑바로 쳐다보았다. 그리고 똑똑하게, 분명한 발음으로 말했다.

"그리고 내가 부모님을 죽였어. 부모님이 우리를 죽이려고 한 게 아니라."

수오의 몸이 떨리고 있었다.

"형 그만해."

"분명하게 다시 말할게. 부모님을 죽인 게 나야. 그러면 안 되는 걸 아는데 재미있을 것 같아서 그랬어. 일부러 연통을 찢었어. 문을 닫았고, 전화선을 잘라 냈어. 사고도 실수도 아니었어. 나는 그런 사람이야. 수오야. 그게 진실이야. 그러니까 미안해하지 말고 당장 내려가. 이 악물고 앞만 보고 걸어가."

태오는 수오의 얼굴을 가만히 쳐다보았다. 태오가 유일하게 지켜 낸 것. 유일하게 자랑스러운 것. 유일하게 사랑하는 것. 수오의 미간이 좁혀졌다. 눈에서 눈물이 흘렀다.

수오의 입술이 떨렸다. 무슨 말을 할 것처럼 몇 번이나 주저했지만 수오는 결국 입을 다물었다. 태오는 더 이상 수오를 마주하지 못하고 시선을 돌렸다.

동이 트기 시작했다. 숲이 깨어나듯 나무들이 바람에 머리를 흔들었다. 한 줄기 빛이 태오의 어깨 위로 떨어졌다. 해가 뜨기 전에 최대한 멀리 가야 했다. 날이 밝아지면 그만큼 호두가 수오와 아랑을 찾을 확률이 높아진다는 뜻이었다.

"서둘러."

"이수오. 너 지금 피를 너무 많이 흘렸어."

아랑이 수오의 옷을 잡아끌었다.

"도움을 구해서 다시 올게. 조금만 참아. 태오야."

아랑이 태오의 품에 피 묻은 활을 쥐여 주었다. 수오의 팔을 관통했던 바로 그 활이었다. 수오는 아랑의 부축을 받으며 천천히 멀어져 갔다.

조용하게 먹이를 탐색하는 들짐승의 눈빛이 끈질기게 들러붙었다. 태오가 수오의 손을 잡고 도깨비를 찾으러 갔던, 바로 그 깊고 어두운 숲속에서 녀석은 섣부르게 태오에게 다가서지도, 미련 없이 태오를 떠나지도 않았다.

태오에겐 더 이상 지킬 것이 남아 있지 않았다. 그러니 두려울 것은 없었다.

태오는 폐허가 된 하얀 집을 보았다. 1층에는 큰 창문으로 갓 만든 음식 냄새가 퍼졌고 2층 테라스에서는 흰 원피스를 입은 어머니가 의자에 앉아 시집을 읽었다. 가끔 태오와 수오를 향해 손을 흔들어 줄 때면 가슴까지 내려오는 어머니의 곱슬머리가 바람에 휘날렸다. 아버지는 마당 벤치에 앉아 형제가 노는 것을 지켜보곤 했다. 하얀 집에서 태오는 행복했다. 방학도 아니었는데 학교를 빼먹었다. 한 달 동안 아버지는 출장을 가지 않았고 어머니는 숙제나 학원을 들먹이지 않았다. 그들은 그저 한가로이 시간을 보냈다. 매일 생일 같았다. 웃음소리가 끊이지 않았다. 거기서 캠프파이어도 하고 곤충 잡기도 하고 아버지가 연주하는 기타 소리에 맞춰 노래도 불렀다. 엄마의 얼굴이 행복해 보여서, 태오도 행복했었다. 그런 시간도 있었다. 거기 두고 온 수많은 비밀들을 떠올리며 태오는 짧은 현기증을 느꼈다.

태오는 수오 몰래 아버지의 회사 사정에 대해 알아보려고 부단히 노력했었다. 중학교에 입학할 무렵 태오는 아버지가 다니던 게임 회사의 이름을 기억해 냈고, 인터넷에 검색했다. 오래된 기사에서 아버지에게 닥쳤을 상황에 대한 몇 가지 단서를 찾을 수 있었다. 아버지가 경영하던 게임 회사는 짧은 시간 동안 눈부신 성장을 거두었다. 그러나 첫 번째 흥행 이후 이어지는 게임은 인기를 얻지 못했다. 투자가 이루어지지 않았다. 대출 상환일이 가까워지고 있었나. 아버지는 친구, 가족 누구랄 것 없이 막대한 금액을 빌려 왔다. 결론적으로는 그중 무엇도 변제하지 못했다. 물론 당시 열두 살과 열 살이던 태오와 수오는 이 사실을 알지 못했다. 아버지가 새로 지은 별장에 가자고 했을 무렵은 이미 일이 다 벌어진 후였다. 애초에 부모는 가장 행복한 순간을 보내다 함께 죽으려고 결심했던 것 같았다.

사인은 일산화탄소 중독. 경찰은 자식 살해 후 부모 자살을 계획했다고 판단하고 수사에 나섰다.

"너희 부모님이 전화선을 자른 거지?"

경찰이 이렇게 물었을 때 태오는 저도 모르게 고개를 저었다.

"아니요."

태오는 그렇게 대꾸했다. 그렇게 믿고 싶었다. 부모님

이 우리를 죽이려 한 것이 사실이 아니라고. 태오는 경찰에게 자신이 장난삼아 연통을 잘랐다고 말했다.

"뱀 잡기 놀이를 했어요. 이게 뭔지 저는 몰랐어요. 전화기 선을 자른 사람도 저예요."

태오는 경찰이 묻는 말에 모두 자신이 했다고 말했다. 뭐가 뭔지 모르면 장난이었다고 퉁쳤고, 거짓말하지 말라고 다그치면 눈물을 보였다. 고아가 된 아이를 향해 경찰도 아주 모질 수는 없었다. 비극적인 사건이었지만 약식으로 마무리되었다. 어린아이의 무지에서 비롯된 불행한 우연일 뿐이라고.

태오는 아무에게도 부모의 유서를 보여 주지 않았다. 태오는 유서를 읽고 또 읽어서 다 외울 지경이 되었다. 어머니의 필체로 쓰인 문장들이 뽀족하게 뇌리에 박혔다. 유서는 그들을 찾아온 사람들을 위한 경고장이자 사과문이었다. 숭고한 마음으로 저지른 가장 끔찍한 일에 대한 고백이기도 했다. 어디에도 태오와 수오에게 미안하다는 말은 적혀 있지 않았다. 그들의 계획대로라면 태오와 수오는 이 글을 읽을 일이 없었을 테니 사과를 남겨 놓을 필요가 없었을 터였다. 태오는 유서를 발기발기 찢어 변기통에 흘려보냈다. 태오는 그날 유년을 잃었다. 대신 수오의 보호자로서, 지켜야 할 비밀이 생겼다. 절대로 수오가 알아서는 안 되었다. 춥지 않은데도 이불을 목 끝까지 덮어 주던, 누구에게 잘 보여야 할 것도 아닌데 머리를 단정하게 쓸어 넘겨 주던, 한없이 다정하던 그들,

부모가 우리를 죽이려 했다는 것을.

태오는 가끔 생각했다. 그날 경찰에게 거짓말하지 않았으면 어땠을까 하고. 모든 진실을 수오와 나누면 덜 외로울 것 같았다. 같이 울 사람이 있다는 것은 분명 위안이 되는 일이었다. 무엇보다 수오가 자신을 원망할지 모른다는 두려움으로부터 자유로울 수 있었을 것이다. 진실을 말하지 못한 이유는 단순했다. 태오는 가족을 사랑했다. 남들이 내 죽은 부모를 욕하는 것보다 나를 욕하는 것이 나았다. 수오에게 부모를 앗아 가는 것보다 형을 앗아 가는 것이 덜 잔인하다고 생각했다. 부모에게 죽을 뻔했다는 사실을 받아들이는 것보다 부모를 죽였다는 거짓을 믿는 편이 쉬웠다.

영원히 말하지 못할 진실을 안고 사는 것과, 영원히 알지 못할 진실을 안고 사는 것. 둘 중 어느 것이 더 참혹한 고문일까. 태오는 알 수 없었다.

태오는 가느다랗게 실눈을 떴다. 새빨간 눈동자 같은 태양이 산봉우리 위로 솟아오르고 있었다. 타들어 갈 듯 눈이 부셨다. 그러나 태오는 고개를 돌리지 않았다. 오래 도록, 고집스럽게 태오는 그 빛을 지켜보았다. 하얗게 센 머리가 얼굴 위에 나부꼈다. 하염없이 나부꼈다.

h 사건의 진범이 잡혔으니 세상이 시끌벅적했다. 불법 추심과 공갈 협박 같은 태오의 여죄들이 하나둘 밝혀졌다. 사람들은 태오를 괴물이라고 불렀다. 사이코패스라고도 했고 연쇄살인범이라고도 했다. 태오는 재판 내내 고개를 숙인 채 두 손을 모으고 있었다. h 살인을 공모하고 박병철을 살해하고 유기한 것을 인정했다. 다른 죄목에 대해서도 마찬가지였다. 태오에게 무기징역이 선고되었다. 태오는 항소하지 않았다.

태오를 살려 둔 것은 호두의 관용이 아니었다. 호두는 태오를 죽이는 대신 태오에게 모든 죄를 짊어지게 하는 편을 택했다. 경찰은 태오의 증언을 근거로 호두를 수색했지만 어디서도 그의 흔적을 찾지 못했다. 호두의 화살총만이 깊은 숲속에서 발견되었을 뿐이었다. 경찰은 호두의 인적

사항도, 심지어는 본명조차도 알아내지 못했다. 호두의 얼굴을 기억해 보라는 경찰의 말에 태오는 아무런 대답도 하지 못했다. 늘 모자를 눌러쓰고 있던 그의 얼굴이 잘 떠오르지 않았다. 게다가 어떤 수식어도 호두를 묘사할 수 없었다. 종국에는 공범이 있다는 태오의 말까지 경찰은 의심했다. 호두에 대한 수사는 보류되었다. 태오는 자주 궁금했다. 그는 또 누구에게 기생하고 있을까. 태오는 호두의 눈빛을 떠올릴 때마다 뒷목이 차갑게 식었다.

하얀 집에서 헤어진 이후 태오는 단 한 번도 수오를 보지 못했다. 예상했던 일이었다. 수오에게 동정이나 이해를 구할 마음은 없었다. 전부 태오의 선택이었다. 다행히도 수오의 소식은 종종 아랑을 통해 들을 수 있었다. 그러니 괜찮았다. 아랑은 한 달에 한 번, 많으면 두 번쯤 교도소로 편지를 보내왔다.

태오야. 잘 지내고 있니?

나는 잘 지내고 있어. 오늘 중간고사를 마친 기념으로 친구들과 함께 패밀리 레스토랑에 다녀왔어. 그리고 친구들과 사진을 찍었어. 요즘 아이들 사이에선 이렇게 네 컷짜리 사진을 찍는 게 유행이야. 사진을 보면 더 이상 네가 나를 알

277

아보지 못할 수도 있겠다는 생각이 든다. 입시를 하면서 벌써 10킬로가 쪘어. 머리는 여전히 짧지만 파마를 했어. 살면서 되어야 하는 내 모습이 있었고, 또 되면 안 되는 내 모습이 있었지. 또 되고 싶지 않았던 나로 살았던 때도 있었어. 요즘만큼 내가 나답게 살고 있다는 생각이 든 적이 없어. 아이 아. 밝을 랑. 이모가 새로 지어 준 이름이야. 아무도 에쁘다고 해 수지 않지만 거울 속에 있는 내가 나는 마음에 들어.

요즘은 눈코 뜰 새 없이 바쁘게 지내고 있어. 주말에는 카페에서 아르바이트를 하고 시간이 날 때마다 영어 공부도 부지런히 하고 있어. 교환학생을 가려면 토익 점수가 필요한데 나는 수학 말고는 젬병이니까. 그래도 이모를 도와 쉼터 봉사는 잊지 않고 가. 아이들이 선생님, 하고 부를 때마다 심장이 얼마나 두근거리는 줄 아니? 그렇지만 아이들을 가르치는 일이 늘 기쁘기만 한 건 아니야. 이따금 나와 닮은 아이들을 거기서 만나기도 해. 그럴 때면 잊고 있던 기억이 떠올라 하루 종일 마음이 무거워.

너에게만 고백할게. '죄송합니다.' 나는 여전히 이 말을 가슴 한구석에 품고 살아. 평범한 하루하루를 보내다가도 이따금 그 단어가 내 심장을 쿡쿡 찌르지. 내가 잘못했던 사람을 만나면 이 단어를 꺼내 주고 싶어. 당신을 아프게 해서 죄송합니다. 당신의 물건을 훔쳐서 죄송합니다. 당신을 지켜 주지 못해서 죄송합니다. 난 언젠가 그들에게 용서받는 상상을 해. 이런 단꿈을 꾸는 게 욕심인 것 같아 종종 좌절하기도 하지만 그런 기대와 희망조차 없다면 내게 내일은 없었을 거라고, 이모가 말해 줬어.

수오한테 오랜만에 문자가 왔어. 녀석은 자기가 하고 싶은 말만 하고 마는 버릇이 있잖아. 팔의 상처는 흉터 없이 잘 아물고 있다고 했어. 성적 장학금을 받게 되었다고 자랑을 하더군. 복학하고 스터디 모임을 시작했는데 마음 맞는 친구들을 만났다고 했어. 덕분에 즐겁게 공부하고 있다고 하더라. 아, 교수님의 추천으로 판사를 하고 계신 선배를 만났다는 말은 했던가? 로스쿨까지 지원해 준다고 약속했대. 아마 그 판사가 수오가 네 동생이라는 사실을 알았던 모양이야. 신고한 걸 대견하게 생각했던 걸까? 자세한 내막은 모르겠다.

우린 이렇게 아주 잘 지내. 봄이다. 더위가 서둘러 온 탓에 벚꽃 구경이 이르게 끝났어. 곧 또 편지할게. 건강하게 지내고 있어.

태오는 아랑에게 답장하기 위해 펜을 들었다. 태오의 편지는 결코 길지 않았다. 태오는 자신에 대해 이야기하는 법이 없었다. 감옥에서 어떤 밥을 먹는지, 어떤 사람을 만났는지, 어떤 일을 겪었는지 구태여 설명하고 싶지 않았다. 또 가끔 떠오르는 h의 마지막 얼굴이라든가, 다정했던 병철의 목소리가 꿈에 나왔다는 것을 아랑에게 말힐 생각도 없었다. 태오는 너무 많은 죄를 지으며 살아왔다. 태오는 죄책감에서 홀가분해질 생각도, 섣부른 위로를 받을 기대도 없었다. 마음의 빚은 온전히 태오의 몫이었다.

아랑아. 잘 지내? 학교에 다니니 즐겁지? 수오 소식을 전해 줘서 고마워. 저번 편지를 읽고 행복했다. 주제 파악도 못 하고 기뻐하고 말았어.

수오는 태오 없이도 잘 살고 있었다. 아랑은 이모를 만나 원하는 공부를 하며 지냈다. 태오는 그 이상 더 바랄 것이 없었다. 진심이었다.

그럼 또 편지 기다릴게.

태오는 무겁게 버티고 선 창살을 등진 채 바른 글씨로
그렇게 눌러썼다.

  종종 "사랑해서 그랬어요"라고 더듬더듬 선처를 구하는 살인자, 스토커, 강간범을 뉴스에서 접한다. 그건 사랑이 아님이 확실하지만 기어코 그들의 입을 통해 사랑이라 불리고 만다.

  인간은 사랑이란 이름으로 무엇까지 할 수 있을까. 소설은 그 물음에서 시작되었다.

  이 이야기가 한 권의 책으로, 온전한 소설로 세상에 나올 수 있게 되어 설레고, 한편으로는 두렵다. 이 소설이 읽어 주시는 분에게 재미와 즐거움을 드릴 수 있다면 작가로서 더할 나위 없이 기쁠 것 같다.

  출판사 안전가옥 덕분에 글을 쓰는 사람으로서 큰 첫걸

음을 내디딜 수 있었다. 첫 번째 독자가 되어 주신 김보희 PD님께 깊이 감사드린다. 애정 어린 쓴소리 덕분에 조금이나마 더 나은 글이 될 수 있었다고 확신한다. 마지막까지 책이 되도록 애써 주신 박나래 편집자님께도 감사 인사를 전하고 싶다. 또 기꺼이 자리를 내주고 글을 쓸 수 있도록 배려해 주신 연희창작촌과 창작촌 식구들에게도 고마움을 표한다.

2024년 8월

임이정

우리는 셀 수 없이 많은 '선택'을 합니다. 그 '선택'의
결과가 좋기를 바라면서.

'선택'이란 글자는 쓰기도 쉽고, 읽기도 쉬운데, '선택'
의 기로에 서 있는 당사자에게는 너무도 어렵습니다.

오늘, 여러분들은 어떤 '선택'을 하셨나요?

오늘 하신 '선택'이 행복함으로 마무리되었나요?

아니면, 되돌릴 수 없는 참혹한 불행이 되었나요?

《도깨비 사냥》은 저에게 '선택'의 참혹함을 마주하는
이야기로 다가왔습니다.

주인공들과 그 부모들이 한 '선택'의 결말을 보기 위해
페이지를 넘겨야만 했습니다.

페이지가 무겁게 느껴질 정도로 그들의 사연은 비참했습니다.

책을 덮은 후, 주인공들에게 가슴 깊이 미안함을 느꼈습니다.

이야기의 끝에 당도한 독자분들이 무슨 마음으로 책을 덮으실지 궁금합니다.

복잡한 감정 속에서 밝은 무언가를 발견하셨다면, 그것이 '희망'이란 단어로 치환되었으면 합니다.

눈여겨보지 않으면 볼 수 없는 인물들을 들여다보고, 이야기로 펼쳐 주신 임이정 작가님께 감사의 말씀을 드립니다.

이 세상 어딘가에 있을 태오, 수오, 아랑, 병철, 호두를 바라보게 된 계기가 되었습니다.

함께 바라봐 주신 독자분들께도 감사의 말씀을 드립니다.

안전가옥 스토리 PD

김보희 드림

도깨비 사냥

1판 1쇄 발행 2024년 8월 12일

지은이 임이정

기획 안전가옥
프로듀서 김보희
　　　　　　 이수인 · 이은진 · 임미나
퍼블리싱 박혜신 · 임수빈
편집 박나래
디자인 이경란
서비스 디자인 김보영
비즈니스 이기훈
경영지원 홍연화

펴낸이 김홍익
펴낸곳 안전가옥
출판등록 제2018-000005호
주소 04779 서울특별시 성동구 뚝섬로1나길 5, 헤이그라운드 성수 시작점 202호
대표전화 (02) 461-0601
전자우편 marketing@safehouse.kr
홈페이지 safehouse.kr
ISBN 979-11-93024-79-9 (03810)

안전가옥 오리지널